# 铁路红色故事

中国国家铁路集团有限公司党组宣传部

中国铁道出版社有限公司
CHINA RAILWAY PUBLISHING HOUSE CO., LTD.

**图书在版编目（CIP）数据**

铁路红色故事 / 中国国家铁路集团有限公司党组宣传部编著 . — 北京：中国铁道出版社有限公司，2021.3（2024.2 重印）
ISBN 978-7-113-27815-1

Ⅰ. ①铁…　Ⅱ. ①中…　Ⅲ. ①革命故事 – 作品集 – 中国 – 当代　Ⅳ. ① I247.81

中国版本图书馆 CIP 数据核字（2021）第 042642 号

**书　　名：铁路红色故事**
**作　　者：**中国国家铁路集团有限公司党组宣传部

---

**责任编辑：**田银香　冯彩茹　　　　**电话：**（010）51873659
**编辑助理：**王新苗
**封面设计：**郑春鹏
**版式设计：**闰江文化
**责任校对：**王　杰
**责任印制：**赵星辰

---

**出版发行：**中国铁道出版社有限公司（100054，北京市西城区右安门西街 8 号）
**印　　刷：**中煤（北京）印务有限公司
**版　　次：**2021 年 3 月第 1 版　2024 年 2 月第 7 次印刷
**开　　本：**700 mm×1 000 mm　1/16　印张：17.5　字数：260 千
**书　　号：**ISBN 978-7-113-27815-1
**定　　价：**45.00 元

---

# 前言

2021年，中国共产党迎来百年华诞。从建党的开天辟地，到新中国成立的改天换地，到改革开放的翻天覆地，再到党的十八大以来党和国家事业取得历史性成就、发生历史性变革，中国共产党带领中国人民砥砺奋进、从胜利走向胜利。

在庆祝中国共产党成立100周年之际，党中央决定利用一年时间，在全党开展党史学习教育，从党的百年伟大奋斗历程中汲取继续前进的智慧和力量，深入学习贯彻习近平新时代中国特色社会主义思想，巩固深化“不忘初心、牢记使命”主题教育成果，激励全党全国各族人民满怀信心迈进全面建设社会主义现代化国家新征程。

习近平总书记在党史学习教育动员大会上强调，我们党的一百年，是矢志践行初心使命的一百年，是筚路蓝缕奠基立业的一百年，是创造辉煌开辟未来的一百年。回望过往的奋斗路，眺望前方的奋进路，必须把党的历史学习好、总结好，把党的成功经验传承好、发扬好。用党的奋斗历程和伟大成就鼓舞斗志、明确方向，用党的光荣传统和优良作风坚定信念、凝聚力量，用党的实践创造和历史经验启迪智慧、砥砺品格。

在中国共产党的领导下，中国铁路在百年发展历程中始终听党话、永远跟党走，有着光荣而深厚的历史。历史是最好的教科书，党史是最好的营养剂。为认真贯彻落实党中央部署和国铁集团党组要求，讲好铁路人听党话、跟党走的故事，讲好铁路人无私奉献、艰苦创业的故事，讲好铁路人奋斗追梦、当好先行的故事，我们精心选取了革命战争年代、社会主义建设时期、改革开放时期、新时代新征程等不同历史时期的铁路红色故事，汇编成此书。这些铁路红色故事，充分展现了一代代中国铁路人始终听党话、永远跟党走的红色基因，集中诠释了以“人民铁路为人民”为核心的伟大铁路精神，潜心研读，必将受益匪浅。

以史为鉴、继往开来。让我们紧密团结在以习近平同志为核心的党中央周围，以优异成绩迎接建党100周年，为全面建设社会主义现代化国家、实现中华民族伟大复兴中国梦不懈奋斗！

编　者

2021年3月

# 目录

## 革命战争年代

## 社会主义建设时期

## 改革开放时期

## 新时代新征程

# 革命战争年代

# 声援五四爱国运动

1919 年 5 月 4 日，为了反对帝国主义列强在巴黎和会上损害中国主权、反对北京政府的卖国政策，北京爆发了轰轰烈烈的五四运动。6 月 3 日，北京政府大规模逮捕学生的消息传到上海后，上海工人从 6 月 5 日起自动举行罢工，商人罢市，高潮时达到 10 多万人支援学生的反帝爱国斗争，要求严惩卖国贼。自此，五四运动的中心由北京转移到了上海。

6 月 5 日，沪宁、沪杭铁路管理局机务处进步青年薛子贤和一名实习生到吴淞机厂、材料厂进行宣传，并召集了 300 多名工人在吴淞机厂大门外集会，声援北京学生的爱国运动。会上，他们发出通电，呼吁南京、上海、闸口机厂的工人团结起来声援北京学生。会后，吴淞机厂工人组织了多个十人团，分头到沪宁、沪杭铁路各站段广泛宣传，揭露帝国主义的罪恶行径和北京政府的腐败。他们还书写了数千条标语，由十人团四处张贴并发表演讲。“外争国权”“内惩国贼”“打倒军阀政府”“取消‘二十一条’不平等条约”等口号声响遍两路。十人团还发动工人捐款，为赎回胶济铁路出一份力。

6月7日，吴淞机厂工人冲破洋人和封建把头的阻拦，于上午11时起首先实行全厂罢工，并通电上海、南京、杭州闸口机厂的工人，号召一致行动。

铁路虽然点多线长、工人分散，且当时又缺乏统一的组织领导，但它却是一个有机的整体，工人相互接触的机会多，通信方便。所以，吴淞机厂工人罢工的消息很快就传遍了两路。

在吴淞机厂罢工的当天，上海地区的司机、司炉、机匠、车长等工人陆续聚会，商讨罢工事宜，决定推派代表于8日向铁路管理当局陈述工人的爱国热情，并公开要求允许罢工。经过交涉，洋总管克礼阿、局长任传榜借口“电达交通部请示核办”，答应于24小时内答复。9日，铁路管理当局仍无答复，两路工人觉察洋总管和局长借故推托的阴谋，异常激愤，遂再行集会。有的工人在会上说：“同意也罢，不同意也罢，工是非罢不可。”还有的工人说：“要罢工就罢工，不能

⑦ 1919年5月7日，上海各界2万多人举行国民大会，声援北京学生的爱国运动

吴淞机厂外景

再拖了。”最后，全体代表一致决议从10日起坚决实行罢工，并于9日当夜发出通电，要求各站段不得阻拦工人参加罢工。

洋总管克礼阿得知工人决定10日罢工的消息后，一面电达各站“务望各站同人均勿附和”，一面唆使封建把头从中阻挠。他满以为能够阻止工人罢工，即电示各车站站长照常营业。

沪宁、沪杭铁路工人罢工斗争意志坚定，不顾铁路管理当局的阻拦，决心如期罢工。10日，机车乘务人员都离开了机车，车站停止了售票，转运公司也通告各营业公司不再为客户代运货物。与此同时，杭州、南京、宁波的铁路工人也积极参加了当地的罢工斗争。沪宁、沪杭铁路从上午7时30分起交通完全中断。洋总管克礼阿无奈只得饬知各车站站长将售出的客票一律收回，实还票价。当时的上海《时报》和北京《晨报》都登载了沪宁、沪杭铁路工人大罢工的消息，报道称这是“破天荒之工人总同盟罢工”。

洋总管克礼阿眼看阻止工人罢工不成，就假惺惺地找工人代表说：

“你们须看我大班面子，照常上班，有何要求，局方可以考虑，为何一定要罢工？”铁路工人代表不吃他这套假情假义，理直气壮地回答：“工人也是国民一分子，军阀政府卖国，我们要求严惩卖国贼，不达目的决不罢休。”

眼看协商不成，于是洋总管就唆使洋奴伪装成学生代表到工人中活动，还指使一批走狗去威胁工人复工。沪宁、沪杭铁路罢工的当天晚上，上海北站站长袁兆昌等人代表洋总管在北站货栈召集工人会议，“劝说”工人复工。会上，袁兆昌说：“两路总管之意，铁路交通极其重要，一经停车，行旅深感不便，故工人罢工大可不必。”接着就责问工人：“你们罢工是何用意，如何方肯上班？”工人代表薛荣发当场据理反驳：“工人为了爱国救民起见，才实行罢工，正大光明，毫无私意。我们罢工和上海各界人民一样，罢免卖国贼，释放被捕学生，上海各界复工复市，我们立即上工开车。”袁兆昌等在正义的工人面前无言可答，便以维持交通为名，要工人开一班快车。但工人代表从维持“贫民之交通”出发，只同意第二日（11日）起，沪宁、沪杭间各开往返四等客车一列，对开快车（当时是达官商人坐的）的要求“均不赞成”。

沪宁和沪杭铁路工人大罢工，给全国以极大影响，也给了帝国主义和北京政府以沉重的打击。6月12日，北京政府迫于全国人民的抗议和压力，只得下令释放被捕学生，宣告罢免卖国贼曹汝霖、陆宗舆、章宗祥的职务，并拒绝在《凡尔赛条约》上签字。6月12日以后，上海工人相继复工，沪宁和沪杭铁路工人也全面复工。

◎曹建国

# 陇海铁路大罢工 与"中共洛阳组"诞生

在河南省洛阳市瀍河区五股路 1 号，坐落着一个有着光荣革命历史传统的百年机务段——中国铁路郑州局集团有限公司洛阳机务段。1921 年震惊中外的陇海铁路大罢工，就是在这里发起的。洛阳机务段院内有两栋经历百年风雨的法式建筑，这是河南第一个党组织——"中共洛阳组"诞生地纪念馆，也是河南省首批红色教育基地之一。纪念馆内百余件珍贵实物和图片，向人们讲述着在那个风雨如晦的年代，早期共产党人不怕流血牺牲、救民族于危难、救人民于水火的革命故事。院外，陇海线上奔驰的钢铁长龙，不时向它鸣笛致敬。

1919 年，五四运动犹如一声春雷，唤醒了暮霭沉沉的中华大地。在河南洛阳，以学生、工人为代表的社会各界纷纷响应号召，以罢课、罢工等形式支援五四运动。

1921 年 7 月，中国共产党第一次全国代表大会召开，正式宣告中国共产党成立。中国共产党自诞生之日起，就特别重视在工人中宣传

↑ “中共洛阳组”诞生地纪念馆

自己的主张，教育、团结工人进行革命斗争，并在斗争中发展壮大自己。工人集中的陇海铁路，成为中国共产党在河南工人中开展工作的重要地方。

为了修建陇海铁路汴洛段，法国、比利时两国在洛阳修建了洛阳工务段修理厂（俗称东厂）和洛阳机车修理厂（俗称西厂）。一时间，洛阳成为当时陇海铁路沿线铁路工人最为集中的地方。铁路工人在比利时、法国、荷兰等国在陇海铁路的管理部门的压榨下艰难度日。面对帝国主义的残酷剥削，陇海铁路工人急需团结起来。

1920 年年底，刚刚 20 岁的进步青年游天洋受共产党北京支部李大钊、罗章龙、邓中夏的委派，以陇海铁路管理局员司（工程师）的身份到洛阳工作，指导工人运动。游天洋是福建人，1919 年毕业于北京铁路管理学校唐山分校。由于痛恨黑暗社会，游天洋立志投身革命。1920 年在北京参加了李大钊、罗章龙、邓中夏组织的马克思学说研究会，广泛阅读进步书刊并接受了马克思主义学说。

到陇海铁路管理局工作后，游天洋创办了工人补习学校，并利用给工人讲课等形式传播马克思主义，宣传革命理论，播下革命火种。

1921 年 11 月，游天洋与白眉珊等先进分子一起，成立了洛阳铁路工人的第一个群众组织——陇海铁路洛阳同人俱乐部。

陇海铁路洛阳同人俱乐部成立后，帝国主义和反动派又恨又怕，经常利用克扣工资等手段逼迫工人们离开俱乐部。

当时铁路工人的工资很低，多数工人的日工资只有三四角钱，最低者不到一角钱，而 1 斤面粉就要一角二分钱。除单身工人外，大多数工人都难以养家。铁路工人不仅收入微薄，东、西两厂管理方还对他们制定了严格的上下班制度，规定每天早晨的上工时间以晨号三响为准，第一号为招呼远近工人动身到厂，第二号为工人拿牌进厂，第三号为上班时间停止拿牌。

1921 年 11 月 17 日晨，洛阳机车修理厂副厂长、比利时人狄孟违反晨号三响的规定，在第三号未响之前就挡住号房门，不许工人拿牌进厂。一名老工人气愤不过，强行进厂，被狄孟打得头破血流，惨不忍睹。看到工友受伤，工人们愤怒不已，已进厂的工人也返回与狄孟分辩，狄孟指使爪牙对工人们大打出手，并当场宣布开除 20 余名与他争辩的工人，制造了“西厂挂牌事件”。

狄孟的暴行激怒了工人，洛阳同人俱乐部研究决定，发动东、西两厂工人同日罢工，并要求郑州铁路管理当局撤换西厂副厂长狄孟，保证以后不准有此举动，限三日内答复，否则动员陇海铁路全路罢工。同时，还派出多名工人代表到郑州、开封、商丘、徐州等地，请求当地工友声援。

郑州铁路管理当局接到报告后，派副总工程师葛丝禾带领 10 余名外国职员到洛阳调查。洛阳同人俱乐部推举 6 名代表参加谈判，陈述原因和要求。葛丝禾不但不处罚狄孟，反而蛮横斥责、威吓工人：如不上工，5 日后将有人代替。工人代表据理力争，葛丝禾不以为然，带人扬长而去。

11 月 20 日，郑州铁路管理当局对洛阳工人的要求仍然置之不理。

随后，洛阳、郑州、开封、徐州等地火车汽笛齐鸣，陇海铁路工人首次大罢工爆发。东起徐州、西达观音堂，这条当时我国最长的东西铁路线上的所有客货车辆全部停运。同时发表《敬告全国各路同胞同业弟兄们恳乞救援》宣言书，庄严宣告："工人不能忍做亡国奴之耻，做无人格之工人。"

中共北京地委得知消息后，李大钊派罗章龙前往洛阳指导罢工。11 月 22 日，罗章龙赶到洛阳，与游天洋紧急商议，表示"陇海罢工不胜利，我决不离开洛阳"。然后，他们走到工人中间，进行宣传发动，使大家坚定了"坚持罢工到底就是胜利"的信心。

在中国共产党的领导下，陇海铁路大罢工取得了彻底胜利。1921 年 11 月 26 日，郑州铁路管理当局对工人们提出的 15 项条件，除了撤换狄孟等外国管理人员要向外交部汇报需延长一个多月外，其余 14 项均无条件答应。

↑ "中共洛阳组"纪念馆外的宣誓广场

陇海铁路大罢工爆发于中国共产党成立不到四个月的时间里，是第一次由中国共产党参与领导的大规模罢工斗争，参加人数多、影响范围广、斗争规模大，在中国工人运动史上有着重要地位。

罗章龙回到北京向中共北京地委通报了陇海铁路大罢工的情况。根据他和李大钊对游天洋的了解，以及游天洋加入中国共产党的愿望，两人共同介绍游天洋入党。1921 年 11 月 27 日，游天洋加入中国共产党，成为洛阳第一名共产党员。

随后，李大钊交给游天洋更加光荣的任务，要求他在中原地区发展党员、成立党组织，继续推动工人运动。

1921 年 12 月 24 日，游天洋自己动手用剪纸做成镰刀、锤头，贴在一块红布上，制作成一面党旗。他庄重地站在党旗下，将紧握的右拳举起，介绍白眉珊和王福顺入党，至此，中原地区的第一个共产党组织——“中共洛阳组”诞生，游天洋任组长。这是中国共产党在北方地区最早发展的党小组之一，在中共党史上占有重要地位。从此，在“中共洛阳组”的领导下，以洛阳为中心，陇海铁路线上的开封、郑州、商丘、徐州等地开展了发展党员、成立工会的工作，为之后的二七大罢工等工人运动打下了坚实的组织基础。由此，在中国共产党的领导下，中原地区轰轰烈烈的革命斗争蓬勃展开。

◎刘红灿

# 二七大罢工：党领导的第一次工人运动高潮的顶点

1923 年 2 月，京汉铁路工人为争取成立总工会的自由和工人阶级的政治权利，反对帝国主义、封建主义，举行了一次震惊中外的政治大罢工。

那时的京汉铁路，纵贯直隶（今河北）、河南、湖北三省，是连接华北和华中的交通命脉，有重要的经济、政治和军事意义。京汉铁路的运营收入是军阀吴佩孚军饷的主要来源之一，也是帝国主义掠夺中国的“吸血管”。铁路工人没有自由，没有人权。这样的处境，必然激起铁路工人阶级为争取经济上、政治上的解放，进行不屈不挠的斗争。

1922 年年底，京汉铁路各站已经建立 16 个工会分会，广大工人迫切要求建立全路统一的工会组织。在这种形势下，京汉铁路总工会筹备会决定于 1923 年 2 月 1 日在郑州召开京汉铁路总工会成立大会。

⊕武汉二七纪念馆前的二七烈士纪念碑

1923 年 1 月底，参加成立大会的代表和来宾全部到达郑州。中共中央及党的有关组织对这次大会十分重视，派出负责工人运动的成员出席这次大会，其中有中共武汉市委书记陈潭秋、中国劳动组合书记部副主任罗章龙、中国劳动组合书记部武汉分部主任林育南等。

面对京汉铁路工人运动的日益高涨，吴佩孚撕下“保护劳工”的假面具，以“军事区域，岂能开会”为借口，下令禁止在郑州召开京汉铁路总工会成立大会，并派出大批军警准备对成立大会进行阻挠和破坏。

2 月 1 日上午，郑州全城戒严，军警荷枪实弹。前来参加会议的铁路工人代表不顾生死，冲破军警的重重包围进入会场——郑州普乐园剧场，立即举行大会，宣布京汉铁路总工会成立。这时，武装军警把会场严密包围起来，企图强行解散会议。代表们与之进行斗争。会议持续到下午 4 时被迫结束。代表们冲破重围离开会场，回到住宿的旅馆后又被包围。反动军警强行捣毁总工会和郑州分会会所，把室内什物抢劫一空后加以封闭，并勒令全部代表立即离开郑州。代表们受此凌辱，十分愤怒。为此，京汉铁路总工会执委会于当晚召开秘密会议，决定全路自 2 月 4 日起实行总罢工，号召全路工人“为自由作战，为人权作战，只有前进，决无后退”。同时，决定将总工会临时总办公处移至汉口江岸。

2 月 4 日上午，江岸机厂工人举行罢工。截至当天中午，京汉铁路 2 万多工人全部罢工，客、货、军车一律停驶，长达 1200 多公里的京汉铁路顿时瘫痪。

京汉铁路工人大罢工的爆发，引起外国列强的恐慌。他们直接出面进行干涉和破坏。各帝国主义国家驻北京公使团召开紧急会议，要求北洋军阀政府尽快用武力镇压。英国驻汉口总领事也召集湖北省督军代表和外国资本家举行秘密会议，策划镇压罢工的办法。吴佩孚在帝国主义势力的支持下，调动两万多军警镇压罢工工人，并逮捕多名工人。但铁路工人不惧生死，仍冒险示威，并向军警散发传单，希望军警不要以强欺弱、残害工人。2 月 6 日，军阀调兵遣将，变本加厉地向铁路工人进攻。同时，军阀还继续搜捕工会领导人。罢工持续了三天，铁路工人仍斗志昂扬，虽屡遭镇压，但对自己的组织京汉铁路总工会忠贞不渝，面对军阀的威逼利诱，铁路工人义正词严地予以拒绝。

2 月 7 日，京汉全路罢工工人遭到更严厉的武力镇压。在江岸，全副武装的军警将工会包围，工人纠察团副团长曾玉良等 36 人被杀害。在长辛店，机车厂铆工、工人纠察队副队长葛树贵等 6 人被打死。在郑州车站，郑州铁路工会委员长高斌惨遭酷刑而牺牲。在江岸、涞水、高碑店，被捕后死于狱中的工人有 4 人。此外，罢工工人被捕的有 40 多人，被开除的达 1000 多人，工人家属也遭到军警的迫害与洗劫。

在同敌人的艰苦斗争中，铁路工人表现得无比坚强。

⊕ 武汉二七纪念馆前的雕像

京汉铁路总工会江岸分会委员长、共产党员林祥谦被捕后，汉口镇守使署参谋长张厚生将其绑在车站电线杆上，逼他下达上工命令，林祥谦断然拒绝。敌人的刽子手举刀砍向林祥谦左肩："上不上工？"林祥谦斩钉截铁地说："上工要总工会下命令。我头可断，血可流，工不可复！"屠刀砍向林祥谦右肩，他血流如注，昏死过去。醒过来，敌人再次恶狠狠地问他："现在怎么样了？"林祥谦拼尽最后的力气怒斥敌人："现在还有什么话可说？可怜一个好好的中国，就断送在你们这帮军阀手里了！"最终，中国共产党的优秀党员林祥谦宁死不屈，英勇就义，为工人阶级的解放事业献出了宝贵生命，牺牲时年仅31岁。

与此同时，湖北督军萧耀南还在汉口非法逮捕了京汉铁路总工会与湖北省工团联合会法律顾问、共产党员施洋。在狱中，施洋继续坚持斗争，他以惊人的毅力写下了数千字的《伯高狱中七日记》，详细记载了被捕经过、法庭上与敌人进行英勇斗争的实况。施洋被捕后，党组织多方营救，武汉各界群众极力援救，社会舆论强烈谴责万恶军阀，然而终亦无效。2月15日凌晨，施洋被萧耀南秘密杀害于武昌洪山脚下，牺牲时年仅34岁。就义前，面对反动派的枪口，施洋说："我不怕人，不怕事，不怕死，堂堂做人，反对强暴。你们杀了一个施洋，还有千百个施洋。"刽子手连开三枪，施洋身受第二枪时，仍高呼"劳工万岁"。

二七惨案在国内外引起了极大震动。中共中央发表《为吴佩孚惨杀京汉路工告工人阶级与国民》书，号召全国人民和工人阶级团结起来，打倒压迫和残杀工人的军阀，为自由而奋斗。全国各地工人和各阶层民众，迅速掀起声势浩大的声讨军阀、支援京汉铁路工人的运动。共产国际和赤色职工国际也发表宣言，支援中国工人阶级的英勇斗争。为了保存革命力量，京汉铁路总工会和湖北省工团联合会忍痛于2月9日下令复工。

二七大罢工是党领导的第一次工人运动高潮的顶点，在中国革命和中国工人运动史上占有重要地位，具有重大意义，对中国革命和工人运动产生了深远影响。

◎刘艾萍

# 沪宁线上的抗日烽火

沪宁铁路修建于1905年，是一条从上海到南京的铁路。1939年5月1日，日本所谓的“华中铁道股份有限公司”侵占沪宁线，并将其改称为“海南线”。为了阻止日寇的侵略行径，活跃在沪宁线一带的抗日军民频繁出击，狠狠打击了日寇的嚣张气焰。

## 火烧新丰站鬼子兵

新丰站位于沪宁铁路的镇江、丹阳之间，正北六七里处为大运河边的重镇新丰镇。新丰站虽小，但它是大运河与沪宁铁路的交叉点，为重要的交通枢纽。日寇甚为重视新丰站，派第15师团淞野联队广江中队的一个小队40余人在这里防守。车站隔壁一所小学的楼房被日军占为兵营，楼房上下都住满了鬼子。

1938年6月下旬，驻扎在丹阳延陵镇的新四军第一支队根据新丰镇地下党和铁路职工提供的情报，决定攻打新丰站，消灭这股敌人。营长段焕竞命令一连连长彭寿生带领4名侦察员，化装潜入新丰站侦察。他们发现，鬼子驻扎的学校四周只有一道土墙，没有防御设施。

气焰嚣张的鬼子，大白天也敢下乡抢劫，晚上开着门窗睡觉，连哨兵都不设。

6 月 30 日下午，营长段焕竞带领部队从延陵镇出发，急行军到新丰站东南 9 公里的东冈。7 月 1 日晚 11 时，一连长彭寿生带领战士们来到新丰站，果然没有哨兵。战士们翻过土墙，逼近小楼，悄无声息地包围了鬼子。楼下的鬼子已经熄灯，睡得像死猪一般，而楼上门窗洞开，灯火通明，不断传来打牌作乐的声音。

趁着敌人毫无防备，部队发起突然攻击。彭寿生一甩手投进一颗手榴弹，敌人一下子被惊醒，拿着枪就往外冲。战士们把住门，手持大刀，见一个砍一个。先冲出来的两个鬼子当即被砍倒，其余的鬼子吓得退进楼内。连指导员曾梅生趁势冲了进去，不想腿上挨了鬼子一刀。彭寿生大吼一声“冲”，带领战士们冲进楼内展开白刃格斗，将楼下十几个鬼子全部消灭。

楼上的鬼子拼命用火力封锁上楼的楼梯，战斗一时僵持不下。彭寿生发现楼梯口放着两桶煤油。他急中生智，命令一排用火力封锁敌人的窗口，二排找来麦秸草，浇上煤油点燃。有的鬼子受不住了，就从窗口往下跳，立即成了活靶子。有十几个日寇从倒塌的楼梯口窜出逃生，战士们立即冲上去与其展开肉搏。经过两个小时的血战，战士们将日寇全部歼灭，并在铁路职工的帮助下烧毁车站，破坏了一段铁路。

此战创下了新四军战斗的多个第一次：第一次夜间战斗，第一次攻击据点，第一次攻击铁路交通枢纽，也造成沪宁铁路全线瘫痪一天。

## 长途奔袭浒墅关站

浒墅关镇东距苏州 10 余公里，西靠无锡，是沪宁铁路和京杭大运河上的一个重要关隘和战略要地，铁路运输和运河运输都非常繁忙。紧靠沪宁铁路南边的浒墅关站是日寇把守的重要据点。

1939 年 6 月，刚开进苏南地区的新四军“江抗”（江南抗日义勇军）

↑ “夜袭浒墅关”纪念碑

第二路一团决心打掉这个据点，团长叶飞、参谋长乔信明在向铁路抗日组织充分了解情况、摸清敌情的情况下，决定采取长距离夜袭的方式，由营长王萱春带领一营完成这个任务。

去浒墅关，东桥镇是必经之路。为使日伪无法得悉情报，6月24日晚，侦察排率先行动，解除了东桥镇伪警的武装，剪断了电话线，并把夜袭总指挥部设在了东桥镇。自幼生长在浒墅关的爱国青年邹根木，早已在东桥镇和浒墅关交界处等候，为夜袭部队带路。凭着对当地地形的熟悉，他很快带领一营摸黑前进到浒墅关站附近的牌楼村。

一营长王萱春按部署将部队分成三路：一连负责炸毁火车站东段的黄花泾铁路桥，以阻止苏州的增敌；三连负责炸毁火车站西段的白潭尖铁路桥，以阻止无锡的援军；二连及配属的团部侦察排担任主攻突击队，由二连连长吴立夏任突击队长，必须在1个小时内攻下浒墅关日军据点。

午夜1时，一连和三连进入阵地后，二连摸上了沪宁铁路。吴立夏把两颗手榴弹从窗口扔进敌人据点，正巧击中汽油桶和弹药箱，随着“轰轰”的爆炸声，夜袭浒墅关战役打响了。三连按预定计划炸毁了白潭尖铁路桥，使无锡方向的敌人援兵无法过河。一连由于受到镇边一条大河的阻挡，未能按计划完全炸毁黄花泾铁路桥，从苏州方向前来增援的日军装甲部队很快就赶到了。主攻突击队二连在一连、三连的掩护下迅速撤离，完成了战斗任务。

夜袭浒墅关战斗以迅雷不及掩耳之势，不到一个小时便结束了，歼灭日军一个排，其中铁路抗日组织提供的准确情报发挥了重要作用。由于浒墅关火车站被焚毁，路轨被破坏，沪宁铁路被迫停运3天。夜袭浒墅关战斗胜利的消息不胫而走，上海《大美晚报》《译报》《新闻报》等竞相刊载，美国女记者史沫特莱还将这次战斗写成战地通讯，刊于《密勒氏评论报》上。

## 南京东郊的“铁道游击队”

抗战时期，在南京东郊沪宁铁路龙潭、栖霞一带，活跃着一支抗日铁道游击队。

1939年10月2日，一列由南京开出的货车行至沪宁线龙潭站附近的一座桥梁时，因钢轨被游击队炸毁，机车、煤水车和一列装有小麦的货车脱轨。事故导致沪宁间的客车和日方军需车被阻滞，交通中断。正是因为这次钢轨被炸，才有了新四军在龙潭、仓头之间漂亮的伏击战——龙潭伏击战。

那是1939年10月4日，江南新四军第四团一部在沪宁铁路龙潭至仓头之间，伏击了日军警戒部队。适时南京开来一列日军军用列车，被游击队埋设的地雷炸毁，日军约50人被炸死在火车车厢内。驻仓头日军护路队闻讯赶来增援，新四军利用有利地形，一面抗击，一面撤退，共毙伤日军70余人，有力地打击了日军的嚣张气焰。

↑ 南京栖霞区高家村铁道边的炮楼

此后，游击队不断破坏铁路线路，袭击敌人。1940年12月7日夜，游击队袭击了龙潭站的日军军营，向日军寝室投掷手榴弹，炸死炸伤日军多名，生擒14名，并焚毁日军军火库一座。20日，游击队又攻入龙潭东面的下蜀站，打死打伤日军多名，缴获轻重机枪多挺。此时，龙潭站的日军闻讯后，向下蜀站增援，半路上又遭遇游击队的埋伏，死伤多人。

1941年7月8日上午8时，由上海开往南京的第一次特快列车，驶抵南京栖霞附近时突然脱轨，原因是该段路轨被游击队拆毁三四丈之多。仅仅隔了两天，10日上午8时许，一列由南京开往上海的“飞龙车”抵达龙潭时，又被游击队预先埋设的地雷炸毁，有两节车厢倾覆到铁路旁的农田中。经过紧急抢修，15时30分才恢复通车。无独有偶，也是10日这一天，“飞龙车”在龙潭被炸一个半小时后，由南京开往上海的“天马特快车”也在栖霞与龙潭之间被炸。这一天，沪宁线龙潭与高资之间的钢轨也被游击队拆毁了两处。10月27日早晨，由南京开往上海的第一班货车驶至龙潭至下蜀之间时碰到地雷，敌方被炸毁机车、货车多辆，损失惨重。

由于沪宁铁路屡遭游击队破坏，日本侵略者惊恐万分，随即强迫当地村民沿铁路修筑炮楼和碉堡，以图防范。有了这些炮楼和碉堡后，虽然毁路斗争的难度加大，但沪宁线上的抗日活动并没有因此而停止，而是以更加隐秘的方式，继续与侵华日军进行着顽强的斗争，直至抗战全面胜利。

◎杨洪建

# “四保临江”中的钢铁运输线

临江是中共中央东北局1946年5月建立的战略后方根据地。1946年12月17日，国民党军调集了6个师的兵力，分三路向我南满根据地临江地区进犯。

1947年1月初，“四保临江”战役打响不久，东北民主联军辽东军区第四纵队的李指导员到鸭园站找到站长崔德玉，把临江铁路管理局局长徐彬写的一封信交给他。崔德玉不识字，李指导员给他念了一遍，大意是我军为了破坏敌人的交通运输，让他在鸭园和菇园站找几名有经验的车站工友组成一支破路队，跟随部队深入敌后去破坏铁路，切断国民党部队的供给线。

鸭园站站长崔德玉是铁路党组织培养的积极分子，他感到这是组织对他的信任，也是对他的一次严峻考验，立即组织可信任的工友秘密开会。会上，李指导员向大家描述了东北民主联军的形势和临江铁路工友支援战争的热情，使鸭园站的工友备受鼓舞。崔德玉在会上说：“小鬼子刚刚被打败，我们再也不当亡国奴了，国民党又要让我们当奴隶，我们坚决不答应！只有共产党才能让我们当家做主人。”调车

⊕ 1936 年 3 月，临江火车站建成通车，因车站建在鸭绿江畔，故取名临江站

长王德发说："站长你说怎么干吧，我们坚决支持你！"工友们纷纷表示愿意参加破路队。在站长崔德玉的带领下，30 人的破路队当晚就趁着夜色出发了。

破路队员翻山越岭，途经三岔子、湾沟、松树镇、抚松，绕行 100 多公里到了国民党占领区朝阳镇附近的一座山上。山上驻有东北民主联军辽东军区的部队，山下是国民党的部队。破路队员被编入侦察连。由于长途跋涉，破路队员的脚上磨出了一个个大水泡，有的队员脚都肿了，但没有一个人叫苦叫累。当晚，破路队员在夜色的掩护下到海龙至朝阳镇间的铁路沿线熟悉了地形。

第二天，侦察连连部接到情报，敌人的一趟军用列车要在海龙至朝阳镇间通过，连部当即下达了破路命令。破路队 30 名工友被分成三个小组，每个小组还配了一个班的战士配合行动，经过两个多小时的急行军，当晚赶到海龙、朝阳镇铁路区间，待掩护部队在线路两侧埋伏好后，破路队员分别进入指定地点。

东北的一月正值寒冬，线路被厚厚的冰雪覆盖着，道钉都被冻住了，想把道钉拔出来非常困难。黑暗中，为防止敌军发现，他们不敢用照明，不敢弄出响动，只能用手摸着干。经过 20 多分钟的紧张“战斗”，他们共卸掉六根钢轨的鱼尾板，并全部撤下线路。刚撤离不久，便传来军列颠覆爆炸的巨大响声。

此后，破路队又在海龙、朝阳镇间 50 公里范围内连续 3 次破坏铁路线路和桥梁，炸毁桥隧 1 处，拆扒轨道线路 150 多米，切断电话线 800 多米，有力地策应了第一次临江保卫战。

国民党军队第一次进犯临江失败后，又调集了 4 个师的兵力，于 1947 年 1 月 30 日分三路再次向临江地区进犯，企图以主力经高丽城子迂回八道江，而后进攻临江。

当时正值严冬，东北民主联军缺衣少食，前无进路，后无援军，陷于孤立状态。第二次临江保卫战面临许多困难。

为了支持临江保卫战，鼓舞斗志，战胜困难，坚持和完成部队运输任务，临江铁路管理局临时党支部经常组织党员深入铁路工友当中，

↑ 第一次临江保卫战期间，铁路破路队在海龙、朝阳镇间破坏铁路线路

团结群众，宣传群众。传达中央政治局委员陈云同志对南满形势的分析，讲清东北民主联军坚守南满、以战求存的决心；讲清东北民主联军暂时丢掉一些城市，是有计划地分散敌人兵力，然后集中优势兵力各个击破，在战争中消耗敌人有生力量，把握有利时机进行反攻的道理。特别是在取得第一次临江保卫战胜利后，民心振奋，党支部抓住这个机会组织工友举行座谈会，讲清“当前的困难是暂时的，最后的胜利是属于我们的”，增强工友们战胜困难的勇气和信心。在党支部的鼓舞下，铁路工友坚定了信心，积极动员自己的子女、亲友踊跃报名参军，这期间，仅铁路工友家属及子女就有50多人报名参军。经过军民共同战斗，粉碎了敌人的第二次进攻。

国民党军队两次进犯临江失败，尚未死心，又调集了5个师的兵力，由大北岔、高丽城子、通化等地，向八道江方向实施突袭，兵分三路向临江地区发动了第三次进攻。

临江铁路管理局管辖各站在党组织的领导下，积极协调组织工务、机务、电务等部门，为东北民主联军运输军用物资，确保临江根据地物资供应。

1947年2月18日，一列军用物资列车经过林子头、遥林间59公里隧道时，因线路坡道大、列车超轴，再加上机车状态和煤质不好，列车停在了隧道内，司机和司炉因一氧化碳中毒昏了过去，列车上的30多名战士也被蒸汽烫伤。当列车退回林子头站时，车站工友和家属闻讯后立即找来木棍制成担架，把伤员送往野战医院救治。

林子头站值班员徐义是担架队队长，他每天都带领担架队员冒着枪林弹雨到前沿阵地将伤员抬到安全地带。有一次在前沿阵地抬伤员往山下转移时，敌军的炮弹在他身旁爆炸，徐义光荣牺牲，年仅37岁。

1947年3月27日，国民党东北保安司令杜聿明坐镇通化，又调集了20个团的兵力，分三路向临江地区发动了第四次进犯，企图乘松花江江水解冻、我部队不能渡江策应之隙，先解通化之围，再攻临江。

第四次临江保卫战期间，临江铁路管理局一方面搞好军事运输，另一方面动员工友家属配合地方政府开展拥军支前工作。其间正值隆冬，机车的砂管常常被冻住，上坡时因砂管不能撒砂机车常打空转。临江站调车组的工友就把棉帽摘下来，自己忍受着寒冷，用棉帽装上砂子，坐在机车排障器上往轨面上撒砂；车速慢时，他们就跟着机车一边跑，一边往轨面上撒砂。遇到大雪天，轨面常常被大雪埋没，使机车受阻。在这种情况下，车站就安排两名工友坐在机车排障器上用脚搭在轨面上蹚雪，有的工友鞋底都被磨漏了，脚也被冻伤了。

“四保临江”战役中，不仅铁路工友积极参战支前，沿线站区的家属也为铁路畅通作出了很大贡献。由于设备和煤质都比较差，当时列车在运行中常常需要停车烧汽，有时造成煤水不足，列车开不动。每遇这种情况，家属们都主动从家里拿洗脸盆、水桶等给机车注水。林子头站工友们把自己集资办的油坊生产的豆饼也搬到车站供机车烧汽。因当时缺少粮食，豆饼是补贴生活的主要食品，但工友们说：“为了子弟兵打胜仗，我们啥都舍得。”

“四保临江”战役中，由前线运往临江、大栗子的伤员很多。由于转运伤员的列车需要不定点停留，有的停留站供应不上饮食，车站的工友和家属就义务为伤员服务。有的给伤员送热水，有的把自己省出来的粮食做成玉米粥送给伤员吃。他们还对住在自己家里的伤员给予无微不至的照顾。

↑“四保临江”战役期间，铁路员工积极抢运军用物资

只要部队到了车站，工友和家属们就把住房

腾出来让给战士。东北民主联军的一个班在珍珠门车站尚景茂家吃住了半个月，临走时，班长给他开了伙食条子让他去临江司令部领钱。尚景茂却说："只要咱们能打胜仗，别说吃住半个月，就是天天吃住我们家也没说的。"在战争中，部队许多指战员冻坏了手脚，他们就日夜赶制棉鞋、棉手套送给部队。由于棉花紧张，有的就把棉被、棉袄里的棉花掏出来，给战士做成棉袜子和棉手套。

"四保临江"战役的胜利，迅速扭转了东北战场的战局，为东北解放战争的全面胜利奠定了基础。在"四保临江"战役中，通化铁路管理局组织和带领铁路广大工友为保障10多万人的供给线、"四保临江"战役的军用物资运输线、兵力投送和伤员转运的生命线，作出了突出贡献，受到了东北民主联军首长肖华的高度评价。

◎张晓利

# 3005 次秘密军火列车

在辽沈战役的关键时刻，国民党飞机不分昼夜地疯狂轰炸辽沈决战的重要运输线、补给线、生命线，妄图以此来扭转败局。面对已有 8 列军火列车被炸，铁路、公路运输行将瘫痪之际，1948 年 9 月 28 日 6 时 15 分，由范永担任司机长的一列满载武器弹药的军火列车秘密从昂昂溪出发了，经过列车包乘组 4 个昼夜的英勇奋战，列车终于在 10 月 2 日凌晨 5 时安全到达辽沈战役的前线西阜新车站。由此，这列列车有了一个响当当的名字——3005 次英雄列车。

## 范永临危受命

1948 年 9 月 12 日，东北野战军打响了解放战争的第一个战役——辽沈战役。由于锦州是东北通向关内的咽喉，因此，东北野战军决定先集中兵力攻克锦州。龟缩在长春、沈阳、锦州等三个孤立地区的国民党军队，已经知道人民解放军大兵调动完成，预感到了灭顶之灾的来临。为了挽救其灭亡的命运，国民党一面调动关内部队和沈阳主力增援锦州，一面靠空中优势疯狂轰炸我西线铁路、公路，妄图切断我后方运输线。自 9 月 19 日起，国民党飞机开始昼夜出动，轮番轰炸郑家屯、通辽、彰武、新立屯一线。在国民党飞机的疯狂轰炸下，不断有我方军火列车、汽车被炸的消息传来，铁路、公路运输也行将瘫痪。敌机甚至还飞到白城子、昂昂溪上空盘旋扫射，窥视东北野战军的军火列车。而此时，辽沈前线的战斗异常激烈紧张，急待军火补充。

1948 年 9 月 25 日晚，在哈尔滨大和旅馆 208 房间内，东北野战军总部和东北铁路总局的首长接见了时任昂昂溪机务段司机长的范永，并向他部署了一项特殊而又万分艰巨的军运任务。首长们要求，这项任务只能成功不能失败，因为它关系到整个辽沈战局的发展。首长们还告诉范永，由于国民党飞机疯狂轰炸我运输线，我方已有 8 列为前线运送军火的列车被炸，这次就是要趁着敌人大轰炸后出现的一段空

↑ 1195 号机车完成 3005 次军运牵引任务后回到昂昂溪站

隙，把一列军火悄悄运上去。为了配合他们的这次行动，前方还要打几个大仗来吸引敌人的注意力，沿途也会有部队掩护，任务异常艰巨，时间也非常紧迫。

东北野战军总部、东北铁路总局首长之所以把这项将对辽沈战役胜利起到至关重要作用的运输任务交给范永，不仅因为他是一名技术过硬的中共党员，更重要的是范永曾在1945年11月，随西满护路军郭维城司令员乘装甲列车去北安取过枪，在归途中经受过战火的实战经历和考验。

## 十六勇士勇斗敌机

1948年9月28日6时15分，由昂昂溪机务段人事股长穆成斌，司机长范永，司机赵同济、徐成忠，司炉王玉阁、周宪斌、马清海、李财、于金龙、段贵荣，检车段检车员姬亚卿、佟德林、王希春，列车段运转车长邹天余、刘国栋、张尚友等16人组成的包乘组，驾驶着担负特殊使命的3005次列车出发了。这16人中除司炉周宪斌是积极分子外，其余全部是中共党员。临行前，3005次列车成立临时列车党支部，由穆成斌担任党支部书记，并集体向党宣誓："人在车就在，不管遇到什么困难，一定要把车开上去。必要时，宁可牺牲自己，也要保证列车的安全。"

9月29日5时30分，列车驶进玻璃山站。刚刚停稳，空袭警报就突然传来，包乘组和负责押运的解放军战士立即用泥土和树枝将列车伪装起来。为了躲避敌机的轰炸，列车在玻璃山站隐藏了将近一天，当日16时才驶离。当列车17时30分到达郑家屯站时，齐齐哈尔铁路管理局局长黄锋和秘书李森茂早已等候在那里。他们把专门为包乘组买的一袋子带馅的大饼送到了车上，并部署了列车的运行方案，因为列车再往前行就将进入敌机的重点轰炸区域。为了保障列车的安全，黄锋要求包乘组的全体同志，列车白天必须待避，夜间才能行驶，而且列车运行中不能开灯，机车也不能露出任何光亮，还要争取以最快的速度，把列车开到辽沈战役的前线——西阜新车站。

当日 18 时 40 分，列车从郑家屯站出发。列车出发后不久，突然遭到敌机的空袭，列车后部的一辆车皮上留下了 20 多个弹孔。此时大家的心都提到了嗓子眼，全列共挂有 32 节车厢，其中有 8 车是炸药、22 车是榴弹炮弹和火箭炮弹。如果不幸被敌机的炸弹击中，后果不堪设想。危急时刻，铁路附近的公路上突然出现了许多汽车的灯光，敌机的注意力立即被吸引了过去。看着公路上的汽车被敌机炸得火光冲天，3005 次列车上的所有人都知道，这是部队汽车兵为了掩护他们而故意牺牲自己……列车继续前进，大家的心里都充满了怒火：一定要圆满完成这次运送军火任务，用这些军火为英勇牺牲的战士们报仇。

9 月 29 日下午，列车到达阿尔乡站后，由于前方的铁路被敌机炸毁，列车必须在此等候。此时前方的章古台站、后方的甘旗卡站仍不时传来敌机投掷炸弹爆炸的声音。负责押运的解放军战士和包乘组的同志们为了不让敌机发现列车，当即把列车分散成 13 处，并用树枝伪装机车，远处看去，伪装后的列车就像一小片树林。而就在这一天，敌机在阿尔乡站上空巡视了五六次，但始终没有发现伪装后的列车。

9 月 30 日，3005 次列车在五峰站待避时，在五峰与彰武之间盘旋的敌机把彰武炸成了一片火海，因为列车伪装得好，敌机愣是没炸五峰站。天黑后，当列车准备起车时发现，机车水箱里的水只剩下不到一尺半深了。五峰站没有上水设备，到前方车站新立屯还有 40 公里。这点水能不能让列车维持到新立屯谁也没有把握。3005 次列车临时党支部果断决定，立即向当地百姓借水桶，自己挑水给机车补水。在五峰站职工的帮助下，包乘组的全体同志和押运的解放军战士一起动手，用借来的几十对水桶，挑的挑、抬的抬，从当地仅有的 3 口水井中取水给机车上水。看着机车水箱的水位一点点上升，他们忘记了饥饿，忘记了疲劳。在他们的果敢和努力下，列车终于又发出了轻快的轰鸣声。

⊕ 昂昂溪机务段召开大会，表彰 1195 号机车乘务组胜利完成 3005 次军火列车任务

此时的范永虽然专注地驾驶着列车，但他一直在心里默默地告诉自己：“一定利用好这点水，将车开到新立屯。”一遇到下坡，范永就关汽，以便节约用水。经过大家的共同努力，深夜 11 点多，列车终于到达了新立屯站，此时列车水箱的水也基本用完了。

新立屯站的上水设备差，水流特别小，范永就一直守在机车旁，不断地看水位，直到 10 月 1 日凌晨 3 点多才将水箱加满。10 月 1 日深夜，列车继续前行，手握闸把的范永沉着冷静地和敌机打起了“游击战”。当敌机来时，他大闸一扳往那儿一停，让机车冒出一股黑烟，然后再往前跑一段路，再冒一股黑烟，飞机看不见列车，就在黑烟那儿转……

## 军火列车胜利抵达

在沿线群众和部队的大力协助下，3005 次包乘组的同志们冒着危险，昼伏夜行，时而向前猛开，时而隐匿待避，经过 4 个昼夜的艰苦努力，于 10 月 2 日凌晨 5 时将 3005 次列车安全开进了西阜新车站。

当 3005 次列车到达车站时，战士们欢声雷动。火车还未停稳，数千人马蜂拥而上，1700 吨弹药不到 30 分钟就卸了个精光。这一列车弹药，让东北野战军攻克锦州如虎添翼；这一列车弹药，让东北野战军合围了廖耀湘兵团，解放了沈阳，取得了辽沈战役的伟大胜利。

为表彰 3005 次列车的功绩，1948 年 11 月，齐齐哈尔铁路管理局召开立功受奖大会，东北行政委员会给 3005 次列车包乘组全体同志立集体特等功；第四野战军赠给包乘组一面锦旗，上面写着“赠给：3005 次英雄列车”。

1949 年 4 月，范永代表包乘组全体同志，出席了在西柏坡召开的解放战争特等军功荣获者群英会，受到毛泽东、刘少奇、周恩来、朱德等中央领导的接见。毛泽东主席在和范永同志握手时说：“向铁路工人致敬！”

新中国成立后，锦州辽沈战役纪念馆在建造时，专门设立了 3005 次英雄列车展台，展出了用军事地图绘制的 3005 次军火列车行车路线图及使用过的检点锤、信号灯、信号旗、牛腰子饭盒、锦旗、图片等文物，激励人们不忘英雄列车事迹，传承弘扬英雄列车精神。

◎王继凯

# 解放军打到哪里<br>铁路就修到哪里

1948 年 12 月 1 日，对历史来说，不过是白驹过隙；对徐州而言，却是一个新旧社会的分野。在淮海战役期间，千年古城飘扬起鲜艳的红旗，军事重镇徐州解放了。

## 军管会接管铁路

徐州解放后，被中国人民解放军华东军区列为特别市。1948 年 12 月 2 日，华东军区徐州特别市军事管制委员会成立，傅秋涛任主任委员，冯平任副主任委员，周林、袁也烈、华诚一为委员。军管会下设 17 个部。12 月 5 日，军管会铁道部部长赵锡纯、副部长符然等 20 余人接管了徐州铁路，共接管完好机车 46 台、破损机车 79 台、车厢 1340 节。当时徐州仍处于战争状态，华野部队全力追击逃往西南方向的杜聿明集团，淮海战役的第二阶段正在永城地区进行，渡江战役即将开始。要取得后续战役的胜利，后方支援是一个很重要的因素。据测算，仅淮海战役几十万部队需要的粮食就达400万斤。为此，军管会决定集中铁路工程人员和器材，于12月7日开始昼夜抢修铁路，全力支援解放大军南下。

## 抢修茅村铁桥

抢修会战首先从茅村铁桥打响了。茅村铁桥位于徐州铜山县茅村镇的京杭大运河上，紧挨徐州城边，是连接苏、鲁的交通要道。1948年11月中旬，国民党军队为阻滞解放军南下，炸毁了茅村铁桥。铁桥长约200米，共20孔，每孔间距9.83米，其中7孔毁坏严重，桥墩坍塌，已无法修补，须铲平桥座重砌。铁桥下的运河水流湍急，最深处有6米，最浅处也有2米。军管会决定暂时以枕木搭建桥墩，确保尽快通车。

军管会组织了2400多名津浦铁路员工参加抢修工作，占到当时员工总数的80%。材料厂上自主任下至工友77人紧张备料，电务段200多名员工保持通信线路畅通，机务段650多名员工紧急运送修桥器材和枕木，工务段500多名员工奋战在修桥的第一线。他们主动延长吃饭间隔，加班加点抢修。第一天，原计划由45名员工从上午10时开始，到夜间12时铲平3个桥座。由于工人们忘我工作，下午3时即将3个桥座铲平，后又铲平了3个桥座。到夜里12时，两个桥墩已经搭好了。

抢修的第一天，军管会安排铁路员工白天一班、晚上一班轮流作业。但到了第二天，铁路员工都主动放弃休息，全员出动参加抢修，使原定14天的修桥工程仅用3天半就完成了。在修复工程中，翻身解放当主人的铁路员工表现出高昂的工作热情，雄壮的夯声此起彼伏，传

↑ 铁路员工抢修桥梁

向遥远的旷野。老工人王宝善积极研究改进技术，在搬运石料时，先将石料装入平板车，再用轨道车拖到桥闸，装得多，运得也快，平均每车能运 3 方石头，抵得上 12 只小船的运量，被称为工地上的“木牛流马”。刚开始搭枕木时，一个人来回只能扛一根，进度迟缓。王宝善又开动脑筋，把枕木置于圆木上，从钢轨上滚动着拖过去，既省时又省力，大大提高了运送效率，受到了军管会的特别嘉奖。

在抢修茅村铁桥过程中，地方政府和沿线农村群众全力配合。修桥土方全部由民工承担，许多农民甚至从百里之外赶运突击加工的枕木，一根一根整齐地摆放在路基上，方便铁路员工修桥使用。

茅村铁桥修复后，徐州市军管会特派领导前往抢修现场慰问，奖励参加抢修工程的铁路员工每人一斤猪肉。

## 打通津浦铁路徐济段

1948 年 12 月 22 日，一列工程抢修车从临城开出，经过官桥车站，缓缓地停了下来。这里是抢修通向济南铁路的最后一段工程，只有几十米了。下午 3 时，徐州和济南的铁路终于连接在一起。工程抢修车扬起了绿旗，列车敞开嘹亮的“歌喉”，经过刚刚接好的钢轨，向济南隆隆驶去。这时，天空飘起雪花，像是张张捷报，轻盈地飞舞着。人们忘记了疲劳和寒冷，在路标石旁边抱着跳着，相互祝贺着。

津浦铁路徐济段临城—兖州段抢修工作 1948 年 11 月 17 日动工，原计划第二年 1 月 15 日通车，但当年 12 月 20 日即告竣工，共抢修线路 110 公里，大小桥梁 47 座。修复工程共需枕木 17 万根、夹板 2500 副、道钉 7500 个、螺丝钉 5 万个、土方 2 万多方，任务非常艰巨。可是，人民的力量是无穷的，沿线人民积极支援需要抢修铁路用的枕木，仅滋阳一县即征购枕木 1.5 万根，凫山、邹县、滕县、济北、曲阜等县各区村也都准数送到。同时，沿线各县动员 240 多名铁匠打夹板、道钉，日夜赶工。许多铁匠自动合炉，成立小组。永顺号铁匠一连 4 天 4

夜赶做，连眼睛都熬红了，半月完成2000多个螺丝钉。铁匠孙兴邦误伤了头，稍加包扎便继续工作；孙凤年脚趾砸掉，不能抡锤就拉风箱。在打夹板时，铁匠们反复锻打，使夹板异常结实耐用。抢修器材从四面八方源源运来，不到20天，17万根枕木就全部送齐。

除供运器材外，铁路两侧的农民男女老少齐动手，修路基、铺道床，运土方、扛枕木。地方武装驻在路旁，一面护路，一面参加抢修。沿途村庄农民妇女识字班组织了护路小组，搭起草棚，拿起土枪大刀巡逻。

至1948年12月22日，在津浦线抢修中，共计修复线路44.425公里。其中：徐州—宿县间曹村至大栗园13.345公里，小桥6座，费时8天，用工4999工；茅村铁桥200米，修8孔，打桥墩13个，填石234方，费时3天半，用工3016工；临城—南沙河间，修复22.33公里，费时14天，用工10815工； 徐州—新安镇间，修复8.75公里，费时5天，用工2642工。

徐州市军管会铁道部于12月26日下午在中山堂召开庆祝徐济通车及慰问员工大会，奖发参加抢修人员每人半斤猪肉。市长周林、铁道部部长赵锡纯向工人表示慰问，鲁中南文工团演出了歌剧《白毛女》。

津浦铁路徐济段是华东的运输命脉，它的通车对支援解放战争意义极大。1949年元旦，华东区铁路管理总局负责人在接见记者时指出：火车一小时行驶六七十公里，风雨无阻。徒步行军一天只能走40公里左右，遇到雨雪天气还会受到影响。现在与解放战争初期不同，解放军可以随时利用铁路迅速调动队伍，大量歼灭敌人。部队以车代步，大大减少疲劳，能有更多的

↑ 大批物资通过徐济线运往前方

⊙ 徐州解放后铁路迅速通车

休整时间，作战时会更加奋发有力。后勤供应也由古代的车马舟楫改为近代化，一节车厢一次的运量等于1000个民工的劳力，效率空前提高。假定火车运输比人力畜力运输快6倍，就抵得上60万民工的劳力。运输线越长，铁路发挥的效用就越显著。

经过铁路员工和人民群众的昼夜奋战，到1949年6月底，共修复被破坏的线路长达320公里。至此，北到济南，南至蚌埠，西达商丘，东抵连云港，徐州四面通车，做到了“解放军打到哪里，铁路就修到哪里，火车就开到哪里”。

◎杨洪建

# 黎明前的战斗

1949 年，正值中国社会变革之际，人民解放军节节胜利，国民党政府摇摇欲坠。在这破晓时分，中共柳州城市工作委员会和中共宜山县城支部分别在湘桂铁路柳州地区和黔桂铁路侧岭地区积极活动，共发展中共党员 32 名，创建党小组 2 个，组织带领铁路工人护路保产，阻止敌人搞破坏活动，迎来了解放的第一缕阳光。

## 湘桂黔铁路员工解放联合会

清清柳江，巍巍鹅山，请记住陈聚魁、曹俊兴、张发棠、张学忠、魏喜绍、周正、温桑恒、苏尚忠、陈汉清、陈明德、谢友权、黄立群、罗长荣、银琳、王椿湘、江滔、宁宗粤、李克勤、张之骏、张豪这 20 个响亮的名字，他们是广西铁路史上最早的一批中国共产党员。

1949 年 1 月，中共柳州城市工作委员会先后派地下党员胡敬之、刘达尊等到湘桂铁路柳州地区开展党的秘密活动。潜伏在国民党柳江县政府合作社任指导员的中共党员胡习恒，主要负责柳州铁路地区中共党建工作和党的秘密外围组织建立工作，不久就发展了以上 20 名铁

↑ 1949 年 11 月 25 日，解放军第 151 师解放金城江，切断敌人西退黔、滇之路

路员工加入中国共产党，并在铁路水电厂（现柳州供电段）、机务段、铁路管理局机关分别建立 3 个党的活动地点。陈聚魁、王椿湘等 3 人分别为 3 个活动点的负责人，3 个活动点均由胡习恒单线领导。1949 年 5 月，经中共广西省城市工作委员会批准建立的党的秘密外围组织——湘桂黔铁路员工解放联合会（简称解联会）共发展会员 124 名，其中中共党员 11 名。

1949 年夏，国民党军队节节败退，中共广西省城市工作委员会决定加强政治斗争，把斗争矛头指向白崇禧等代表人物，组织在桂林、柳州、南宁散发革命传单，以宣传、教育、鼓舞广大革命群众，分化、瓦解、打击敌人。

5 月 14 日晚 8 时，解联会会员在柳州城市工作委员会领导下，全体出动，到指定地点散发和张贴“约法八章”“警告特务书”（公布首要特务名单）等，宣传中国共产党的政策，打击特务分子，揭发蒋介石的和平阴谋。人民群众看到传单后备受鼓舞，革命情绪大为高涨。

特务和反动分子则是胆战心惊，惶惶不可终日，自首投降者甚众。

## 中共黔桂铁路侧岭小组

黔桂铁路起于贵州龙里，止于广西柳州。在老黔桂铁路的麻尾站和金城江站之间，有一个小小的侧岭火车站，这里曾遭遇过日军数次狂轰滥炸，也诞生了广西铁路史上第一个党小组——中共黔桂铁路侧岭小组。

1948 年下半年，中共宜山县城支部先后派地下党员陈诗、张庆生、邵政、蓝秀芳等到黔桂铁路侧岭地区发展党的组织。1949 年 5 月，中共黔桂铁路侧岭小组成立，组长为孙亚仙，成员为张庆生、胡仲和、张清凤、王锡春。随着革命形势的发展，经党小组策划，1949 年 8 月开始组建党的秘密外围组织——湘桂黔铁路员工解放联合会侧岭分会，共有会员 30 余名，王锡春为分会负责人，胡仲和、张清凤分别担任组织委员、宣传委员，并发展阳礼清为中国新民主主义青年团团员，担任分会联络员一职。

被炸毁的柳江铁桥

为了保护铁路，迎接解放军南下，地下党小组根据上级党组织指示，1949 年 9 月 9 日，湘桂黔铁路员工解放联合会侧岭分会建立了铁路工人武装——湘桂黔铁路侧岭工人赤卫队，共有 150 余名队员，侧岭分会负责人王锡春任队长。赤卫队多次筹集炸药、雷管等爆破器材，以及油墨纸张和医药用品等支援当地农村的武装斗争，挫败了南丹县反动当局的武装破坏，保护了黔桂铁路的财产。同年 10 月，赤卫队编入广西都宜忻人民解放总队第三联队，配合当地人民武装和南下解放军解放南丹，参加剿匪，保护铁路。

## 湘桂黔铁路工人运动

新中国成立前夕，广西境内两条干线均遭到国民党军队的严重破坏，湘桂铁路和黔桂铁路能通车路段合计仅 539 公里。由于通货膨胀，连年亏损，2 万多名铁路员工生活贫困。1949 年，在中共柳州地下党组织的领导下，柳州铁路地区以地下党员和解联会会员为骨干，发动机务段、水电厂、材料库（原柳州铁路局材料总厂）等单位员工 2000 余人，举行了 4 次索薪罢工斗争，迫使湘桂黔铁路管理局撤换 5 任局长。

1949 年 1 月 8 日，柳州机务段职工开展索薪罢工斗争，停开柳州至桂林、金城江、来宾各线的列车，迫使铁路管理当局补发了拖欠的工资。3 月 28 日，桂林机务段 1000 多名职工开展索薪罢工斗争，当日由衡阳始发的 11 次旅客特快列车停开，桂林站扣留 12 次特快列车，并宣布将停开军运列车，迫使铁路管理当局补发了拖欠的工资。7 月至 8 月，解联会又领导铁路工人开展了两

⊙ 黔桂线拔贡车站的纪念碑

次大规模的索薪罢工斗争，迫使铁路管理当局补发了湘桂黔铁路全体员工 3 个月的工资。桂林、柳州铁路工人的罢工斗争，迟滞了新桂系军阀的军事运输，支援了中国人民解放军南下大军向华中、华南进军以及广西游击队的作战。

在中国人民解放军渡过长江之后，柳州铁路地区地下党员和解联会秘密组织铁路工人散发“中国人民解放军布告”和“给湘桂黔铁路高级职员的告诫信”等革命传单。1949 年 9 月，在迎接南下解放军解放柳州期间，湘桂黔铁路管理局派特务和帮会头目出面，以“维持职工生活，保护职工生命财产安全”为名，成立了“铁路员工福利委员会”。中共柳州地下党派党员和解联会会员打入“铁路员工福利委员会”，并逐步夺取了领导权，随后，以“铁路员工福利委员会”的名义成立了公开合法的护厂、护路队（后称“铁路工人纠察队”），与溃逃前的敌人进行了坚决斗争。

1945 年 11 月 25 日，桂林机务段职工将敌人存放在车站内的大批物资隐藏起来，并拖延开车时间，从而保存了 12 台机车、400 多节车皮和大批炮弹、药品以及其他军用物资。柳州铁路地区工人护路队夺取了湘桂黔铁路管理局警务处的数十支枪武装自己，从而保住了 37 台机车、143 节车皮，并迫使敌人军械库主任率一个排的武装队伍投降，交出 11 节车皮的炮弹。国民党军队企图派工兵炸毁铁路水电厂。护路队员昼夜武装站岗放哨，避免了水电厂遭破坏。在铁路工人护路队的保护下，大批军用物资和路产得到了保护。

◎唐一志

# 中国工人运动的先驱

王荷波

王荷波是中国共产党早期领导人之一，是我党纪律检查工作的奠基者。

1882年5月的一天，在福建省福州城内府里东廊顶，一个男婴诞生了。因是家中的长子，福建布政司衙门小书办王犹允给孩子取名灼华，寄予殷切的希望。

父亲职俸微薄，难以养家糊口，而在王荷波之后，家里又添了4个弟弟，贫困始终伴随着这个家庭。王荷波的童年只读过两年私塾，十多岁时他就要到闽江边石船馆参加捡石子劳动，挣点钱补贴家用。1901年母亲的病故使这个家庭更加困顿。在母亲故去后不满百天，19岁的王荷波便离乡背井，去江苏江阴投靠在海军鱼雷营当营长的姨父，在海军里当水手。一年后，由于姨父去职，王荷波又开始漂泊和流落，先后在大连青泥洼学机械，到旅顺枪炮局当机匠，后来，又由华北辗转华东。1916年夏，他到津浦铁路浦镇机厂当钳工，直至35岁时才娶妻成家。

1919年五四运动爆发后，北京学生纷纷南下到上海串连，王荷波开始接触新思想，他经常与进步学生交流，大量阅读《新青年》《劳动界》等进步刊物。这年6月7日，北京政府逮捕进步学生的消息传来，南京人民激于义愤，罢市一天。次日，王荷波等参与并组织浦镇机厂工人去南京声援罢工、罢市。可是，由于反动军阀的重重阻挠，渡江不成。他带领着怒火满腔的工人们在浦镇甫门街举行示威游行，支援南京人民的斗争。

在浦镇机厂，英籍厂长奥斯顿和总监工布拉克等人在厂内为所欲为，工人早就十分不满。王荷波代表工人向厂方提出改善生产生活的4项条件，罢工取得了胜利，布拉克也被辞退回国。这是浦镇机厂建厂以来最大的一次工人斗争，使工人们受到很大鼓舞，看到了自己的力量。在王荷波等人的努力下，1921年3月14日，浦镇机厂中华工会正式成立，王荷波被选为会长。工会关心工人群众的生活，兴办了工人浴室等，同时还兴办工人夜校，教育工人懂得自身求解放的道理，把工人紧紧团结在工会的周围。

1921年年底，中共北京地委成员、中国劳动组合书记部北方分部主任罗章龙到浦镇开展工作时被捕。王荷波闻讯后，挺身而出，率众工友将罗章龙营救出来，安顿在自己家里。从此，他和中共北京党组织取得了联系。1922年春，浦镇机厂工会加入了中国劳动组合书记部北方分部。同年6月，王荷波在北京加入中国共产党。同年秋，浦口党小组正式成立，王荷波担任组长。为了加强铁路工人的对敌斗争，他又组建了浦口铁路工会，并吸收搬运工人集体加入铁路工会。

为了进一步组织工人，王荷波奔波在津浦路上，先后组建了徐州、济南、天津等三大站的铁路工会。1923年1月9日，在全国工人运动的高潮中，王荷波带领浦镇机厂工人，联合浦口码头工人，举行了一次规模较大的罢工，要求增加工人工资，改善工人生活。参加罢工的工人达2000多人，使津浦路南段列车停运。军阀政府惶惶不安，慑于工人的力量，被迫再次做了让步，答应工人的要求。

1923 年 2 月 1 日是京汉铁路总工会成立的日子，王荷波作为津浦铁路总工会筹备组的代表前往参加大会。面对反动军警的武力威胁，王荷波等工会代表毫无惧色，冒着刺骨的寒风，迎着反动军警的刺刀如期开会。会议结束后，王荷波离开郑州，到津浦铁路沿线的天津、沧州、德州、泰安等地传达会议决定，组织津浦铁路沿线工人响应京汉铁路大罢工。

当王荷波赶回浦镇时已是 2 月 6 日深夜，他立即召开党组织秘密会议，发动浦镇机厂工人再次举行大罢工，提出恢复被开除的工人工作、增加工资一成、年终“花红”提前发放以及保障工人言论、集会、游行自由等要求。敌人迫于形势，只得答应部分要求。

作为工运领袖的王荷波此时已被敌人盯上，上级党组织指示王荷波尽快转移。这天深夜，王荷波通过在海军服役的四弟王代华的帮助，换上一身海军军服，乔装成水兵混进江利号军舰，乘舰离开浦镇码头顺流而下，向长江尽头的上海驶去，从此开始了职业革命家的生涯。

1923 年 6 月，王荷波赴广州出席党的第三次全国代表大会，并当选为中央执行委员。不久，被增补为中央局委员，经常同毛泽东、蔡和森等一起在三曾里工作和学习。1924 年 1 月，第一次国共合作正式

↑ “南京工运”纪念馆

形成，王荷波同毛泽东、恽代英、邓中夏、向警予等参加国民党上海执行部工作，王荷波担任执行部调查干部。他们为坚持我党的独立原则，贯彻孙中山先生的联俄、联共、扶助农工的三大政策做了大量工作。

同年6月，李大钊、王荷波、罗章龙、刘清扬等代表中国共产党出席在莫斯科召开的共产国际第五次代表大会，还同罗章龙、姚佐唐一起参加了在莫斯科举行的赤色职工国际大会。

在党中央工作期间，王荷波还兼任中共中央工委书记，肩负着领导全国工人运动的重任。他还直接领导铁路、海员和江苏、上海等地的工会工作。1925年1月，王荷波在上海参加了党的四大，向大会传达了共产国际第五次代表大会的决议。党的四大决定，王荷波与罗章龙共同负责全国铁路总工会的工作。2月，王荷波在郑州主持召开全国铁路总工会第二次代表大会，并当选为全国铁路总工会委员长。5月初，他参加在广州召开的第二次全国劳动大会，领导成立中华全国总工会，并当选为中华全国总工会执行委员。会后，王荷波继续在上海、南京一带领导工人运动。

1925年五卅运动中，王荷波是上海工运的领导人之一，曾参与筹备成立上海总工会，发动25万工人罢工。在这期间，王荷波还常到南京领导反帝爱国运动。在王荷波的领导下，英商和记洋行的工人坚持了长达40天的罢工，成为南京工人运动的中心。1925年6月，王荷波被中共中央派往郑州，作为党中央特派员参加中共豫陕区委的领导工作。9月18日，河南省总工会成立大会和京汉铁路工会代表大会在郑州举行，王荷波以全国铁路总工会来宾的身份参加大会，并发表了演说。

1926年3月，王荷波来到大连，召开铁路工人代表大会，成立南满铁路总工会。8月，王荷波任全国铁路工人运动中央特派员。

1927年3月，上海工人举行第三次武装起义。王荷波赶到上海，亲临起义第一线，整顿起义队伍，指挥工人武装队伍与反革命武装作战。4月27日至5月9日，党的第五次全国代表大会在湖北武汉召开。

↑ 1924 年 6 月，王荷波受党的委派，和李大钊、罗章龙、刘清扬等组成中共代表团，出席在莫斯科召开的共产国际第五次代表大会。图为共产国际第五次代表大会中国代表合影（前排右一为李大钊，后排右三为王荷波）

在这次大会上，成立了中共中央监察委员会，王荷波当选首任主席。6 月，在汉口召开的第四次全国劳动大会上，王荷波被选为中华全国总工会常委。8 月 7 日，王荷波以中央监委的身份参加中共中央在汉口召开的紧急会议，并被选为临时中央政治局委员。

"八七会议"选出的临时中央政治局决定设立中共中央北方局、南方局和长江局，北方局由王荷波、蔡和森、刘伯庄、彭述之、张昆弟等人组成，王荷波任书记。"八七会议"后，王荷波亲自指导河北玉田农民武装暴动，虽然暴动最终失败，但这次暴动为冀东人民武装夺取政权开了先声。

10 月 18 日，为筹建北京市总工会，王荷波来到北京法政大学参加积极分子活动会，不幸被反动警察逮捕。由于叛徒告密，王荷波被奉系军阀关进监狱。11 月 11 日深夜，王荷波在北京安定门外被敌人秘密杀害，时年 45 岁。

◎杨洪建

# 毅魄归来日　灵旗空际看

沈干城

沈干城生于上海市浦东三林乡。其祖父是晚清秀才，终身热心教育，在乡里办私塾，又创办懿德小学。沈干城小时先在懿德小学读书，后到三林高等小学读书，毕业后回懿德小学任教。

1919 年，五四运动爆发，沈干城召开学生大会，声援学生罢课游行的爱国行动。他还在黑板上写下“公理战胜强权”“天下兴亡，匹夫有责”等标语。1921 年中国共产党成立后，沈干城经人介绍，认识了中国劳动组合书记部李启汉等人，参加了劳动组合书记部的一些活动。这时，我党决定“以全力组织全国铁道工会”。不久，沈干城被派任沪杭浙路铁路特派员。

1922 年，沈干城对家人说“外出教书”，辞别家乡来到沪杭铁路闸口机厂，当了一名钳工。他脱去长衫，穿上土布短衫，和工人们住在一起，广泛结交工友。1922 年 4 月，京汉铁路召开第一次全路代表会议，沈干城作为沪杭铁路的代表，应邀出席了长辛店工人俱乐部成立大会，会见了邓中夏、何孟雄等人。5月至6月，沈干城回杭不久，即由中共上海地方兼区执行委员会书记徐梅坤介绍入党，成为浙江铁路的第一名党员，也是中共在浙江省的第一个地方组织杭州小组的成员。

10月，沈干城仿照长辛店的做法，创办了铁路闸口机厂工人自修学校，组织工人读书，提高工人文化水平，启发阶级觉悟，传播马克思主义思想。工人夜校逐步扩大，起到了秘密工会的组织和宣传作用。

1923年1月，沈干城作为沪杭铁路的代表前往郑州，参加京汉铁路总工会成立大会，和罗章龙、王荷波、项英等参与了大会会务工作。1924年2月，在刚成立的全国铁路总工会领导下，沈干城组织杭州铁路工人集会，纪念二七惨案一周年。4月，沈干城发动和领导了闸口机厂工人的第一次罢工，向厂方提出改日薪制为月薪制，增加工资，不许打骂小工、徒工等要求。厂方被迫答应了全部要求，这在沪宁、沪杭铁路工人中产生了重要影响。他还在杭州地区党组织的领导下，发动铁路工人参加杭州各界悼念列宁大会和纪念五一劳动节大会，使铁路工人运动汇合到杭州产业工人的洪流中，得到了锻炼和提高。

1925年2月7日，全国铁路总工会在郑州召开第二次代表大会，沈干城被推选为全国铁路总工会执行委员。7月，中共上海（江浙）区委派王警东、余茂华到沪宁、沪杭两路进行建党工作。沈干城在余茂华的帮助下，在闸口机厂工人自修夜校的基础上建立了工人俱乐部，半年之内参加俱乐部的工人从40多人发展到300多人。沈干城把俱乐部作为组织工运的中心，并从中物色、培养建党对象。8月至10月，他先后发展了钟鼎祥、洪德生入党。中共上海（江浙）区委决定由沈干城、钟鼎祥、洪德生组成中共沪杭铁路独立小组，直属中共杭州支部领导。不久，他在车务部门发展了艮山门站帮运（行李员）赵刚入党。11月，他又发展了车房司炉方仁郎入党，正式建立了由沈干城负责的沪杭铁路党支部。这时，中共杭州地委成立，沈干城担任地委领导工作，任工人部长。此后，他又陆续发展了浦镇机厂门警沈乐山、工务部门王汝高等人入党，还发展了金少棠等人入团，扩大了铁路的党团组织。

1926年年初，中共杭州地委指示沈干城等秘密组织杭州市总工会，沈干城任总工会执行委员兼“铁总”指导员。2月7日，由李大钊、邓培等主持，在天津召开全国铁路总工会第三次代表大会，沈干城以两路代表团成员的身份秘密参加了这次大会，并在会上作《沪宁、沪杭两路代表团工作报告》。2月15日，沈干城被选为全国铁路总工会领导成员。

北伐战争开始后，他和沈乐山等一起，秘密组织铁路工人纠察队，亲自带领“铁道兵团”成员，拆毁艮山门、嘉兴至石湖荡两个地段的钢轨，卸去机车的主要部件，阻止了孙传芳的军队乘火车逃走。

1927年2月15日，他与抵达六和塔的北伐军东路军前敌总指挥部先遣队便衣侦察取得了联系，组织工人和闸口一带的居民，对孙传芳军队设在玉皇山天龙寺的军火仓库进行突然袭击，破坏了敌人作战部队的军火和粮草供应。2月17日，沈干成和沈乐山率领300余名铁路工人纠察队及200多名工人群众，去六和塔之外的徐村、梵村一带迎接北伐军进城。杭州当日宣告光复。

上海工人举行第三次武装起义前夕，沈干城领导沪杭铁路党支部配合吴淞机厂工人的罢工。3月12日起，发动沪杭甬铁路200多名机车乘务员举行罢工。15日沪杭甬铁路全线客货运交通中断。18日，罢工工人转入对铁路的破坏，拆毁了钢轨。19日，成立了“两路罢工委员会”，发表了宣言和通告。沈干城被推选为罢工委员会副总指挥，统一指挥两路罢工事宜。这次罢工有力地支援了上海工人第三次武装起义。3月22日，起义成功后，他又迅速组织铁路工人修复铁路，使沪杭铁路全线很快恢复了运输。此后，沈干城担任沪杭甬铁路总工会副委员长兼宣传部长，沪宁、沪杭两路总工会副委员长。

1927年3月20日，以蒋介石为代表的国民党右派集团一手制造了“3·20”火烧宁波总工会和袭击杭州总工会的事件。4月1日，中共杭州地委发动各产业工人罢工，铁路工人纠察队全体出动举行抗议集会，沪杭甬铁路中断了交通。至4月5日，工人们的要求得到满足后才得以复工。

在白色恐怖下，沈干城毫不畏惧，与沈乐山等一起组织杭州铁路工人参加了1927年4月16日中共杭州地委领导的全市产业工人“反叛变、反屠杀”游行示威，强烈抗议国民党反动派镇压工人运动、血腥屠杀工人群众的反革命罪行。次日，他又以沪杭甬铁路总工会的名义，下令举行大罢工，这次罢工一直坚持到4月23日，最后因各方面形势恶化，经地委指示，才忍痛复工。

1927年5月27日上午，沈干城和薛暮桥、钟鼎祥、王汝高、许仲平等4位执委在总工会会所同时被捕，先关押在杭州市公安局柴木巷

↑ 沈干城、沈乐山塑像

拘留所，继转押于杭州地方法院看守所。1927年8月，敌人组成特别刑事法庭，审理“铁路工潮案”，对沈干城施以酷刑，逼其出卖党的机密。但他除承认自己是共产党员外（国共合作时沈干城已公开中共党员身份），其余事情一个字也不肯说，并竭力为其他4名执委开脱，后来使王汝高、许仲平得以取保释放，薛暮桥、钟鼎祥得以轻判，在生死关头保护了同志。

1927年12月25日，他被转移到浙江陆军监狱。1928年春，特别刑事法庭判处沈干城“一类刑”，刑期13年。当年9月，沈干城被递解到苏州江苏陆军监狱。1932年1月，改押至南京中央军人监狱。10月，又复押回苏州江苏陆军监狱。这样反复转押折腾，加上狱中伙食恶劣、营养极差，严重影响了沈干城的健康。他患了严重肺病，全身浮肿，连眼睛都睁不开。1934年9月22日，他以微弱的声音对同监难友说：“同我一起革命的贺晓天、汪寿华、孙津川等都已牺牲了……共产党员是不怕死的，是杀不完的。我小时候读过夏完淳的两句诗，‘毅魄归来日，灵旗空际看’。我如果在死后能成为刚毅的鬼，高举义旗，同敌人斗争到底，有多好！”

当晚7时，沈干城终因不堪敌人长期折磨，牺牲于狱中，年仅36岁。

◎陈慈林

# 献身绥远和平解放

⊕ 王士鑫

1945 年秋，八路军解放了绥东平地泉等地。党组织根据王士鑫的觉悟、特长和能力，安排他在平地泉（今集宁）铁路管理处工作。工作中，他英勇顽强、奋不顾身，在一次执行任务中不幸被特务杀害，献出了年仅 22 岁的生命。

## 入党：在艰难岁月中成长

王士鑫 1928 年出生在北京通县一个贫困之家，由于家庭生活困窘，初中还未毕业就被迫辍学。1942 年，王士鑫考入张家口铁路学院电报科，学满一年后，被分到平地泉铁路车站报房工作，靠着微薄的薪水维持生计。虽然生活艰难，但爱学习的王士鑫依然想方设法阅读了不少革命书籍，再加上身边共产党员的影响和带动，他在思想上、行动上不断向党组织靠拢。

1945 年秋，绥东平地泉等地相继解放。党组织安排王士鑫到平地泉铁路管理处工作。从此以后，他抱着炽热的革命情怀，积极投入恢复铁路交通、调运军火物资、支援解放战争的紧张工作中，逐渐成长为一名出色的铁路青年积极分子。1946 年，凭着优异的表现，王士鑫光荣地加入了中国共产党。从此，他的革命热情更加高涨，工作干劲更加高昂。

然而，就在全国人民为难得的和平而欢欣鼓舞、热火朝天开展生产运动时，1946 年 6 月 26 日，国民党反动派悍然撕毁“停战协定”，集中 25 个旅的兵力，大举围攻中原解放区，掀起了大规模的全面内战。当年 8、9 月间，驻扎在归绥、包头一带的国民党军队向绥东解放区猛扑过来，按照党中央的部署，王士鑫奉命随军撤到晋西北岚县解放区。

其间，组织上为了提高王士鑫的政治和文化水平，安排他在晋绥实验学校职工大队学习。接着，又于 1947 年 1 月派他参加晋中战役随军工作团。在前线，王士鑫接受了血与火的考验。战役结束后，组织上派他到晋绥军区军政干部学校接受马克思列宁主义的正规教育。学习中，他勤奋刻苦，常常一学就到深夜，马列主义理论水平得到快速提升。

1948 年秋，为配合辽沈战役顺利进行，华北人民解放军组织了第二次察绥战役，解放了绥东南广大地区。遵照党关于开展解放区工作的指示，王士鑫随同一大批军政干部奉命北上回到平地泉，起初担任平绥铁路西段管理处秘书，不久便升任人事科长。

## 战斗：为绥远和平解放而牺牲

1949 年 3 月 5 日，在党的七届二中全会上，毛泽东主席在报告中提出“绥远方式”，以期和平解放绥远。党中央从西柏坡迁驻北平后，毛泽东、周恩来等中央领导特别关注绥远问题，毛泽东主席半年之内 7 次召见傅作义，鼓励傅作义在北平和平解放后，为人民再立新功，希望和平解决绥远问题。此后，经过 3 个多月的艰苦谈判和反复协商，

1949 年 6 月 8 日，双方在北平签订了《关于绥远划界、交通、金融、贸易、派遣驻归绥联络机构等具体问题的协议》（简称《绥远协议》）。

但是，协议的签订只是和平曙光的初现，实施过程异常艰难曲折。国民党一些顽固派极尽破坏协议之能事，组织一部分部队武装游行示威，满大街张贴反动标语；国民党特务也伺机而动，猖獗地开展破坏活动，妄图阻止绥远和平解放的进程。党中央审时度势，抽调一批富有统战工作经验和在铁路、贸易等方面有专长的同志，组成华北人民政府驻归绥联络处直接进驻归绥，千方百计推动协议落实。王士鑫作为其中的一员负责归绥铁路和平通车工作。他和同事们勇敢地和敌特分子作斗争，义无反顾地走上街头，宣传党的和平主张，宣传《绥远协议》的主要内容，让老百姓知道：共产党派代表来了，绥远要和平解放了！

为了阻止绥远和平解放，国民党特务机关狗急跳墙，向在归绥的特务发出密令：不惜一切代价破坏绥远和平起义，破坏铁路顺利通车。7 月 24 日下午 2 时，王士鑫和同事一行 4 人在归绥旧城执行任务后返程，途经国民党归绥警备司令部门口时，被几名国民党便衣特务拦住，强行非法搜身。经过一番折腾，特务没有搜出任何有价值的信息，但仍不肯放行，还想把王士鑫等人胁迫到警备司令部院内。面对咄咄逼人、面目狰狞的敌特分子，王士鑫义正词严地说：“我们是来协助董其武将军具体执行和平解决绥远协定的，难道连走路的自由也没有吗？”特务们蛮不讲理，疯狂叫嚷：“这地方就

↑ 董其武在绥远和平起义通电仪式上签字

是没有你们的自由！”并拳脚相加对王士鑫等人动起了粗。

这时，附近的群众纷纷围上来，大家都用愤怒的目光瞪着那几个特务。特务们见激起了众怒，不敢再下毒手，只好暂时作罢，灰溜溜地走了。可谁都没有想到，特务们虚晃一招又杀了个回马枪。当王士鑫和同事们走到慈善院（今呼和浩特市医院）附近时，几个特务又恶狗扑食般冲上来，一面喊“站住”，一面甩出两颗手榴弹。王士鑫等人急忙闪避在马路旁边的水沟里，待手榴弹爆炸后，他们刚站起来，特务们又开了枪，王士鑫被子弹打穿腹部，倒在了血泊里，其他同事也被敌人打伤。

待驻归绥联络处的同志们闻讯赶来，特务们已逃之夭夭，大伙急忙把王士鑫抬到绥远省立医院。不料特务们已经暗中威胁医院不能施救。经过驻归绥联络处与绥远当局反复交涉，终于在6个小时后，大夫才给王士鑫做了手术。但由于失血过多，为时已晚，王士鑫同志永远闭上了双眼。

王士鑫被国民党特务杀害的噩耗传出后，广大人民群众义愤填膺，许多民众冒着被迫害的危险，不约而同地前往驻归绥联络处吊唁。驻归绥联络处立即向国民党绥远当局提出严正抗议，国民党绥远省政府主席董其武随即赶到驻归绥联络处致歉，并严令缉拿凶手。与此同时，驻归绥联络处一面把事件经过报告党中央，一面派人赴北京通县慰问烈士家属。7月26日，驻归绥联络处将王士鑫的灵柩运回绥东解放区中共绥远省委、省人民政府所在地丰镇，并举行了隆重的追悼会。

## 胜利：对英雄的最好告慰

王士鑫牺牲后，国民党绥远省政府主席董其武立即将这一严重事态报告傅作义。当晚，得知事情经过的毛泽东主席在接见傅作义时明确表示，事情总是有曲折的，革命是不可能没有牺牲的。解放绥远仍用“绥远方式”，商谈的既定方针不变。

此后，经过方方面面大量艰苦的工作，肇事凶犯被缉拿归案，就地枪决。1949 年 9 月 19 日上午，在绥远银行包头分行礼堂，以董其武为首的绥远省军政要员和各族各界代表人士联名发出绥远起义通电，向全国人民庄严宣布：“今天我们正式脱离依靠美帝国主义的蒋介石、李宗仁、阎锡山等反动残余集团，坚决走到人民方面来。绥远和平解放，我们得到新生。”至此，绥远回到人民的怀抱，烈士生前夙愿得以实现。和平通电发表以后，绥远军政委员会成立，负责改造旧政权、改编旧军队、安排起义人员、恢复和发展生产、剿匪肃特等各项工作。之后，经过近两年的艰辛努力，圆满完成了党中央提出的“军队解放军化，地方解放区化”的目标，给烈士忠魂送上了最好的告慰。

1984 年 4 月，为了永远纪念和缅怀革命烈士，呼和浩特铁路局工会组织把王士鑫烈士的遗骨和天津铁路管理局为烈士立的纪念碑迁至丰镇薛刚山上。铁路部门和当地政府坚持在“七一”“十一”等节假日举办追悼纪念烈士活动，让职工群众永志不忘革命先辈，永远听党话、跟党走，为实现中华民族伟大复兴的中国梦而矢志奋斗。

◎薛艳伟

# 人生征途　桥梁以渡

⊙ 茅以升

“人的一生，不知要走过多少桥，在桥上跨过多少山和水，欣赏过多少桥的山光水色，领略过多少桥的诗情画意。无论在政治、经济、科学、文艺等各方面都可以看到各式各样的桥梁作用。”这段话选自1963年2月《人民日报》上连载的《桥话》，作者就是中国科学院院士、我国近代桥梁工程奠基人、被誉为“中国现代桥梁之父”的茅以升。

谈到茅以升，人们往往会想到桥。他一生钟情于桥，致力为桥，一辈子为祖国的江河湖海架桥，也为科技与人民架桥，为祖国统一架桥，用自己勤勉不倦的奋斗架设了一座通向未来的科学精神之桥，抒写了波澜壮阔的无悔桥梁人生。

## 玉汝于成：励志奋斗、才华卓著的青年时代

茅以升，字唐臣，1896 年 1 月 9 日生于江苏丹徒县（今镇江市）。祖父茅谦是一位具有强烈爱国心的读书人，他为孙子取名“以升”，意思是既希望家业昌盛，更希望国家升平。

茅以升自幼聪明好学，4 岁时入南京私塾，7 岁入学南京思益学堂（被誉为国内第一所新型小学）学习，11 岁考入江南中等商业学堂（中学），尤喜爱数学、英文。读古文，过目能诵。14 岁就读学堂（清代称之学堂）改名江南高中两等商业学堂，升入高等预科。1911 年，茅以升因报考清华学堂误了考期，改考唐山路矿学堂（后更名为唐山工业专门学校，今西南交通大学前身）预科被录取，其成绩名列前茅。

1916 年，茅以升以 4 年成绩总平均名列第一毕业，并以全国考试第一的成绩考取清华学校官费留美研究生，赴美国康奈尔大学桥梁系攻读硕士学位。在美国康奈尔大学期间，他以特优的考分引起校方的重视。毕业典礼上，校长把亲笔签名的硕士文凭发给茅以升，并当场宣布：“今后唐山工业专门学校毕业生来读研究生，可以免试入学。”

自康奈尔大学毕业后，茅以升到美国匹兹堡桥梁公司实习，在此期间，报考了卡内基·梅隆大学桥梁系夜校。从此，他白天实习，晚上学习。时间对于这位 20 出头的年轻人来说异常珍贵，他每天凌晨 4 点起床，乘火车赶往公司途中还不忘温习英语；工友休息时他还在做功课；在图书馆看书太入神，竟被管理员锁在屋子里。他再次以勤奋证明了自己，博士论文《框架结构的次应力》顺利通过答辩，成为卡内基·梅隆大学历史上首名工学博士。该文的创见还被称为“茅氏定律”，获得“斐蒂士”金奖。

2006 年，卡内基·梅隆大学在校园里专门竖立了茅以升的雕像，以纪念该校历史上首名工学博士，这是该校建校百余年来第一尊人物纪念雕像。

## 钱塘壮怀：中国第一座公铁两用桥的主持建造者

1905 年，茅以升 9 岁时，家乡秦淮河上举行龙舟大赛，一座年久失修、名为“文德桥”的桥梁，因众人挤压而坍塌，人员伤亡惨重，其中就有他的同学。这一事故让茅以升下定决心，一定要造出结实牢固的桥！

在结束了美国的学习之后，1920 年 1 月，茅以升回到了祖国，走上交通大学唐山学校（今西南交通大学）的讲台。1933 年 3 月，在天津北洋大学（今天津大学）授课的茅以升受浙江省建设厅厅长之托，开始主持建造钱塘江大桥。当时，中国多座大桥均由外国人设计并主持建造：德国人主持建造了黄河大桥，俄国人主持建造了哈尔滨松花江大桥，美国人主持建造了珠江大桥……难道中国人自己不能建造大桥吗？想到这，茅以升“让现代化大桥飞越天堑，去打破洋人诬蔑我们的谎言”的决心更加坚定了。

1934 年 11 月 11 日，钱塘江大桥开工典礼；1935 年 4 月 6 日，正式开工；1937 年，建设者日夜奋战，历经磨难，大桥建成。

1937 年 7 月 7 日，全民族抗战爆发，8 月 13 日战火延至淞沪，茅以升临危受命，在敌机轰炸下，昼夜赶工建桥。当年 9 月 26 日凌晨 4 点，铁路桥建成通车，使后方的物资、部队以及百姓通过大桥，随后 11 月 8 日，上海失守，大量难民涌入杭州，形势危急。11 月 17 日，大桥公路面开通，仅一天就有 10 万多百姓从桥上通过。据统计，在开通的 89 天里，数百万人通过大桥而得救，通过的军用、民用物资，其价值远远超过了建造钱塘江大桥的总投资，为抗击日本侵略者作出了巨大贡献。

为阻止日寇，茅以升协助我军将桥炸毁，并愤然写下：“桥虽被炸，然抗战必胜，此桥必复，立此誓言，以待将来。”炸桥迟滞了日寇的进攻，为保护百姓安全赢得了时间。

抗战胜利后，1946 年 9 月，茅以升主持了大桥的修复工程；1947 年 3 月，公路桥通车。

⊙ 第一列火车通过钱塘江大桥，它把沪杭甬、浙赣线正式联成网

斗转星移，历经风雨的钱塘江大桥依然屹立在钱塘江上，日夜承担着我国交通运输事业的重任，成为中国桥梁建筑史上一座不朽的丰碑。2006 年 5 月 25 日，中华人民共和国国务院公布钱塘江大桥为全国重点文物保护单位。

## 铁科岁月：铁科院奠基人、铁路科技事业的开拓者

茅以升是铁科院的奠基人，铁路科技事业的开拓者，为中国铁路科技进步作出了卓越贡献。

1950 年 3 月 1 日，铁道技术研究所在唐山诞生，这是新中国第一个行业科研院所。1950 年 9 月，中央财经委员会邀请时任中国交通大学（后改称北方交通大学，今为北京交通大学）校长、著名桥梁专家茅以升兼任铁道技术研究所所长。1952 年，专任铁道技术研究所所长。

1956 年，任铁道科学研究院院长。直到 1981 年卸任。

在主持铁科院工作期间，茅以升呕心沥血，辛勤耕耘，忘我奋斗，从创建奠基到新址筹划，从延揽人才到搬迁京华，从环线建设到合作基点，从科学研究到规划制定，从院所建制到装备建设，从国际交流到人才培养，都倾注了他毕生学养和巨大热忱。他于 1954 年提出了“一切为科研，科研为运输”的办所（院）思想，这一直以来成为铁科院遵循的基本方针。

在他 32 年的辛勤耕耘下，到 20 世纪 80 年代，铁科院已经初步发展成为铁路行业专业齐全、技术雄厚、人才汇集、装备先进的综合性专业研究机构。

## 风范长存：中国科技界的杰出典范

茅以升在晚年回顾一生时说：“人生之路崎岖多于平坦，忽似深

⊕ 钱塘江大桥炸毁全景

谷，忽似洪涛，好在有桥梁可以渡过，桥梁的名字叫什么呢？叫‘奋斗’。”他一生奋斗不息、矢志报国、科学求真、博涉多优，为后人留下一笔仰之弥高的丰厚精神财富。

作为著名桥梁专家，茅以升参与了修建武汉长江大桥、人民大会堂结构安全审定等重大工程建设。他一生潜心科研，学桥、造桥、写桥，在中外报刊发表文章200余篇，主持编写了《中国古桥技术史》及《中国桥梁——古代至今代》（有日语、英语、法语、德语、西班牙语五种版本），还著有《钱塘江桥》《武汉长江大桥》《茅以升文集》等。

茅以升一生关注和倾心教育事业，是享誉中外的科普教育大家。早在20世纪30年代，茅以升就提出：“科学绝不仅仅是科学家的事。只有让广大群众懂得科学，才能提高整个国家的科学水平。”他认为，科普工作是实现科技大众化的起步，是改造自然、解放生产力的头等大事。由此，他撰写了大量科普作品，引导青少年学科学、爱科学。

他还倡导通过办好科技报把科学知识传授给大众。他主持撰写的《从赵州桥到南京长江大桥》，被翻译成英语、法语、德语等多种文字版本。

茅以升还是思想进步、具有浓厚家国情怀的社会活动家。他先后担任全国人大代表、全国人大常委会委员，第六届全国政协副主席，国务院科技规划委员会委员，中国科学院学部委员、技术科学部副主任，中国科学技术协会副主席，中国科普协会副主席等社会团体机构负责人。他是中国土木工程学会的主要创始人，一直担任理事长和名誉理事长。茅以升的卓越成就，得到国内外的广泛认可。

茅以升还先后率领中国科技代表团访问过 14 个国家，为促进中外科技文化的交流和各国人民的友谊辛劳奔波。晚年的茅以升依然致力于为祖国统一“搭桥”，而这也一直是他魂牵梦萦的一桩心事。他曾提出联系中国科协，把国外先进的学术、科技成果引进祖国，为侨居海外的华人报效祖国架起一座通畅之桥。

1987 年，茅以升已 91 岁高龄，他光荣地加入中国共产党，实现了一生追求进步的崇高夙愿。

◎张　依

# 社会主义建设时期

# 当好成渝开通的“火车头”

1952 年 7 月 1 日，成渝铁路全线通车典礼在成都、重庆同时举行。担任全线通车列车牵引任务的是重庆机务段 3846、3859、3816 号三台蒸汽机车。3846 号机车从成都始发，3859 号机车从重庆始发。3816 号机车从九龙坡始发，它作为特别机车，先行一步压道，确保成渝铁路通车万无一失。

成渝铁路通车前几天，西南铁路工程局领导召集 3 个机车包乘组开会。他们都是政治可靠、技术精湛的机车乘务员，包括宋振文、侯顺丰、孙宝金、张凤军、苏传来、孙振华、黄松山、刘宏儒、李鸿升等。局领导再三强调，成渝铁路全线通车，不仅是四川人民的大喜事，也是全国人民的大喜事，这次开车不同寻常，要百倍警惕，保证通车圆满成功。专程到重庆参加庆典的铁道部部长滕代远等领导也对大家给予了鼓励。大家感到既紧张又激动，自豪兴奋之情溢于言表。

3 台机车的乘务员像照顾自己的亲人般精检细修，精心擦拭机车。技术人员也反复检查，确保万无一失。经过检修装饰的机车漂亮极了：车头正中悬挂着毛泽东主席像，毛泽东主席像的上方是金色的党徽，机车的顶部用铁架支撑着“西南铁道”四个大字，机车排障器的上方是“纪念中国共产党三十一周年”“庆祝成渝铁路全线通车典礼”两排标语。3 台机车如同 3 个孪生兄弟，只等那欢乐幸福的时刻一到，就将奔腾于巴山蜀水之间。

成渝铁路通车的这一天到了。成都、重庆两地沉浸在一片欢乐的海洋之中。为防敌特破坏，3816 号机车默默挑起先行压道的重任，黎明时从九龙坡出发。临行前，西南铁路工程局和重庆机务段的领导走上前，与乘务组一一握手道别。3816 号机车乘务组孙振华和他的伙计们又检查了一遍机车，一切安好。未待太阳升起，他们就拉响汽笛出发了。

压道彩车在欢乐中前行，孙振华的思绪也在奔驰。为了成渝铁路早日修好，西南铁路工程局总工程师、副局长萨福钧将自己从国外带回的 5 万美金，全部捐给了抗美援朝运动和修建成渝铁路。当几大箩筐

↑ 成渝铁路全线通车典礼

兑换成人民币的钞票被抬进会场时，在场的干部、工人被萨老的爱国情、爱路情深深感动，有的人热泪直流，会场不由地爆发出雷鸣般的掌声。这种热烈的氛围也让萨老热泪盈眶，他多次站起来向现场的职工鞠躬行礼！

列车行驶到资阳站停车后，人们扶老携幼，里三层外三层，围着火车看，胆小的远远议论，胆大的上前摸摸，想弄清是木是铁是铜是金；想问这么长的列车怎么开得走。一位老乡问孙振华：“火车里安逸不安逸？”孙振华用刚学会的四川话回答：“安逸得很。”他还不停地给老乡们介绍，火车是用蒸汽把它开走的。老乡们似懂非懂地点点头，其实他们想不通，煮饭的蒸汽，为什么有那么大的力气？然而他们眼见为实，不由得跷起大拇指。

负责从成都向重庆始发彩车牵引任务的3846号机车组的9个年轻人，提前几天便来到了成都，小伙子们寸步不离轮流守着彩车，以防敌特破坏。7月1日早上7时，他们驾驶机车来到成都站，与列车连接后，就等候那欢乐幸福的时刻了。这次机车后面特别加挂了一节行李车，以便乘务员休息。行李车之后又挂了几节车厢，车厢两边贴满了红红绿绿的喜庆标语。穿新衣、拿彩旗的群众见装饰一新的机车驶来，纷纷向乘务员挥动小旗。小伙子们好不自豪，心里如喝了蜜一般甜。司机拉响汽笛，向周围的人群致敬。

8时许，西南军区司令员贺龙及四川省、成都市、铁路筑路总队的领导同志登上主席台，宣读了毛泽东、周恩来、朱德等领导人的题词或贺信。在雷鸣般的掌声中，贺龙庄严宣告：成渝铁路是中华人民共和国成立后修建起来的第一条铁路，也是一条完全由人民自己修建起来的铁路。

庆典仪式结束后，修筑成渝铁路的英模代表、四川各族人民代表、民主人士及青年学生代表登上了装点一新的列车，幸运地成为成渝铁路通车后的第一批乘客。贺龙和大会主席团的同志来到3846号机车前，向站台上的群众挥手致意，然后转过身来向宋振文、侯顺封和他们的伙伴挥手。几名少先队员在机车前用手托起一条大红绸。贺龙来到红绸前，再次向欢呼的人群挥手，然后接过一把新剪刀，在长长的红绸中部一晃，剪一下，瞬间飞出两条“彩虹”。锣鼓齐鸣，汽笛长啸，空中3架银色的飞机呈“品”字形盘旋，向英雄的筑路大军、向巴蜀儿女致贺。

会场沸腾了，成都沸腾了。机车上的宋振文和伙伴们激动不已，他用激动得发抖的手拉响了汽笛。列车缓慢开出，踏上了“新中国第一路”的历程。

在成都沸腾的同时，山城重庆也沉浸在欢乐的海洋中。重庆庆典会场设在菜园坝。天刚亮，铁路工人、青年学生及各界群众就打着鼓、举着旗，扭着秧歌来到会场，车站附近路口、山坡上都站满了人。

庆典会上，铁道部部长滕代远代表党中央将绣有毛泽东主席亲笔题词“庆贺成渝铁路胜利通车，继续努力修筑天成路”的锦旗授给了西南铁路工程局。现场顿时鼓乐齐奏，鞭炮齐鸣，群众齐呼：“毛主席万岁！”滕代远部长走上主席台，站在3859号机车前为全线通车剪彩。

金色的阳光照在披红挂彩的列车上，整装待发的列车更显威武雄壮。成群的记者被吸引了过来，一个又一个镜头对准了机车，对准了列车。

“司机同志，你能不能坐在驾驶室让我们照张相？”当李鸿升拎着检点锤来到机车旁时，一个年轻记者有礼貌地说。李鸿升爬上机车，坐在驾驶室一侧的座位上，满脸笑容。记者随即拍下了这一幕。这张照片后来被收入成渝铁路通车典礼影集，载入了成渝铁路的史册。

10时整，滕代远部长剪彩后，站台前方的扬旗下垂，车站信号员举起绿色信号旗，李鸿升抓起汽笛阀手柄，“呜——”一声长长的汽笛在空中响起。这是成渝铁路胜利通车的笛声！它向人们宣布：四川人民多年的愿望实现了！在万众欢呼声中，李鸿升沉稳地拉开汽阀门，彩车缓缓地驶出车站。

3859 号机车司炉黄峰山挥动双臂，踩动炉门，把一铲铲煤送入火红的炉膛，炉门口吐出欢快的火焰。几天前，3859 号机车全体乘务员表了决心，坚决保证通车仪式的顺利进行。他们还商量，“七一”通车那天双喜临门，应该留一点儿值得终生纪念和自豪的东西，于是每人拿出积攒的几元钱，买了红色长袖衫和白色背心。他们在红衣胸前用白布绣上“3859”几个数字，在白背心上印上“3859”几个红字。“七一”这天他们都穿上了这身衣服，精神百倍。

3859 号机车牵引着庆典彩车沿长江逶迤而行，沿途都有敲锣打鼓的欢迎人群。车到榫木镇时天已近黄昏，沱江大桥桥头的烈士纪念碑被晚霞染得通红，那里葬着两位英雄战士，他们是为修筑沱江大桥牺牲的。彩车拉响汽笛，笛声向烈士告慰：成渝铁路通车了。

第二天早上，3859 号机车牵引着彩车平安驶进成都车站。铁道部的一位首长来到 3859 号机车旁，看到他们红红的长袖衫上赫赫醒目醒目的“3859”时，他被乘务员们爱国、爱路、爱车的行为深深感动。

↑ 群众庆祝成渝铁路通车的场景

他不住地点头，与乘务员们一一握手，突然他把手一松说：“你们等一等。”随即转身急匆匆地找来了随行的摄影记者，指着一团火似的乘务员们说：“快照他们。”摄影记者为他们拍下了一张集体照。

9条汉子整理完机车，余兴未尽，记者们的摄影启发了他们：何不为自己留个纪念照？于是他们身着大红长袖衫来到车站附近的照相馆。老板笑脸相迎，听说他们是开火车的，定神足有半分钟，突然深鞠一躬，口中念着：“荣幸、荣幸！欢迎、欢迎！”并亲自把他们引到了照相机前。9条汉子精神饱满地留下了纪念照。这些珍贵的照片保存在他们的影集里，在他们和他们后人的记忆里永远珍藏着。

担任成渝铁路全线通车典礼的3台机车出色地完成了任务，西南铁路工程局的领导为24名乘务员颁发了成渝铁路全线通车纪念章。之后，他们中的一部分人又奔赴修筑宝成铁路的战场，为改变巴蜀“不与秦塞通人烟”的困境，为另一条出川铁路通道继续冲锋陷阵。

◎王明学

# 成昆铁路　传奇之路

成昆铁路修建历时 12 年，于 1970 年 7 月 1 日正式通车，是我国第一条全线一次建成的内燃机车牵引的铁路干线，创造了 13 项世界铁路之最、18 项中国铁路之最，被联合国誉为“人类征服自然的三大奇迹之一”。这条传奇铁路，有一段永不磨灭的历史，有一段刻骨铭心的记忆，有一种永垂不朽的精神，留下一段难忘岁月中太多的感情和无数人为之奉献，乃至牺牲的故事。

## 为有牺牲多壮志

祖国大西南地质结构复杂、灾害频发，堪称“地质博物馆”。自 1952 年，我国就对成昆铁路进行了大规模的地质勘测，提出了东线、中线和西线三种修建方案。苏联专家认为西线地质条件恶劣，各类灾害并存，断定是筑路禁区。中国工程技术专家据理力争西线方案。从开发攀西、调整工业布局、巩固国防、加强民族团结等长远战略出发，党中央一锤定音确定了西线方案。

成昆铁路是在中国面临极为严峻的国际形势下修建的。党中央提出了“备战备荒为人民”“深挖洞、广积粮、不称霸”的战略方针，确定了具有深远意义的“三线”建设。

在党中央、国务院的号召下，30 多万人奔赴成昆，凭着艰苦卓绝、英勇牺牲的精神，创造了许多巅峰之作。

⊕ 白云缠腰战天险，双手劈开万重山

成昆铁路从成都出发，穿过大小凉山和横断山，越过大渡河、金沙江，攀升至云贵高原，最后抵达昆明，人类筑路史上首次向最为复杂险峻的横断山脉发起挑战。

为克服西线方案中巨大的高差，中国工程技术专家将铁路建设中的展线技术运用到了极致。沙马拉达隧道北坡、南坡分别连接有乐武、乃拖、韩都路、两河口四大展线，不论是复杂度还是规模都为世界罕见。技术专家凭借智慧将穿越小岭的沙马拉达隧道 26‰ ~ 30‰ 的坡度降为北坡的 16‰、南坡的 12‰，堪称我国山坳铁路建设运用展线技术的巅峰之作。韩都路展线洞上有洞，桥下有桥，洞中有站，列车经过时整座山都在低沉轰鸣，这既是中国工程技术专家创造性、突破性的设计，更是无数建设者用鲜血和生命创造的奇迹。承担施工建设的铁道部第二工程局第五处先后有 136 名烈士长眠于此。

成昆铁路建设充分发挥了社会主义制度的优越性，集中全国人力物力会战攻关，桥梁、隧道技术创新突破，达到了当时世界先进水平；

关村坝隧道施工进度创造纪录，党中央专门为此发来贺电，这在中国铁路史上尚属首次；工程技术人员因地制宜利用传统技术加快施工进度，大胆采用传统石拱桥建造技术，建成了当时跨度最大的一线天铁路石拱桥。

筑路大军以“为有牺牲多壮志，敢教日月换新天”的革命牺牲精神，“让高山低头，叫河水让路”，“革命何惧生与死，泰山压顶不弯腰”。

一位老将军曾对彭德怀元帅说：“修建成昆铁路许多年轻的娃娃牺牲在这里，能不能修建烈士陵园纪念他们？”彭德怀说：“就将烈士陵园修建在铁路旁，让成昆铁路永远陪伴他们。”如今成昆铁路两旁，22 座烈士陵园纪念着约 2100 名烈士。

著名数学家华罗庚教授曾说：“再难的数学题都能解出，但我无法解出成昆铁路建设者对党的无限忠诚，对祖国的无限热爱。”

## 治山斗水保畅通

成昆铁路通车后，大批有志青年响应号召，胸怀一颗红星奔赴山岭。面对吃水难、吃菜难、用电难、住房难、出行难、就医难、入学难、恋爱难等一系列难题，第一代成昆人白手起家，艰苦创业。

他们用双手在坟地上修建了三排草房，建成了成昆线上首个生产站段——青龙场工务段；自己动手，利用废弃钢筋建成了乌斯河工务段；四方汇集的 900 多人，扎根荒山建立了西昌机务段；驻足荒无人烟的山谷，建起了成都铁路局西昌分局机关……在这样艰苦的环境下，一个个运输站段相继建成。

成昆铁路是全国铁路自然灾害最严重的山区铁路之一。1981 年 7 月 9 日，成昆铁路遭到百年未遇大暴雨，特大泥石流冲毁了利子依达大桥。峨眉机务段王明儒机班牵引的由格里坪开往成都的 442 次旅客列车驶进奶奶包隧道时，全神贯注的王明儒突然看不见钢轨的反光，敏锐的他立即判断出险情，撂下生命中最后一把闸后光荣殉职。西昌工务段养路工张道松在泥石流来袭的生死抉择之际，选择打完最后一个报警电话后光荣牺牲。

山体落石是行车安全的最大威胁，为守护成昆线，全路第一个孤石危岩专业整治队成立。面对严峻挑战，乌斯河工务段戴启宽带领队员们在崇山峻岭间穿梭，在山鹰筑窝的悬崖上攀爬，给1000多块危石逐一编号，练就一身与石头“对话”的本领。多次与死神擦肩而过的他说：“如果我牺牲，就把我埋在山上，我照样与大家做伴，守着这些石头。”他精心绘制的《孤石危岩系列图》、提炼的“四字搜山诀”和“十二字治山法”至今依然是整治孤石危岩的法宝。

黑区沟一号大桥山体岩石容易崩塌，威胁着列车安全。乌斯河工务段职工用安全绳悬吊在半空，用钢筋混凝土进行浇筑施工，终于将绝壁锁住。他们忘我牺牲的精神，铸就了“天下第一柱”“世上无双壁”的绝配佳句，成为成昆人治山斗水的历史见证。

袁昌友是普雄工务段瓦祖党支部第一任书记。面对恶劣的自然条件，他毅然带领5名支委把家搬到了荒无人烟的瓦祖。长年的坚守，让瓦祖党支部成为大凉山之巅最美的一面红旗。章显容是当年成昆线256名女子看守工的典型代表，18岁参加工作，在大渡河旁K246防洪点，30年望一座山、守一块

成昆铁路最长隧道开通

石，彰显了平凡的岗位上不平凡的人生。

如今，成昆精神教育基地门口还屹立着一座巨型雕塑——《成昆之光》，它既是成昆精神的象征，也是第一代成昆人“治山斗水保畅通”坚定信念的标志。

50多年来，成昆人一直在治山斗水。成昆线既修建了以沙赵坪棚洞为代表的一大批治山工程，又建设了以勒古洛夺泥石流渡槽为代表的一大批治水工程，这些工程既是成昆线治山斗水的经验总结，也是一代又一代成昆人治山斗水的智慧结晶。如今已形成了“三位一体”“四防机制”“七道防线”安全屏障和具有山区铁路特色的安全体系，保障着成昆大动脉的安全畅通。

◎邓从亿

# 飞驰在宝成线上的女“大车”

在新中国第一个电力机车检修基地——宝鸡机车检修厂（原宝鸡电力机务段）的厂史展厅里，珍藏着一张油印的人事命令，已经泛黄的纸张上记录着一组闪光的名字——胡学政、高琨璞、刘维萍……她们就是我国第一批电力机车女司机。

## 崭露头角的“铁姑娘”

谈到电力机车女司机，必须先提宝成铁路。作为新中国第一条山区铁路，为了解决秦岭北麓铁路高达30‰的高坡与货物列车牵引重量的矛盾，铁道部决定于1953年年底对宝成铁路宝鸡至凤州段进行电气化改造。1961年8月15日，宝凤段电气化改造完成以后，干净整洁的电力机车就成为穿梭在巍巍秦岭的“大力神”。而电力机车司机也一改往日驾驶蒸汽机车满手油污、烟熏火燎的形象，工作轻松、衣着整洁的他们就像明星一般受到关注。

随着宝成铁路全线电气化改造工程的推进，大批SS1型国产电力机车投入运用，机车司机需求量越来越大。1973 年 12 月，响应毛泽东主席“时代不同了，男女都一样”的号召，借鉴其他行业的成功探索，宝鸡电力机车段决定尝试招收培养电力机车女司机。

在那个火热的年代，虽然人们听说过女拖拉机手、女汽车司机，但让女性驾驶一百多吨、长着“长辫子”的新型电力机车这种庞然大物，还是前所未有的新鲜事。消息一经发布，立即在全国铁路乃至全社会引起很大反响，报名人数远远超过最初的估计。为了从源头上把好女司机的入门关，机车段制定了近乎苛刻的招收条件。除了文化知识过硬外，还要经过政审、体能等多个环节的考评。报考的女青年都以一股不服输的劲头，向组织表决心、立军令状，复习文化知识，准备摩拳擦掌争夺一番。最终，胡学政等 21 人从众多应考者中脱颖而出，成为机车司机学员。

↑ 电力机车女司机出乘归来

## 百炼成钢的“女把式”

这群刚从“三线”建设工地返回、平均年龄20岁左右的女青年，集中在约3公里之外的机务段运转车间，参加为期三个月的集中培训。和男司机一样，她们需要全面学习机车乘务员所需的专业知识，特别是电力机车的机车线路图和主断路器、制动机、牵引电机等机车大部件的工作原理。

由于大家都是第一次接触电力机车知识，而且宝成铁路运用的电力机车既有国产的SS1型，还有从法国进口的6Y2型和6G型，学习任务特别繁重。这些经过上山下乡、工程建设的女学员，格外珍惜学习机会，投入全部精力认真听讲，虚心求教，直到把电动机、动力机械、铁路行车等基础知识学懂弄通。

驾驶电力机车，除了要对各类专业知识烂熟于胸，还要有过硬的身体素质。虽然经过了应考时的严格体检，组织还是决定给她们增设体能训练课程。每天早晨6点起床，女学员们集体跑步50分钟。面对高强度的锻炼和北方寒冷的天气，大家都咬牙坚持了下来，不同程度地增强了体能。经过三个月的系统培训，这些女学员在各项考核中成绩优秀，完全符合乘务员的考核标准。

从1974年4月起，女学员们开始进入实战学习环节。胡学政和姐妹们跟着老师傅，反复学习沿线站车的线路状况、站名站线等知识。又过了半年，通过考试的学员们终于被任命为“学习副司机”，进入新一轮的学习。

秦岭山脉连绵起伏，巍峨壮观。宝鸡至秦岭42.8公里长的线路，基本上由桥梁和隧道连接而成。列车运行的时候，出了隧道就是桥梁，特别是全国干线铁路坡度最大的——∞字形观音山展线，驾驶难度对于女司机可想而知。上坡怕中途停车，下坡怕电阻制动突发故障。夜间在小站停车以后，黑黝黝的大山深处荒无一人，就连刚定职的男司机都有些心慌焦躁，更别说那些二十多岁的小姑娘了。

随着上线次数越来越多，尤其是熟悉线路状况后，大家的胆儿越来越大了，该下车检查的时候，二话不说，拿起检车锤就下车敲了起来，顺利闯过心理关。

不久，通过这一轮考核的胡学政正式晋升为电力机车副司机。除了按规定配合司机工作外，她还不断观察学习老师傅们的操作技巧。特别是在秦岭北坡、峰顶、南坡等不同的运行区段，进出不同的车站如何控制运行速度，如何平稳、准确地将列车停在合适或指定位置，以及在突发情况下，如何采取正确的应对措施等，细心的胡学政总是抱着打破砂锅问到底的精神问个没完。经过一段时间的学习和一趟趟跑车积累的驾驶经验，她操纵机车的能力水平大大提高了。

⇧ 1975 年宝鸡电力机务段的女司机

通过实践锻炼和严格考试，1975年11月，胡学政、高琨璞、廖淑琴等3人率先考取了驾驶电力机车的司机资质。从此，她们就与男司机一样，独立驾驶电力机车驰骋在群山环绕的铁路线上，正式成为第一代电力机车女司机。

## 载誉而归的“姐妹团”

出于对女新司机的关心和爱护，每次出乘前，各级领导都要特别叮嘱她们操作注意事项和行车安全。

起初，她们对此还不以为然，认为自己已经学习了这么长时间的机车操作，怎么可能出问题呢？但突发事件往往会在不经意间到来。有一次，胡学政牵引旅客列车行驶在黄牛铺与秦岭区间钻出一个隧道后，火车的汽笛声惊吓了铁道旁的一头黄牛。受惊的黄牛突然窜上铁道，一动不动地迎着机车。情况紧急，胡学政马上采取紧急停车措施。可是距离太近了，列车还是撞上了黄牛。停车以后，胡学政带着副司机认真检查了机车状态，清理了事故现场，在确认安全的情况下才启动机车回到宝鸡。

虽然有惊无险，但这次意外让胡学政深感后怕和责任重大。一名合格的电力机车司机，保证列车上旅客的生命安全，将他们安全送到目的地是最为重要的，稍有不慎，就可能给人民生命财产造成不可挽回的损失。每一趟出乘，就是一场战斗，是一场与复杂线路的战斗，是一场与大山、与大自然的战斗，更是一场与责任心、操作技术和体能的战斗，决不能让这些危险镜头重复出现。

后来，机车段抽调胡学政等8人，组成了SS1型135号机车“三八女子乘务组”。这个唯一的女子乘务组，在全段100多台电力机车中格外引人瞩目。20岁出头的胡学政担任司机长以后，横下一条心，尽最大努力干好工作，决不辜负当初的选择，不辜负光荣的职业，不辜负各级领导和姐妹们的期盼。

于是，她时时处处严格要求自己，认真执行行车规章，精准操纵机车，集中精力开好每趟列车。她带领全车组的女工安全顺利地完成值乘任务，没有发生过一件严重行车事故和人身伤亡事故，多次在技术比武活动中取得优异成绩。因工作表现突出，“三八女子乘务组”也获得了路局级“先进机车包乘组”、陕西省妇联和共青团系统先进集体等荣誉。胡学政作为先进集体代表，先后出席陕西省团代会、妇女代表大会等，并当选为陕西省第五届人大代表。从1983年开始，考虑到身体原因，组织上逐步让女司机转岗到新的工作岗位。

这批电力机车女司机驾驶机车飞驰在坡大、沟深、弯道多的宝成线上，以最美的韶华为铁路运输事业的蓬勃发展作贡献，在电气化铁路发展史上留下了光辉的瞬间，她们敢为人先的精神激励和鼓舞着一代又一代铁路人。

◎赵选团　梁　波

# 勤俭节约的一面旗帜

20世纪50年代，哈尔滨铁路局海拉尔水电段嵯岗给水所的全体职工，在工长吕长松的带领下，坚持艰苦奋斗、自力更生、勤俭节约，不向国家要一块煤。20多年间，他们在两座有60多年历史的炉灰山中寻找燃料，硬是从5.79万吨炉灰中筛出可燃煤1.16万吨，清扫煤底3828吨，为国家节约了大量原煤，形成了“质量上分毫不差，节约上半厘也争，工作上不怕苦累”的嵯岗精神，成为全国勤俭节约的一面红旗。半个多世纪过去了，嵯岗精神依然散发着独特的魅力与夺目的光彩，铭刻在铁路人的记忆中。

## 一个时代的记忆

嵯岗给水所位于滨洲铁路线西部、内蒙古自治区呼伦贝尔市新巴尔虎左旗境内。嵯岗镇地势低洼，四周都是沙丘，无霜期105天左右。1900年，中东铁路在此设置了嵯岗火车站。

↑ 吕长松与职工在筛炉灰

↑ 吕长松组织职工进行班前政治理论学习

1946年，呼伦贝尔率先解放，33岁的吕长松告别了打零工的生涯，成为一名铁路职工。从1948年起，吕长松担任嵯岗给水所给水司机长，也就是工长。1949年新中国成立后，吕长松加入中国共产党。新中国的成立，让嵯岗给水所职工无比激动，大家热烈地讨论一个问题：“要怎样做国家的主人？”工长吕长松说：“咱翻身不能忘本，应该艰苦奋斗、勤俭节约，让我们的国家富强起来！”他的话得到工友们的热烈响应。当时，嵯岗给水所只有9名职工，设备陈旧落后、管理混乱。吕长松带领大家振奋精神，全面规范工作标准，重新分工，各种设备指定专人维修、保养，并严格按照标准操作，保证趟趟机车上足水、清尽灰，为列车正点运行创造可靠保障。

当时，呼伦贝尔地区的煤矿还没有完全恢复生产，煤炭产量很低，只能定量供给重要部门。铁路的主要任务是运输支援南方的物资，煤不够用，部分蒸汽机车就只能烧木头。但木材发热量低，蒸汽机车上汽慢，常常拉不满轴，浪费了有限的运力。吕长松和工友们说：“咱既然是国家的主人，就该像自家过日子一样，把能省的尽量省下来，支援国家建设！”他们是这样说的，也是这样做的。

## 一个不向国家要燃料的集体

一次，吕长松看到一名妇女在用自燃的炉灰渣煮饭，受此启发，他们开始用炉灰渣子烧锅炉。用炉灰渣子烧锅炉需要用大眼筛子把炉灰渣子先筛一遍，选出其中没烧透的煤矸石，再拿小眼筛子过一遍，把焦块拣出来。这可是个重体力活。20 吨炉灰，才能筛出 5 吨炉渣，只相当于 1 吨原煤的发热量。每天要将 60 吨的炉灰筛两遍，才能筛够一天烧的炉渣。就这样，他们日复一日、年复一年地烧炉渣。冬天，寒风刺骨，当汗水湿透棉衣，大家身上就结满了白花花的冰霜，一个个像雪人；夏天，烈日当空、尘土飞扬，汗水和灰土混在一起，一个个又变成了从土堆里爬出来的泥人。

锅炉烧煤，每天只需要清一次炉底，而烧炉灰渣子每天得清好几次炉底。在炉温高达四五百摄氏度的环境下，清一次炉底需要 40 多分钟，那种火辣辣的滋味可想而知。青年工人曹香成有些吃不消，要求调转工作。吕长松多次做曹香成的思想工作，给他讲革命史，曹香成转变了观念。打那以后，给水所里最累最脏的活曹香成都抢着干。再后来，曹香成成为继吕长松之后嵯岗给水所的带头人。

1958 年的夏天，给水所的大灰堆突然自燃起火，把炉灰渣子全部烧光了。他们没有被困难吓倒。吕长松对大家说："我们是工人阶级的硬骨头，只能前进不能后退。大火可以烧掉炉灰堆，但永远烧不掉我们工人阶级艰苦奋斗的革命传统！"在坚持筛炉灰的同时，他们积极寻找其他的锅炉代燃物。经过观察，吕长松发现来往的空煤车上多数都有没卸净的煤底。于是，他和大家一起准备好铁锹、扫帚、簸箕等工具，到停站的空车上扫煤底。那时候，火车进站没有固定时间，他们发动家属和孩子站岗放哨，空车进站就及时通知他们。一年 365 天，天天如此。火车一进站，大家就像战士听到冲锋号一样，不管白天还是深夜，不论职工还是家属，立刻拿起工具爬上车厢扫煤底；没有煤车的时候，他们就拣树枝、树皮和牛羊粪，到油罐车上刮油底。他们先后找到了 200 多种代燃物，给国家节省了大量的资源。

## 一只天下最大的柳条筐

多大的筐敢叫“天下第一筐”？那就是在零下50摄氏度的高寒地区，在不烧炉子取暖的前提下，还能保证水塔不结冻的大筐。为了不取暖还能保证水塔不冻，吕长松带领工友们用玻璃瓶装水模仿水塔，然后用干草、线头等做填充物，中间填充炉灰做成防寒罩。经过反复试验，终于获得了成功。为制作给水塔保温的防护工具，他们动员家属和小孩以及站区其他单位的职工来帮忙，大家踩着1米多深的积雪，到五六公里外的河套割柳条。接下来，站区各单位都派出各自的编筐能手来支援，经过24天奋战，大家编成了一个直径1.6米、高17米的大囤子，后人称它是“天下第一筐”。用这个大筐将水塔扬水管包起来，中间填满炉灰，可以有效防寒。

从此以后，水塔的防寒保暖再也不用烧煤了，仅此一项，每年能为国家节约煤炭近100吨。当时铁道部一位负责给水工作的工程师感慨：“在高寒地区，水塔不烧炉子取暖，真是个奇迹！”

当年的嵯岗给水所不仅坚持烧蒸汽、泵水不向国家要一块煤，而且发扬艰苦奋斗、勤俭节约的精神义务献工献时。水源井每年需用四五千公斤防寒草，他们年年组织休班人员和家属自己割；镐尖磨秃了，他们自建小铁炉，淬火修好了继续用；大锹磨短了，就接上一截，实在不能接了就改成小铁铲。在海拉尔房产建筑段的“嵯岗精神”教育基地，至今仍珍藏着吕长松当年用过的一把焊了3节的“大板锹”。

“我父亲他们当时撮煤核和炉灰用的铁锹有的比这把补丁还多。”多年后，吕长松的小女儿吕剑英记忆犹新。“就连拖布，他们也从来不向国家领取，而是找来破布自己做。”吕剑英还说，“在父亲眼里什么都是宝，他在世时常说的一句话就是：‘人不能忘本，艰苦奋斗这个传家宝，到啥时也不能丢！’”

嵯岗人说得好，干事业就要不怕吃苦流汗。在吕长松的小女儿吕剑英的记忆里，父亲吕长松就是这样的人。“小时候每次找父亲回家

⊙ 海拉尔房建段满洲里综合车间“吕长松”班组授牌仪式

吃饭都特别费劲，得反复催促。他忘我地扑在工作上，起早贪黑，不知疲倦，就像铁人一般。”吕剑英说，父亲从不到医院看病，因为害怕耽误工作时间。锅炉就是他的“诊疗所”，腰疼犯了，他就靠上去烤一烤；伤风感冒了，他就捂上皮袄靠着锅炉出身汗。

在新中国经济最困难的时期，以吕长松为代表的老一辈嵯岗人，几十年如一日，付出令人难以想象的艰苦努力，勤俭创业，为国家、为企业节约了大量能源。就是这些最平凡的人，在最普通的岗位上，创造了享誉全国的“嵯岗精神”。20 世纪六七十年代，吕长松先后被评为全国劳动模范、全国劳动英雄，并当选全国人大代表。1965 年，嵯岗给水所被铁道部授予“勤俭节约的一面红旗”光荣称号；1976 年，嵯岗给水所又被铁道部授予“全路百面红旗”光荣称号。各级新闻单位曾相继报道嵯岗给水所职工的事迹，中央新闻纪录电影制片厂还将职工们的故事拍摄成了新闻纪录片在全国放映。

◎刘树生

# 铸就沙漠铁路绿色长城

在茫茫腾格里沙漠的东南边缘，在百转千回、奔腾咆哮的黄河之滨，包兰铁路犹如一条蜿蜒盘旋的钢铁巨龙，在满目苍翠林带的掩映下，穿沙越岭、畅通无阻地向前延伸……

在这里，铁路与沙漠完成了壮美和谐的交汇，铁路治沙人实现了“人进沙退、绿色永驻、安全畅通”的绿色梦想。

宁夏解放后，党中央非常关心宁夏的经济社会发展。1952 年，铁道部开始对包兰铁路进行实地勘探设计。腾格里沙漠有年平均 900 小时的大风沙，狂风肆虐、飞沙走石是常态，那个时候，这里是无数铁路治沙人的梦魇。在没有修建、养护沙漠铁路经验的条件下，包兰铁路——这条服务国民经济建设第一个五年规划修建的 I 级铁路干线正式进入历史舞台。

在建设这条铁路的过程中，铁路人要经常与风沙做斗争，时常有十级左右的大风袭来。黄沙弥漫、天昏地暗，刚修建的路基，一次次被流动的沙丘覆盖，设施设备被风刮得无影无踪。施工和生活用水要靠拖拉机到十几乃至几十公里以外去拉。在如此艰苦的生产生活条件

⊙ 新一代治沙人康文岩正在读取风沙实验数据

下，包兰铁路的建设者们以苦为荣，满怀“今日吞风饮黄沙，明天彩虹草原挂”的豪情，忘我劳动，保证了许多工程项目提前竣工。终于，1958 年 8 月 1 日，这条横贯中国西北的交通大动脉正式通车。

然而，通车并不意味着最后的成功。当时世界上已有一些沙漠铁路在通车以后，因流沙侵袭祸患无穷，最后被迫或改道或停运。在一些国家，即使是穿过固定或半固定沙丘地带的铁路，沙害也从未间断，常常妨碍全线运输。包兰铁路 6 次穿越腾格里沙漠，其中沙坡头坡度最大，风沙最猛烈，在开通不到一年的时间里，因为流沙漫道造成中断行车 11 次。外国专家曾断言：“要不了 30 年这条铁路将不复存在。”当时，兰州铁路局沙坡头、孟家湾区段固沙造林全面展开，在沙丘裸露，植被覆盖率不足 5%，干沙层厚达 10 至 15 厘米，肥力很低，有机物含量仅为 0.04% ~ 0.08%，含水量为 0.3% ~ 0.4%，表层风蚀严重，地下水位深达几十米甚至上百米的沙漠地带，植物在这里都难以存活，在沙漠上造林听起来更像天方夜谭。

沙逼人退，护卫铁路刻不容缓。治沙固沙是一个不畏困难、艰苦奋斗的探索过程，更是一个严谨求实、勇于实践的创造过程。

在固沙治沙初期，老一辈治沙人先后尝试了很多方法，都未能奏效。有一天职工在沙漠休息时，捡到了驼队掉落的几捆麦草，并用铁锨把这团麦草插进沙子，扎出了“中卫固沙林场”六个大字。几天后，他们栽下的其他植物悉数被黄沙吞噬，唯独这几捆麦草扎出的六个大字坚强地挺立在沙丘上，就是这偶然的“一锨草”掀开了治沙史上崭新的一页。受此启发，职工们就拿麦草在流沙里反复试验，扎出圆形、菱形、三角形等不同形状的麦草格，最终确定了1米×1米的“麦草方格”治沙新工艺。在“麦草方格”扎下的4到5年，腐烂的麦草在沙层表面形成珍贵的腐殖质，为沙生植物提供了珍贵的“土壤”，通过多次反复扎设“麦草方格”，用“天罗地网”网住了曾经肆虐的“沙魔”，最终形成了沙结皮。

“立下愚公志，沙漠变通途”。治理沙害是一个长期的过程，但铁路治沙人没有被困难吓倒，他们不屈不挠地与沙漠进行着持久战。

中卫固沙林场第一任场长张宝善，1955年从河北来到沙坡头时只有21岁，他带着职工深入沙漠腹地寻找沙生植物，再用麻袋将种子背回来，踏遍了方圆百里的40多万个沙丘，栽种了5000多万株适于沙漠生长的植物。1958年秋天，正值草种采集的季节，一旦错过就会影响一年的固沙工作，张宝善不得不留下病重的女儿，带领职工到宁夏陶乐采集固沙草种，其间传来女儿去世的噩耗，他悲痛交加，没能见

满载货物的列车在蜿蜒曲折的沙漠铁路上穿行

上女儿最后一面，这成了他心中永远的痛。2000年，退休后的张宝善因病去世，他在遗嘱中请求党组织把他葬在沙坡头。活着一生坚守治沙事业，死后永远守望绿色长城。他的精神始终感召着每一名铁路治沙人。

此后，张克智、林庆功等继任场长带领职工，在“天荒地不毛，风吹石头跑；对面看不见，千里无人烟”的艰苦环境中，天作帷幕地作席，一半沙子一半馍，用汗水保住了铁路安全，阻挡了沙漠侵袭。1992年，吕正操将军来到沙坡头，看到当年自己指挥修建的沙漠铁路通车后的良好状况，欣然题词：“事在人为”，充分肯定了治沙人忠诚使命、事在人为的坚守品格。

这些铁路治沙人即使退休后，仍然在为铁路治沙事业发光发热。宋福善有着43年党龄，退休后，他把自己对固沙林场的情感记录下来，把工作笔记和记忆书写成长达几万字的文章，并将这一成果无偿转交给了党组织。育苗高手李金玉退休后，依然放不下固沙事业，他把育苗经验传授给儿子李杰奎，教育引导李杰奎传承老一辈铁路治沙人的精神，把青春和汗水奉献给这条铁路……一代又一代把青春和热血挥洒在沙漠上，用心浇灌、维护这条铁路运输线的英雄，不仅攻克了中国沙漠铁路建设养护的技术难题，还极大地改善了当地的生态环境和经济发展条件，形成了人们依沙而居、游客闻沙而来的和谐生态。

固沙问题解决了，但要实现植被长久覆盖，必须解决水的问题。如果能把黄河水引上沙山，铁路两侧就可以种植比较高大的乔木，增强防沙林带的稳固性，但在如此高大的全流动沙丘上提水灌溉，在当时是水利科学的一个“禁区”。在巨大的困难面前，智慧勇敢的治沙人没有被吓倒，更不可能向困难低头。

兰州铁路局启动并多次完善“引黄治沙”工程，建成4级泵站接力、扬程高达100多米的灌水设施，通过一系列课题攻关和技术革新，先后解决了入水口缓冲、沙地渗漏等多项难题，成功种植了国槐、臭

⊕ 治沙工人背着麦草行走在沙漠中

椿等 21 种落叶乔木，红柳、沙棘等 15 种耐旱灌木，走出了“水旱并举”的治沙新路子。

60 多年来，一代代铁路治沙人赶着驴车收集麦草 500 万公斤，扎设麦草方格 1.6 万亩，封沙育草 6 万多亩，引黄治沙、优选植被，艰苦奋斗2 万多个日日夜夜，硬是在包兰铁路中卫至干塘区段的线路两侧，人工建起了一条宽 800 多米、长 55 公里的绿色长廊。铁路治沙人满怀爱党爱国、造福社会的奉献情怀，发扬和传承“坚守、创造、团结、奉献”的“麦草方格”精神，战黄沙斗狂风，创造了人进沙退的人间奇迹。

包兰铁路防沙治沙的工作实践，为我国乃至世界实现人进沙退提供了十分宝贵的经验，也提示我们一定要更加自觉地珍爱自然，更加积极地保护生态，共同打造青山常在、绿水长流、空气清新的美丽中国。

◎任治稷　白小平

# 焦柳铁路上的“娘子军”

焦柳铁路由焦枝、枝柳两段铁路组成，北起河南焦作，南至广西柳州，全长1655公里。线路连接数座工业重镇，与太焦铁路等共同构成我国中西部地区一条南北走向的铁路干线。

其中，枝柳铁路1970年10月动工兴建，1985年1月1日正式交付运营，历时15年。15年，对于历史长河只是一瞬间，但对于参加枝柳铁路会战的民兵们，却是一生中最难忘的经历。“百色独立营女民兵连”，就是其中的一个英雄集体。

来自革命老区的百色独立营女民兵连共有150人，其中壮族140人、汉族10人，都是贫下中农的女儿；年龄最大的24岁、最小的17岁，平均年龄仅19岁。她们当中，有147人没见过火车，还有31人连汽车都没见过。她们响应党的召唤，踏上三线建设的征程：首先登船顺水而下到南宁；接着第一次坐火车北上去柳州；再从柳州到枝柳驻地（浮石），这102公里路程，民兵战士和营首长则是步行20多个小时到达的。1970年10月6日，她们抵达浮石以南的野外，刚安营扎寨，百色民兵独立营便接到施工任务。在给各连分劈任务时，营党委决定：枝柳线

女民兵们在业务学习

浮石—贝江间的东滩桥，由女民兵连单独负责修建。这座桥总长 509 米，跨度 23.8 米，高 19 米，两个桥台需开挖基础 5200 立方米、浆砌片石 100 立方米、浇注混凝土 508 立方米。女民兵连的同志们听了心情十分激动，感到这是党组织对自己的信任，纷纷表示要虚心向工人师傅学习，建好东滩桥。但也有部分战友缺乏信心，个别干部存在畏难情绪，加上少数同志有私心杂念，对农村姑娘建铁路桥想不通。

女民兵连党支部立即行动起来，组织全连的干部、战士认真学习毛泽东主席关于三线建设的指示精神。副连长潘荣艳痛诉了自己的苦难家史：在万恶的旧社会，母亲怕被土匪抢去，躲在亲戚家里三年不敢出门；父亲怕被抓壮丁，藏起来白天不敢上街。她说："那时，穷人连走路的权利都没有，是共产党把我从苦海里救出来的。今天，我能够走出家门和战友们一起修建铁路，是党给我们创造的机会。我在建桥任务面前，一怕建桥担子重，造成损失不得了；二怕刚从家门出来，犯错误面子难看；三怕妹仔爱哭鼻子……我怕这怕那，怎对得起党的恩情？我一定要克服畏难情绪，带好兵，建好桥，为会战枝柳贡献力量。”战士李美荣通过学习摒弃了自己想留在大城市、不安心在山区建桥的私心杂念，决心把青春献给三线建设事业，以“只争朝夕”的精神修建好大桥。经过一番思想教育，全连战士写下了决心书：不建成东滩桥，决不下战场。

于是，女民兵连从解放思想进入学业务、增才干阶段。技术员拿来建桥图纸，大家凑上去一看都懵了。远看近看是条条线，横看竖看是线条条，哪有桥的样子，什么桥台、基坑、基础、护锥都听不懂。技术员又画了一张立体图，大家还是看不懂。于是工人师傅反复教，大家耐心学。经过多次请工人师傅和技术人员的耐心讲解，反复用茶杯、石块当桥台，用竹子做桥梁……女民兵们边看、边听、边琢磨，终于懂了一点点，图纸也能看出像座桥的样子了。

东滩桥正式开工了。女民兵连在南北两岸工地竖起两块标语牌，写着“飒爽英姿五尺枪，曙光初照演兵场；中华儿女多奇志，不爱红装爱武装”“时代不同了，男女都一样，男同志能办到的事情，女同志也能办得到”，鼓舞着战友们信心百倍地投入战斗。

建桥梁首先要挖基坑。当时没有机械设备，女民兵们就用双手和肩膀，起早贪黑，日夜奋战。许多战士带病出工，李美荣发高烧达 39.5 摄氏度，还是一次挑 4 个泥箕的土。黄碧利的脚被钉子戳了，鲜血直流，包扎好了仍坚持战斗。泥土层挖完了，风化石层需要打炮眼爆破。劳凤娇拿起大锤一下子打在扶钢钎同志的手上，她愣住了、手软了，扶钢钎的同志再怎么鼓励她也不敢打了。经过反复的思想斗争，她把石头当作敌人，怀着对敌人的深仇大恨，一口气打了 56 锤，锤锤打在了钢钎上。经过大家的共同努力，共打好 13 个 1 米多深的炮眼，装上炸药，派叶竹月同志去点炮。可是叶竹月只点了 3 炮，就赶忙跑开了。

⑦ 女民兵们用人力车运送砂石

个别战友有些灰心："这事，还是请炮手来干吧。"于是，连党支部组织同志们认真总结点响3炮的经验，分析还有10炮没有点着的原因，主要是耳闻目睹导火线嗤嗤作响，心里就发慌。针对这个问题，连党支部又组织大家学习"老三篇"，讲红军二万五千里长征的革命史，讲雷锋、王杰的英雄故事。战友们纷纷报名放炮，全连4个排都组建了放炮组。经过勤学苦练，劳风娇、韦精荣、赵金城等同志一次能点7个炮，其余同志最少也能点3炮，并消灭了哑炮。基坑的深度够了，但立模型板基坑的上半部还需扩大。面对基坑又陡又高的作业难题，连指导员黄浓秋和5名战士发扬"一不怕苦，二不怕死"的精神，用绳子拴在身上，荡秋千似的在陡壁上作业，一锤一钎地凿。时间久了，腿发麻了，她们仍然顽强地坚持5个半小时，终于完成了扩大基坑上半部的作业。要立模板浇筑混凝土了，可基坑里还有水，此时抽水机却坏了。副连长潘荣艳带头跳入水中，大家也不顾天寒水冷，齐心合力用木桶将基坑里的水掏干。经过连续奋战，她们较原计划提前 10 个小时完成了桥基建设任务。

开始砌桥台时，因为技术要求，女兵们砌了好几次都失败了。大家决心在实践中学习砌桥台的本领，并向工人师傅虚心学习，边学边干。手掌被砂浆泡了，手指被石头磨出了血，她们仍然坚持不懈，毫不动摇。实践出真知，女兵们终于初步掌握了桥台施工技术，效率由每天砌半层提高到一层，此后又由两个排 8 个小时砌一层提高到一个排 5 个半小时砌一层。东滩桥主体工程终于提前两天建成。

在枝柳铁路建设过程中，百色独立营的女民兵连有 24 人学会了放炮，31 人学会了砌桥台，8 人学会了开抽水机，6 人学会了开风钻，3 人初步掌握了一些测量技术，女民兵连荣获“四好连队”称号。工人师傅看到女民兵连战友们的进步和东滩桥主体工程提前建成，也都纷纷竖起了大拇指。

在枝柳铁路广西段 256.2 公里的建设中，共铺设桥梁 117 座，挖掘隧道 79 个，广西各地出动民兵和专业队伍超过 40 万人。一条贯穿侗乡苗寨的铁路，不仅结束了桂西北没有铁路的历史，还让少数民族同胞从此驶入了经济发展的快车道。

◎茹　芹

# 打不断、炸不烂的钢铁运输线

1950年6月25日，朝鲜战争爆发。10月19日，中国人民志愿军赴朝参战，抗美援朝，保家卫国。11月23日，中国人民保卫世界和平反对美国侵略委员会（简称中国人民抗美援朝总会）发表了关于在全国深入开展“抗美援朝，保家卫国”运动的通告，在全国掀起了轰轰烈烈的抗美援朝运动。济南铁路管理局各机务段、工务段等单位的干部职工群情振奋，主动递交申请书、决心书，纷纷要求到朝鲜去。共有28900多名职工和家属在“和平签名书”上签名，2965人被批准赴朝参战。

这些铁路职工到达朝鲜后，成为志愿军铁道兵，主要从事列车运输、线路修复、车站调度等任务，他们发扬勇敢顽强、不怕牺牲的战斗精神，在朝鲜战场创建了一条打不断、炸不烂的钢铁运输线，用他们的血肉之躯，保证了志愿军急需物资源源不断地输送到前线。

## “青年号”机车组首批赴朝

1951年2月6日，全国最早命名的“青年号”机车组、济南机务

⬆ 参加抗美援朝的济南机务段职工

段 823 号机车组张鸿魁、何玉砚、张连贵等 10 人，告别亲人和祖国，首先驾驶机车跨过鸭绿江赴朝参战。

在抗美援朝战场上，志愿军向前线运输军用物资的交通工具虽然有汽车，但主要还是以铁路为主。因此，美国动用大批轰炸机，对铁路沿线进行侦察封锁，发现列车就狂轰滥炸，妄图凭借空中优势切断志愿军铁路运输线。为防止敌人袭击，志愿军也采取了一系列防范措施，确保铁路运输安全。一是白天在山洞内待避，趁夜间抓紧运行，发现敌机时，迅速把列车开进就近的山洞。二是把机车、车辆、宿营车进行伪装，将司机室全部用黑布帘子裹起来，防止在夜间运行中因焚火作业露出亮光。三是在列车运行中，派一名休班乘务员在宿营车持枪站岗值班，若发现敌机，立即鸣枪发信号，司机听到枪声后，即刻采取紧急措施。四是充分利用下雨下雪天气、敌机不能起飞的空档，日夜抢装抢运。这些措施对预防敌机空袭起到了一定作用，但是列车仍经常遭到敌机轰炸袭击。

823号机车组火车司机张连贵在一次驾驶机车进山洞隐蔽军列时，车头被敌人的燃烧弹击中，大火迅速蔓延，他被烧成三等甲级伤残，全国政协授予他抗美援朝纪念奖章1枚。司机何玉砚在一次敌机轰炸运送伤员的列车时，临危不惧，冒着敌机的疯狂扫射，把伤员一个个地背扶到安全地带，荣获中国人民铁路抗美援朝委员会功臣模范纪念章1枚和朝鲜祖国解放战争三等勋章1枚。

在抗美援朝战争中，823号机车组人员不负众望，屡建奇功。在一次夜间抢运装有榴弹炮炮弹的列车时，823号机车组英勇无畏，机智勇敢地躲过飞机的轰炸和扫射，安全将炮弹送到前线，荣立集体一等功。其后在一次抢救重要文件和地图的战斗中，823号机车组又荣立了集体特等功。济南机务段先后有3批40多人参加志愿赴朝运输队，20多人在战斗中立功受奖。

## 3459号机车运送“喀秋莎”

在抗美援朝战争中，青岛机务段先后有3批37人、3台机车赴朝参战。1952年7月14日，青岛机务段技术室李方玉的参战申请被上级批准，编入中国人民志愿军897部队第三连队，属于朝鲜铁道军事管理总局机务系统。

他们这个连队先在安东援朝机务段进行了集训，学习入朝后的防空知识和武器使用方法，了解入朝后的任务和有关注意防范事项。分配任务时，李方玉被分配到3459号机车组任火车司机，张振民任副司机，王德光任司炉。3459号机车组共9人，其中李方玉、李振东、牟清江、王德光是青岛机务段职工，许中荣等5人是张店机务段职工。当天晚上，他们跨过鸭绿江，来到抗美援朝的最前线，开始了血与火的考验和枪林弹雨的生活。

在炮火连天的抗美援朝战场上，机车乘务员们虽然没有在前线阵地上真刀真枪地对敌作战，但是前线所需要的绝大多数枪支弹药等军用物资都是通过铁路来运输，铁路运输线的安全畅通是作战部队物资供应的有力保障。

1952 年深秋的一天下午，运输指挥部领导交给李方玉机车组一项特别重要的运输任务。李方玉和机车组成员向领导保证：只要人在，机车就在，就是流血牺牲也要完成任务。机车组返回连队后立即对机车各部件进行全面检查维修，把机车保养到最佳状态。出乘那天，机车牵引着宿营车在安东车站挂上列车后，李方玉下车一看，这趟列车由十七八辆平板车组成，全部用绿色篷布封闭着。从尾部到前面，分别安装了高射炮和四个炮管的高射机关炮，并有警卫战士严格看守。临时运输指挥部和电台就安置在宿营车里。李方玉问车上装的什么东西，指挥部的同志说："在出乘前没有告诉你们这趟车运输的是什么物资，因为这是机密，我们要不惜一切代价保证把这些物资送到前线。"

当日下午 3 时 30 分，车站值班人员显示发车信号，汽笛一声长鸣，李方玉开动机车，列车徐徐开出安东车站，跨过鸭绿江，进入朝鲜。司机根据线路情况随时调整汽门，认真操纵机车，司炉拉开架子，挥动铁锨，施展快速焚火技术，保证汽水充分供应。机班三人，密切配合，列车宛如一条钢铁长龙，穿过座座山峦隧道，跨过道道河流桥梁。行进途中，天空突然乌云滚滚，电闪雷鸣，下起了瓢泼大雨。李方玉和机车组成员提高警惕，加强瞭望，细心操纵，列车在狂风暴雨中快速穿行，经过一夜的连续运行，列车于第二天凌晨 4 时安全到达开城车站。任务完成后，李方玉他们才知道运来的物资是"喀秋莎"火箭炮，心里倍感光荣和自豪。事后，李方玉机车组受到运输指挥部表彰。

1953 年 1 月 26 日深夜，李方玉和司机许中荣交接班后到宿营车休息，列车由许中荣机车组驾驶，当运行到朝鲜铁道军事管理总局平壤分局管内的黄洲至黑桥区间时，突然出现了数架敌机。敌机先是投下串串照明弹，把大地照得亮如白昼，然后从高空俯冲下来，瞬时颗颗炸弹呼啸落地，爆炸声震耳欲聋，周围硝烟弥漫。敌机的机关枪响个不停，打坏了机车锅炉保安阀和机车风泵，穿透了司机室的顶棚。许中荣机车组 3 人赶紧从机车上跳下，就地卧倒隐蔽。李方玉和其他在宿营车休息的 5 名乘务员也迅速分头疏散。第一轮轰炸后，4 名乘务员受伤，李方玉和司炉王德光冒着敌机的轰炸和机关枪的扫射抢救伤员。抢救伤员的过程中，王德光左臂被敌机炸伤，李方玉的右腿也被弹片划破。在第二轮轰炸中，机车司机室被敌机击中而起火。李方玉心急如焚，不顾一切爬上机车，想用喷煤的水管把火扑灭，但没有成功，刚跳下机车，一颗炸弹在他身边爆炸，他被掀出去七八米远，当场被震昏过去。后来志愿军铁道兵救援队赶到，对李方玉等 7 位受伤的乘务员进行救护，并将他们送到平壤的一家医院治疗。

## 枪林弹雨抢修铁路线

朱志桐是青岛工务段的一名养路工，1951 年 1 月入朝，直到 1954 年才奉命回国。在抗美援朝战场上，朱志桐被分配到朝鲜铁道军事管理总局新城川分局，在铁道兵四师十二团二营六连负责养路技术指导。他们承担着 12 公里铁路和新城川大桥的抢修任务。

为保证该线路成为打不断、炸不烂的钢铁运输线，他们同敌人展开了激烈斗争。1952 年的一个晚上，敌机把停在新城川车站的一列军用列车炸坏了，车站线路受到严重破坏，车上的粮食都着火了。敌机飞走后，朱志桐和大家奋不顾身地冲进烈火，将车上的粮食全部抢出来，把弹药搬运到安全地带。接着，朱志桐又抓紧组织人力，抢修铁路，保证了线路畅通。

那时候敌机几乎天天来轰炸，铁路天天都在抢修。为了提高修复线路的速度，他们不断总结经验。开始是把钢轨存放在车站上备用，哪一段铁路被敌机炸坏了，就从车站拉着钢轨去换。常常因为钢轨尺寸不对，用不上，往返几次才能找到合适的钢轨换上，无形中延长了开通时间。后来朱志桐等人就把分管的 12 公里铁路每一节钢轨的型号、长短尺寸全部记录下来，再把备用的钢轨型号、尺寸编上号码，分别按公里存放在线路两侧，用木桩架起来。如果铁路被敌机炸毁，在抢修时就先看是什么型号、尺寸多少，然后按型号、编码、长度到指定地方取来换上就行。这种对号入座的方法，后来在志愿军铁道兵中得到大力推广，不但缩短了抢修时间，而且保证了及时通车，保障了前方打仗所需要的物资按时运到，对保证战争的胜利作出了贡献。为此，朱志桐等人荣立铁道兵四师二等功 1 次。

停战后，朱志桐在朝鲜继续抢修被敌机炸毁的铁路，帮助朝鲜人民恢复铁路交通，1954 年才奉命回国。在朝鲜 3 年多的时间里，朱志桐 3 次立功，获团体三等功 1 次，铁道兵四师二等功 1 次，朝鲜铁道军管总局一等功 1 次。

1953 年 7 月 27 日朝鲜停战协议签署后，中国人民志愿军铁道兵部队也陆续撤回国内，投入新中国的铁路建设中来。如今，朝鲜战争已结束近 70 年，当年鸭绿江畔雄壮的口号、“三八线”上的枪炮声、异国土地上的战火硝烟依然历历在目，那段难忘的历史牢牢镌刻在每一个志愿军铁道兵的内心深处。

◎张汝峰

# 满腔热血　报效祖国

蒸汽机车炉膛里熊熊燃烧的烈火，是火车前进的动力之源。就是这炽热的火焰，驱动着列车纵横驰骋，那是一种豪迈奔放、无所畏惧的精神。

在唐山机务段的历史上，唐机人也像火车头一样有着火一样的激情，在国家和人民需要的时候，他们无私无畏地冲在前面，用自己的热血和汗水写下了中国工人阶级对祖国的忠诚，写下了新中国铁路工人的骄傲和自豪，谱写了一首首慷慨就义、报效祖国的壮丽篇章。

1950 年 6 月，新中国刚刚诞生不到一年，正当全国人民为医治战争创伤、恢复国民经济而忘我劳动的时候，朝鲜战争爆发。1950 年 10 月初，美军不顾中国政府的一再警告，悍然越过“三八线”，把战火迅速燃烧到中朝边境。侵朝美军飞机多次轰炸中国东北边境地区，给我国人民生命财产造成严重损失，我国安全面临严重威胁，全国开展了轰轰烈烈的“抗美援朝，保家卫国”运动。

在国家和民族危难之际，古冶机务段（唐山机务段的前身）职工积极响应党中央号召，于 1951 年 2 月至 4 月间，陆续抽调 12 台机车、

天津铁路管理局天津分局欢送志愿赴朝工作同志留影

82名乘务员和检修工人，组成中国铁路工人志愿援朝特备机车队，奔赴朝鲜前线，投身抗美援朝战争。在炮火连天的抗美援朝战场上，援朝参战职工克服困难，不怕牺牲，冒着敌人的炮火，驾驶机车日夜抢运军用物资，为保障抗美援朝战争运输作出了突出贡献。

1951年2月的朝鲜，天气依旧非常寒冷。刚刚到达前线的第一批援朝职工没有时间去适应，没有时间讲困难，甚至都来不及缓解紧张害怕的情绪，就迅速投入紧张的铁路运输战斗当中。

3月19日半夜，司机长刘恩忠和机车组的同志们接到运送一列满载重要军用物资去前线的任务。经过一番认真的准备，列车趁着夜色开往前线。黎明时分，当列车行至田谷义车站时，一架敌机发现了列车，跟踪并进行疯狂扫射，列车尾部的油罐车被击中起火。如果继续运行就可能引起其他载满燃油、弹药的车辆燃烧爆炸，造成整列物资被毁。司机长刘恩忠见状，果断采取紧急停车措施，和机车组的同志迅速跳下机车，头顶着棉衣，飞速跑向车尾，冒着油罐车随时可能爆炸的危

⊕ 三打三拉战斗英雄刘恩中

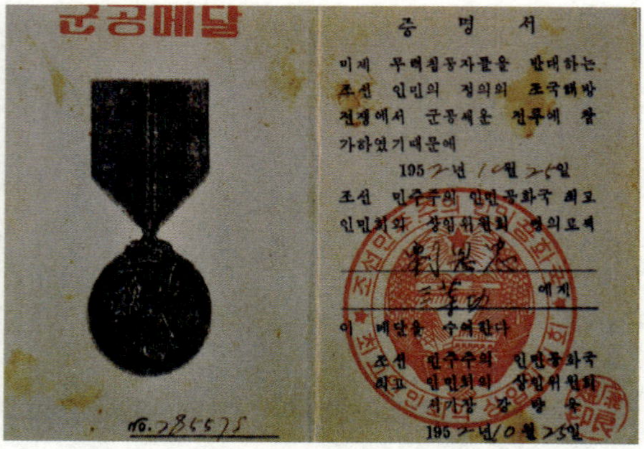


⊕ 刘恩忠获得的朝鲜民主主义共和国军功章证书

险，将着火的车辆摘下，又飞速返回驾驶室，驾驶机车继续前进。可是，敌机仍然在天空盘旋，紧紧“咬”住列车不放，并又一次将列车击中起火。他们再次紧急停车，冒着敌机的疯狂扫射冲向车尾，又将起火的车辆摘下来继续前进。列车在运行中第三次被敌机击中起火，他们仍然无所畏惧，勇敢地将燃烧起火的车辆与列车分离开来，然后继续全速前进。就这样，列车被敌机击中三次，他们冒着炮火下车摘了三次，保证了其他车辆物资安全。为此，中国人民志愿军铁道兵司令部命名该机车组为“三打三拉的英雄机车组”，为刘恩忠记特等功一次，授予他“三打三拉的战斗英雄”称号。

1951 年国庆节，刘恩忠作为抗美援朝铁路工人的代表回到祖国，应朱德总司令邀请，登上天安门城楼参加国庆观礼，并受到毛泽东主席和朱德总司令的亲切接见。

火车头牵引着长长的列车，奔驰在千里铁道线上，一声声响彻寰宇的汽笛声，仿佛在诉说：“祖国需要我们到哪里，我们的火车就开到哪里。”这正是负重爬坡、奋勇向前的火车头精神。

1951 年 4 月，作为第二批开赴抗美援朝前线的援朝职工，司机刘东洲、刘桂全以及同车的副司机、司炉包乘 1648 号机车到达抗美援朝战场，并一次次出色地完成了军用物资运输任务。

1951 年 7 月，朝鲜下起了几十年少见的大雨，当时朝鲜北部的铁路桥梁和线路几乎都被敌机炸毁，再加上洪水，给铁路运输带来巨大影响。机车组的工作和生活条件非常恶劣，由于基本生活物资短缺，他们只能在机车上啃干粮就盐粒，再加上休息不好，许多同志得了病。在这种情况下，司机长刘东洲和机车组的同志们没有一人抱怨，没有一人叫苦。他们冒着敌人白天的轰炸和夜间的封锁围困，并出色完成了新安州至平壤之间的物资运输任务，在清川江畔连续战斗了 3 个多月。因机车组表现突出，铁道兵司令部给他们记集体三等功。

立功后的机车组于 1951 年 12 月 27 日从朝鲜驶回祖国安东站。上级领导决定让他们在国内踏踏实实地过一个新年，还为机车组发放了肉和白面，全机车组的人都很高兴。然而，当大家还沉浸在即将过年的喜悦之中时，机车组接到上级紧急命令，有一列满载弹药的紧急物资急需运往朝鲜前线。军情就是命令。接到任务的机车组成员立即全员上车，牵引着这列军用列车驶离安东站，并再次出色地完成了运送任务。

赴朝参战的 82 名职工中，既有多次荣立战功的英雄司机刘恩忠、刘东洲等一大批英雄模范，也有人献出了自己年轻的生命。

朱长清，1950 年 3 月从南口机务段调到古冶机务段。1951 年 4 月，他服从组织安排和工友们一起到达抗美援朝战场。1951 年 12 月 31 日，他和同志们一起在清川江畔孟中里车站等待过江时，美军敌机突然轰炸孟中里车站。正在宿营车上值班的朱长清发现宿营车取暖的炉子着火了，如果不及时处理，将直接威胁到他们这列满载弹药列车的安全。他来不及多加思索，直接冲到宿营车将火浇灭。然而，火是浇灭了，他也因为晚下车一步，在敌机的轰炸中不幸牺牲，献出了年仅 23 岁的生命。

司机长李明皋也是 1951 年 4 月入朝的。在抗美援朝战场上，他同机车组的同志们一道，为了抢运军用物资不辞劳苦，多次躲过敌机的轰炸和扫射，将一列列物资安全运到前线。1951 年 8 月，他担当一列军用物资列车在朝鲜平壤南边沙里院车站待避时，不幸被敌机投掷的炸弹击中牺牲。

同朱长清、李明皋一起入朝的还有司炉陈国华，他也是唐山机务段第一任团总支书记。抗美援朝战争爆发后，他带领团员青年积极响应“抗美援朝，保家卫国”的号召，多次向党组织提出去朝鲜前线的申请，终于获批入朝。天生热心肠的他，在工作中从来都是脏活累活抢着干，从不计较个人得失。1951 年 8 月，敌人大批轰炸机在新成川地区轮番轰炸，炸弹把防空洞炸塌，在防空洞内的陈国华壮烈牺牲，献出了年仅 27 岁的宝贵生命。

深陷硝烟卫家国，英雄美誉遍天涯。虽然战争已远离我们多年，但是我们始终不能忘记当年为这场战争的胜利而牺牲和付出的先辈们，正是他们，用勇气与鲜血谱写了令人难忘的历史篇章，他们的精神将永远激励着我们不断奋勇前行、开拓进取、超越自我，为实现中华民族伟大复兴而不懈奋斗。

◎彭　超

# 登高英雄杨连第

在横贯我国东西的钢铁大动脉——陇海铁路线上，有一座赫赫有名的大桥，它就是以登高英雄杨连第（原名杨连弟）名字命名的杨连第大桥，也是我国铁路线上唯一一座以人名命名的铁路桥梁。70 多年来，登高英雄杨连第的故事在铁路传扬经久不息，感染、激励着一代代铁路人攻坚克难、顽强奋斗，确保祖国大动脉安全畅通。

杨连第大桥位于中国铁路郑州局集团有限公司管内陇海线观音堂站和庙沟站之间，高 48 米、长 172.5 米，是当时陇海铁路线上最高的桥梁，也是新中国成立前全国第一高桥。

这座大桥由法、英、比利时三国工程师共同设计，1921 年动工，历时 4 年建成。大桥建在地势极为险要的地段，东接槐沟隧道，西连峡石隧道，是贯通陇海铁路线的重要桥梁。

1944 年，为阻止日军进攻，国民党军队从陕县向西撤退时将大桥破坏。日本投降后，陇海铁路管理局汪庭霈工程师主持修复该桥。由于地形条件限制且修桥材料缺乏，汪庭霈工程师设计了在原地架设木排架便桥的修复方案。通过就地取材，用木料搭建了 32 组排架，于 1946

⊙登高英雄杨连第

年8月大桥恢复了通车。1949年8月，人民解放军渡黄河南下，占领大桥，但大桥的木排架在战斗中被焚毁，陇海铁路再度中断。

为支援野战军挺进大西北，追歼西窜之敌，中央军委命令铁道兵团必须在3个月内修复陇海铁路8号桥（杨连第大桥），将中断的陇海铁路重新接好，恢复通车。为完成任务，铁道兵工程部根据大桥破坏状况制订抢修方案，计划加高大桥4号桥墩、凿低其余桥墩后利用滦河大桥钢梁架设新桥，同时对所有桥墩的裂缝进行修补。

1949年8月20日，铁道兵一支队第一桥梁大队开工抢修8号桥。摆在抢修人员面前的第一个难题就是如何让施工人员迅速可靠地登上墩顶，完成各墩的加高或凿低作业。当时流传着这样一句话："8号顶，8号顶，失手摔成饼；8号端，8号端，上桥如上天。"原计划是搭建脚手架上墩或者在大桥两侧山腰搭建吊篮上墩，无论哪种方案都需要大量的施工器材。由于山区交通不便，材料一时难以运到，加上时间紧迫，两种施工方案都被否决了。为了解决难题，部队组织全体战士讨论，献计献策。杨连第经仔细观察，发现每个桥墩上每隔3米就有一根修桥时留下的铁夹板，虽然只有几寸宽，但勉强能站一个人，便大胆提出一个方案：用一根带钩的杆子钩住铁夹板上的圆孔，人顺着杆子爬上去，然后把脚手杆绑在铁夹板上，以此方法搭成单面云梯。团首长批准后，杨连第在全团注视下，手持长杆第一个攀登，冒着随时坠落的危险，经过4小时奋战，终于登上了桥墩。当时在陇海铁路上工作多年的桥梁专家不禁赞叹："战士中真有能人啊！"在桥墩上，杨连第用铁锤一锤一锤地将混凝土桥墩凿低了2.06米，解决了困扰工程队10多天的难题，抢修工作初战告捷。

按照修复计划，共有4座桥墩需要凿低，凿除的混凝土总量达49.8立方米，仅靠手工凿除根本无法满足工期要求。如果采用爆破方式，在高空3平方米大的桥墩顶面缺少隐蔽处，无法进行近距离爆破作业。而采用远距离电控爆破，部队又缺乏电线、点火器等爆破器材，抢修施工再度遇到困难。杨连第为了解决难题，创造性地采用了"小药包浅眼密爆爆破法"，将爆破装药量减小，使爆破碎块尺寸减小，同时采用木板遮挡点火等手段，成功解决了近距离爆破的难题。他一鼓作气大干了3天3夜，机智勇敢地爆破了100多次，大大加快了施工进度，混凝土凿除速度提高到了日均2.5立方米。桥梁大队全体指战员按照他的办法，争分夺秒，共同努力，终于比原定计划提前20天完成了施工任务。1949年10月18日，经过59个昼夜的奋战，大桥架好了最后一孔钢梁，8号桥提前20天胜利通车。

为表彰杨连第的模范事迹，部队授予他"登高英雄"光荣称号。1950年，杨连第被评为铁道兵战斗英雄，出席全国战斗英雄和工农兵劳动模范大会。

杨连第1919年出生于天津市北仓镇。他家境贫寒，14岁时学鞋匠，此后又当过电工、架子工，给资本家卖了十几年苦力，也练就了一身登高技能。1949年年初，天津解放后，杨连第告别家人，与干过架子工的同伴一起，报名参加了人民解放军第四野战军的铁道兵纵队。1949年春，杨连第在修复石门（今石家庄）到北戴河铁路沿线桥梁过程中就初显身手，为连队解决了不少施工难题，被战士们亲切地称为"师傅"。

1950年10月，杨连第参加了中国人民志愿军，编入铁道兵第一师第一团一连。11 月 25 日，他随部队到达鸭绿江边，投入抗美援朝的伟大斗争中。

1951 年年初，杨连第随部队到达沸流江边。这时第三次战役已经打响，前方需要大量弹药，可是沸流江大桥被敌人炸断了，上级指示必须在 7 天内修复。杨连第作为技术骨干被调到四连帮助抢修大桥。抢修工作大部分是在夜间进行。黑暗中，杨连第与战友们用起重机一点一点起钢梁，可是两夜过去了，工作进展不大，这可急坏了杨连第。他仔细观察敌机空袭的规律，发觉趁空袭的间隙，抓紧时间抢修能比摸黑干一夜的效率还高。这一想法得到领导的同意后，他带领 8 名同志开始了入朝以来的第一次白天抢修工作。当 4 架敌机出现在上空时，杨连第指挥大家隐蔽，自己仍在桥上工作。工程进展明显加快了，沸流江桥提前 3 天修复，江岸上堆积的粮食、弹药等物资又被源源不断地送往前线。

为了保证运输畅通，上级决定在沸流江上修建一座低矮的爬行便桥，必须在 10 天内完成。杨连第所在的二班承担了最难挖的一个地段。此时杨连第已升为副班长，他挥动着手中的大镐，镐头落在冻土上直冒火星，崩在脸上火辣辣地痛，双手磨出了血泡，干到天亮时平均每人只挖了 0.7 立方米。为了提高速度，他和战士们想了一个办法，直接在硬盖底下掏松土，底下空了，然后再把一层硬盖揭开，这叫“掏心去皮法”。结果 10 天的任务，只用 7 天就完成了。为此，二班荣立集体一等功，杨连第也光荣地加入了中国共产党。

1951 年 7 月，提升为副排长的杨连第受命带领战友们转战抢修被敌人炸毁的清川江大桥。清川江大桥是满浦、平壤铁路线上的重要桥梁，战争所需要的粮食、弹药、武器不分昼夜地通过这里运往前线。上级命令一连要在 8 天内完成修复任务。杨连第奉命带一个排执行任务。他们用两夜一天的时间搭起了一座人行浮桥。但由于连降暴雨，不仅浮桥被冲毁，新搭起的大桥桥墩也被冲得东倒西歪。这时团部紧急发出命令，改变了施工计划，调杨连第到对岸协助二连搭桥。他与二连的同志们一起研究搭浮桥的办法，当他的目光接触到钢板梁和突出桥面的压梁枕木时，忽然眼睛一亮，想出了“钢轨搭浮桥”的办法。在接下来的30余个昼夜中，他与战友们面对40年一遇的罕见洪水，先后搭浮桥12次，创造出修桥历史上前所未有的钢轨架浮桥，给桥梁两岸铺平了道路，使中断的清川江大桥胜利通车，保证了前方军需物资的供应。

1952年5月15日下午，已经任副连长的杨连第带着战士们在清川江桥上检修时，发现新修的第三孔钢梁移动了5厘米，立即派人抬来压机准备移正钢梁。正在指挥战士起重钢梁时，一枚定时炸弹突然爆炸，弹片击中了他的头部。为了朝鲜人民的解放事业和祖国人民的安宁，年仅33岁的杨连第献出了年轻的生命。

为表彰杨连第的功绩，中国人民志愿军为他追记特等功，并授予“一级英雄”称号。铁道部将陇海铁路8号桥命名为“杨连第大桥”，并在该桥西南侧修建了杨连第烈士纪念碑，碑面上铭刻着“杨连第烈士永垂不朽”9个大字。

◎肖培清　陈　斌

# “铁牛运动”的旗手

“人人都把铁牛当，不分机车工电辆，党政工团一起上，材料经理也一样。”这是一首讴歌“铁牛运动”的打油诗。今天读起来，依然让人心潮澎湃。

20世纪40年代末，一场多拉快跑、为全国解放事业争作贡献的“铁牛运动”从绥化机务段发起。不到一年的时间，“铁牛运动”迅速扩展到整个东北地区，乃至全国铁路。

“铁牛运动”的旗手就是杜先扬。他在激情燃烧的年代书写着感人至深的故事。

## “死机复活”挑重担

杜先扬出生在一个贫困的工人家庭。兄妹6人，全靠父亲打工维持生活。因生活所迫，16岁的杜先扬开始做帮工。不久，他考入绥化机务段，当擦车夫、炉夫、外勤准备员。

1945年8月15日，日本宣布投降，东北终于回到了人民的怀抱。

㊉ “铁牛运动”的旗手杜先扬

中国共产党很快派来干部领导铁路职工翻身解放，恢复生产。

解放战争初期，大批军用物资需要运往前线。面对一片废墟，东北铁路工人发出响亮的号召——“不给钱也要干三年，让死机复活，解放军打到哪里，火车就开到哪里。”杜先扬衷心拥护中国共产党，他以极大的政治热情投入生产自救。尽管当时没有工资，每月只发九十斤高粱米和少得可怜的一点油盐，但他不叫苦、不喊累，勒紧裤腰带，全身心地扑在工作上。

1947 年 7 月，在“死机复活”运动中，绥化机务段工人克服重重困难，将报废的 96 号机车修复。由于这台机车大部分零件老化，机车运转一直不正常，谁也不愿意包乘这台车。刚刚由检点员改为司机长的杜先扬主动提出包乘这台机车，并动员包乘组全体人员为支援解放战争勇挑重担。

杜先扬和大家一起研究制定了11项保养机车的制度和措施，利用休班时间收集零部件，没有的就到报废的机车上去拆，从自己家里拿来工具，爬上爬下连续抢修。那时，后方物资奇缺。擦车没有棉纱，杜先扬带领伙计到野外草甸子割草，用水泡软了代替棉纱，每天都把车擦得铜铁分明。

1948年，哈尔滨铁路管理局学习苏联经验，推行“大开汽门，高提手把”新操纵法，许多乘务员面露难色。杜先扬带头实践，精心揣摩，很快掌握了这个新方法。当年12月17日，他牵引绥化开往南岔的237次列车一路南下，汽笛高歌，技术速度达到了每小时40公里，在当时刷新了中国铁路的纪录。

1949年1月28日，杜先扬光荣地加入中国共产党，他把前进的目标定得更高更远。

## “铁牛”奔驰永向前

力耕不吾欺。96号机车的状况逐步好起来。到1949年2月14日，96号机车在修复运行的18个月里，安全走行了10.6万公里。按当时的规定，机车每走行3.5万公里就要进行甲检一次，96号机车已经达到了3个甲检期；按东北行政委员会铁道部1948年的新规定——5万公里进行一次甲检，也突破了第2个甲检期，从而节约检修费1亿多元（东北币），机车不仅多走行了6000公里，而且为国家增收9000多万元（东北币）。

1949年2月15日，哈尔滨铁路管理局为表彰96号机车所作出的贡献，在绥化机务段召开大会，正式命名96号机车为“铁牛号”。3月15日，“铁牛号”机车组被记特等功一次，发奖旗一面、奖状一个，司机长杜先扬被授予“铁牛运动旗手”称号。5月1日，杜先扬出席了东北铁路首届职工代表及劳模大会。“铁牛号”荣获集体一等功，杜先扬被评为特等英雄。大会号召东北铁路学习“铁牛号”经验。从此，东北铁路 18 万职工积极投入“铁牛运动”的洪流中，并扩展到车务、电务、工务、车辆等部门。

1949 年 11 月 15 日，东北铁路总局召开首届“铁牛队员”代表大会，杜先扬作经验报告，并被选为“铁牛大队”大队长。

仅一年多时间，东北铁路总局就有 10979 名个人获得“铁牛队员”称号，2374 个集体荣获“铁牛号”单位称号。铁道部要求在全国推广“铁牛号”先进经验。著名的“满超五”运动就是在“铁牛运动”的推动下总结推广出来的，对铁路运输业的发展起到了极大的促进作用。

## “先进是干出来的”

1949 年 10 月 1 日，中华人民共和国宣告成立！

杜先扬等 28 名劳动模范发电报给毛泽东主席，表示：要消灭一切事故，保证完成新中国成立后第一个冬运任务，以多拉快跑的实际行动向国庆献礼。

当时关内急需各种军用、民用物资，滨北、绥佳线上积聚了大量重车拉不出去。“铁牛号”机车在杜先扬的带领下，首先超轴多挂重车试运转。几个人密切配合，连续作战，仅 13 天时间就多拉重车 208 辆，把两条线积聚的重车全部拉净，受到东北铁路总局的电报表扬。

1949 年冬运刚刚开始，绥化机务段储存的机煤就快用完了，20 多台机车被迫“灭火”。这时，传来鹤岗有机煤的消息。杜先扬主动请缨：“我们向毛主席保证，坚决完成任务，把机煤抢运回来。”11 月 6 日 7 时 30 分，“铁牛号”牵引着运煤的列车向鹤岗出发，当列车运行到庆安站时，机煤全部用光。杜先扬领着伙计们从附近的粮库拉来黄豆当燃料。黄豆不起火，他们找来柈子混着烧，总算到达鹤岗站。

满载机煤的列车返程运行到南岔站时，煤水车右二轴发热烧损。车上没有硬油，杜先扬和伙计们使用肥皂、猪肥肉当润滑油。经过 7 个昼夜的奋战，终于完成机煤列车牵引任务，解了燃“煤”之急。

那年的冬天，冷得出奇。一天，“铁牛号”担当370次货物列车牵引任务。在绥化站挂车后，杜先扬发现邻线停留着两辆重车，一打听，到站也是哈尔滨。杜先扬立即与调度联系，要求把这两辆重车编入370次。调度起初不同意，他担心造成超轴，弄不好会给“铁牛号”带来不良影响。杜先扬说：“先进是干出来的，不是保出来的。请相信我们能够完成任务。”经过认真考虑，调度答应了杜先扬的请求。

绿色信号亮起，杜先扬和两个伙计紧密配合。“铁牛号”水满汽足，牵引着这辆超轴列车一路奔驰，安全正点抵达哈尔滨站。

1949年12月，哈长线货物列车经常发生运缓和中途停车事故。“铁牛号”机车组奉命到哈长线做示范，坚持多拉重车，做到趟趟正点，11天多拉货物542吨，抢点16小时30分钟，为哈长线满轴正点运行铺平了道路。

1950年2月27日，杜先扬和伙计们承担了毛泽东主席专列的前导任务。他们精心驾驶着机车，圆满完成了任务。

1950年6月，杜先扬作为劳模特邀代表，出席了全国政协一届二次会议，光荣地受到毛泽东主席的接见并合影。9月，作为东北铁路工人劳模代表，杜先扬出席了全国工农兵英雄模范大会，并代表东北代表团向毛泽东主席敬献锦旗。当毛泽东主席从他手中接过锦旗，紧紧地握住杜先扬的手合影留念时，杜先扬热血沸腾。每每谈起这些，杜先扬都会激动地说：“能见到毛主席，是我一生的幸福。”

1950年6月，朝鲜战争爆发。10月，中国人民志愿军跨过鸭绿江，拉开了抗美援朝战争的序幕。“抗美援朝，保家卫国”，杜先扬驾驶着“铁牛号”奔赴抗美援朝战场。美国依仗空中优势，疯狂绞杀后方补给线。“铁牛号”巧妙地与敌机周旋，凭机组人员的智慧和勇敢闯出了一条“打不垮、炸不烂”的钢铁运输线。抗美援朝期间，绥化机务段共有11台机车、117名职工开赴朝鲜，其中8人立功受奖。停战以后，“铁牛号”机车经国务院批准，留在了朝鲜，成为中朝人民友谊的永久见证。

1951 年 11 月，因突患疾病，杜先扬撤出了朝鲜前线，被组织上送回国内治疗。

1952 年，杜先扬到东北工学院附属工农速成中学学习。回段后，杜先扬先后担任了值班员、燃料厂主任、主任劳动保护员等职务。

1963 年 9 月 30 日，“铁牛运动”的旗手杜先扬因病去世，终年45岁。杜先扬走了，家里一件像样的家具都没有，却留下了无数的奖章、奖状和证书。

为弘扬杜先扬的“铁牛精神”，继承和发扬铁牛运动光荣传统，绥化机务段于 1987 年在段门前广场建造了“铁牛运动”纪念碑。正面为全国政协副主席、铁道部部长吕正操题写的碑名“铁牛运动发源地”，背面是铁牛运动史铭文。

“铁牛”奔驰，车轮滚滚。而今，杜先扬和“铁牛”精神激励着一代又一代铁路工人艰苦奋斗、当好先行！

◎胡艳波

# “大车”的超越

在 1949 年 7 月至 1951 年 10 月的两年零三个月的时间里，他曾创造了安全走行 26 万公里、超轴 7.8 万吨的好成绩。他结合“鲁宁机车保养法”“新焚火法”，创造和实践了“大开汽门、高提手把”“压缩车钩”“利用动能爬坡”“事先减低速度两次制动”等一系列先进方法。他，就是闻名全路的模范人物、“满超五作业法”创始人——苏家屯机务段火车司机郑锡坤。

## 东北解放为年轻人注入工作活力

1926 年 11 月，郑锡坤出生在辽宁南部营口县一个一贫如洗的家庭，过着朝不保夕的苦难日子。为了糊口，刚刚 16 岁的郑锡坤不得不告别家乡，来到苏家屯铁路机关区（即现今的苏家屯机务段）当了一名学徒工。

那时，正值日本侵略者血腥吮吸东北膏脂的血泪年代，白山黑水处于水深火热之中。机关区里的工头都是日本人，中国工人受尽欺凌与压迫。忍饥挨饿、挨打受骂对于郑锡坤来说是常事，他整天伴着泪

↑ “满超五作业法”创始人郑锡坤

水与仇恨度日。他横下一条心，硬是练就了一身过硬的火车驾驶技术。

1948 年 11 月 2 日，沈阳解放了。22 岁的郑锡坤眼含热泪迎接解放军入城，他想，自己的硬本领终于能够报效国家了。

## “死机复活”让包车组如虎添翼

沈阳刚刚解放时百废待兴，而没有机车牵引动力，支援战争搞运输就是一句空话。为了满足铁路运输需要，苏家屯机务段职工们开展了“死机复活”运动，利用业余时间将一台破旧的 105 号机车修复。

1949 年，郑锡坤和 8 名青年工人承包了这台机车，组成了该段第一个青年包车组，他任司机长。有了机车，郑锡坤如虎添翼，大显身手。他尽职尽责，鼓足干劲，多拉快跑，趟趟超额完成任务，包车组荣获“青年先锋号”光荣称号。

## 打破限制超轴运输喜获成功

东北的7月，骄阳似火，连吹来的风都是热的。这天，郑锡坤包车组停在沈吉线上的清原站。站内停着2车豆角、2车香瓜，共计60吨，已经停了两天两夜了。鲜活货物容易腐烂，急得押运人员眼里直冒火。押运人员找到了郑锡坤，恳求他把这几车货挂走。郑锡坤看着押运人员心急如焚的样子，也打心眼里替他着急。

可是铁路规章有规定，机车是按牵引定数（即满轴）运输的，如果超过牵引定数就是"超轴"。自我国有铁路以来，还没有人打破这个惯例。郑锡坤想到城里人正急等着菜吃，而这里的蔬菜瓜果却因运不出去即将腐烂，心中冒出了"超轴"牵引的大胆念头。不过，这可是破天荒的事，弄不好半路抛了锚，吃不了可就得兜着走。他和包车组的两个伙计反复商量，最后一致同意宁可冒点风险，也不能眼瞅着让这些鲜活货物白白烂掉。他们请示站长和中长铁路管理局沈阳第四分局调度，得到批准后，便将这4辆车挂进了列车。

一路上，包车组全员紧密配合，想了很多办法，千方百计不让列车"坡停"。郑锡坤格外当心操纵机车，大开汽门，高提手把，顺利地通过了营盘岭陡坡的关键地段，安全到达了沈阳，还提前了3分钟。

郑锡坤首次超轴运输成功了。4天后，郑锡坤总结了上次超轴的经验，又一次超轴牵引279吨，轰动了整个机务段。

1950年6月25日，朝鲜战争爆发，战火很快漫延到中朝边境。为了保家卫国，支援朝鲜人民，郑锡坤带领包车组全员发出了"出乘就是打仗，机车就是坦克，没有事故就是消灭美帝，多拉一吨货，就是给中国人民志愿军增添一份力量"的战斗誓言。

往年一到冬天，机车的牵引定数比夏季要相应减少。而这一年却不同，因为军运任务急迫且繁重，仅苏家屯至大石桥这段南部线就骤增到1700多吨。这段线路要经过一道分水岭，坡度大，冬天滴水成冰，再加上机车大多是抢修出来的，技术条件差，爬坡就更吃力。

这时，郑锡坤驾驶的“青年先锋号”正在苏家屯至四平间的北部线抢运，临危受命被紧急调往南部线，主攻突破分水岭的难关。

机车开到了车站，郑锡坤一开口就要拉2000吨，一下子就超轴300吨，给车站调度员吓了一跳：“人家正常牵引爬坡还吃力，你一次就超轴这么多，能行吗？”

郑锡坤十分明白，在这么寒冷的冬天，要起动这么长的列车的确不容易，但他早就想出了克服困难的办法：为了能让机车很快起动，采取“压缩车钩，分别起动”的办法，使第一辆车先起动，然后第一辆车牵动第二辆车，第二辆车再牵动第三辆车……以此类推，通过惯性减少机车的负荷，机车的牵引吨数便可以加大。果然不出所料，郑锡坤的试验一举成功，这使他信心倍增。在此基础上，他又进一步丰富、发展和完善，创造出了“超轴五百公里作业法”。

分水岭闯过去了，比正常爬坡还提前了1分钟，长大南部线打通了，郑锡坤给大家树立了榜样。他乘胜前进，牵引吨数一超再超，青年先锋号再创全国的最高纪录，顿时轰动了全路。

## 推广方法为新中国拉来效益

早在1950年，苏家屯机务段便在段内推行苏联运行500公里的先进经验，即要求一台运用机车一昼夜安全走行500公里。郑锡坤将苏联的先进经验和自己的超轴运载经验有机地结合起来，创造出了“超轴五百公里作业法”。郑锡坤包车组从1949年7月到1957年10月，安全走行了26万公里（相当于绕地球6.5周），超轴7.8万吨。其中，从1950年10月到1951年10月，有8个月全面完成了500日车公里，创造了全国最高纪录。郑锡坤“超轴五百公里作业法”的经验推广之后，苏家屯机务段迅速掀起了一个创造500公里超轴运动的新高潮。

郑锡坤的“超轴五百公里作业法”和他的先进事迹，很快在东北乃至全国铁路传播开来。1952年5月28日，中国铁路工会全国委员会发出了《关于组织开展满载超轴五百公里运动的大规模竞赛的指示》。同年6月3日，新华社将这一消息播发全国，并配发了《苏家屯机务段郑锡坤包车组向全国铁路职工提出增产竞赛的挑战条件》。6月7日，《东北日报》刊载《郑锡坤创造的“超轴五百公里作业法”》，详细介绍了作业法的形成过程和基本内容，并给予高度评价，同时刊登了全国铁路著名的李锡奎调车组和杨茂林装卸组的应战条件。继后，在全国铁路各个站段、车间和班组纷纷响应。在我国国民经济恢复建设时期，从南到北、从东到西的数万里铁路运输线上，一个鼓舞人心的“满载超轴五百公里”（简称“满超五”）运动就这样轰轰烈烈开展起来了。这一运动创造出了无可估量的经济价值，它以辉煌的业绩载入了中国铁路史册。

1950年，郑锡坤被评为中长铁路管理局和沈阳市劳动模范；1951年，出席全国铁路劳动模范代表会议，被评为全国铁路劳动模范；1954年，被评为辽宁省劳动模范；1953年和1954年，先后荣获全国铁路“红旗奖章”和“光荣的铁路者”奖章。1954年、1959年、1964年，郑锡坤分别当选为第一、第二、第三届全国人民代表大会代表，并作为特邀代表出席了全国政协会议。他还多次受到毛泽东主席和周恩来总理等国家领导人的接见。

◎韩庆潇

# 挑战不可能的任务

1925 年 2 月，李锡奎出生在距苏家屯火车站 10 余里的后梁窝村。在他 17 岁那年，他在奉天驿（沈阳站）当清扫工的父亲，被日本宪兵以莫须有的“经济犯”罪名抓进大狱，没几个月便惨死在大牢里。1947 年，后梁窝村解放了，从苦水里熬出来的李锡奎在解放军的影响下，渐渐懂得了革命道理，迸发出了无比旺盛的劳动热情，以主人公的姿态全身心投入到铁路运输生产中。

## 在调车组的工作中实现自我

1948 年 11 月，辽沈战役结束，古老的沈阳城获得了新生。刚到沈阳站任调车员的李锡奎干起活来猛打猛冲，人们都称赞他有股干活不要命的劲，像只下山的小老虎。他干活麻利，腿脚勤快，快编快解，千方百计地提高调车效率，每次当班都出色地完成运输生产任务，多次受到领导的表扬。

凭着坚定的信仰和出色的工作业绩，李锡奎于 1949 年 2 月光荣地加入了中国共产党。

⊙ 李锡奎调车组先进调车法示范大会

为了加强铁路运输组织工作，进一步提高调车效率，沈阳站决定派李锡奎等人到齐齐哈尔老解放区学习。学习一个月后，李锡奎眼界大开，不仅学到了运输管理方法和调车经验，更学到了老解放区铁路工人的优良作风，学到了他们对革命事业的无限忠诚，这使他如虎添翼，身上的劲头鼓得更足了。

同年 9 月，车站决定成立青年调车组，并由李锡奎担当西站区一班三调（青年调车组）的调车员。这个组共有 7 人，都是 24 岁。在大家的眼中，青年调车组成了全站调车组的一面旗帜。只有李锡奎知道，当这个扛旗人可不容易。

为了做好扛旗人，他常常利用休班时间虚心向兄弟调车组学习，取长补短。同时，他还向老师傅请教，提高自己的业务水平。工作中，他更是没有片刻的休息时间，甚至连吃午饭的时间都被工作占据着。那时，工友经常看到他上一秒还在吃煎饼卷土豆丝，下一秒就拿起旗冲出屋去。即使是机车入库的调车空闲时间，他也不肯休息，跟机车一起入库，协助乘务员给机车上煤加水。

在李锡奎的带领下，全组人员团结一致，齐心协力，在全站首次调车表演赛中获得第一名的好成绩。这年 10 月，东北铁路开展了一场轰轰烈烈的“铁牛运动”，青年调车组一马当先，一举创下 3 个月无事故的新纪录。年底，沈阳站命名这个调车组为“模范青年调车组”，成为全站调车工作的一面旗帜。

## 在新中国建设的浪潮中不断改进

随着国民经济的恢复，铁路运量不断上涨，调车工作也更加紧张繁忙起来。面对新形势，李锡奎陷入了新的思考：在运输任务不断增加的情况下，只靠提高劳动强度来提高调车效率是极为有限的，从长远看也难以持久。经过丰富的生产实践锻炼的李锡奎开始琢磨起来。他感觉，现行的调车方法存在不少弊端。当时的调车计划编制方法，存在“计划人员包而不干，调车员被动调车”的问题，影响工作效率和调车员的工作积极性，这就是症结所在。

经过长期的思考和钻研，他决定吸收由苏联传来的“粉笔调车法”先进经验，进行大胆的改革创新。

“粉笔调车法”的主要特点是调车员无须等待调车通知单的指示，而是用粉笔在车辆上标记去向，凭此向各分类线和卸车线送车，然后主动按车辆去向挑车。这种方法可以提高工作效率和调车的准确性，但李锡奎试验了两次均未成功。他并没灰心，通过分析失败的原因，学习其他车站的先进经验，结合车站实际进行科学设计，经过反复实践摸索出“统一指挥和分工负责”等一整套调车作业方法。

他根据小组人员的特长，每人负责一项工作，实行按人“包地带”“包限制车”“包线路”。然后，再把各自掌握的情况向调车员汇报，由调车员统一指挥进行编组解体。这一新的作业方法，分工明确，责任到人，充分发挥了班组成员的聪明才智，取得了成功。运用这一调车法，组员们感到得心应手，工作热情倍增。在“红五月”劳动竞赛中，李锡奎带领他的青年调车组取得了优异的成绩。

经过反复的摸索和实践，李锡奎和他的组员们逐步完善，使制度更科学，分工更细致，计划更周密，大大缩短了非生产时间，实现了不间断作业，有效地提高了工作效率。

1951 年冬，铁道部正式命名这一调车方法为“李锡奎调车法”。1952 年 8 月，铁道部指示在全路推广“李锡奎调车法”，迅速在全路掀起学习先进经验、开展劳动竞赛的热潮。

自 1951 年起，李锡奎先后被评为沈阳市劳动模范、中长铁路先进工作者、辽宁省劳动模范、全国铁路劳动模范。1953 年，他参加全国铁路工会代表团，去东欧五国访问。1954 年、1959 年、1964 年，李锡奎分别当选为第一、第二、第三届全国人民代表大会代表；1977 年、1983 年，分别担任辽宁省第四、第五届政协委员；1982 年，当选为中国铁道学会第一届铁道运输与经济委员会委员。

◎韩庆潇

# 改革开放时期

# 鏖战百里风区

兰新铁路自东向西，穿行河西走廊、安西风库、百里风区、三十里风区，沿途人烟稀少、自然条件异常艰苦。狂风、流沙常年在这里肆虐横行。半个多世纪过去了，大风曾数次掀翻火车，风区也成了谈风色变、令人生畏的魔鬼之地。纵然被狂风摧残得遍体鳞伤，但兰新铁路人从未打算为狂风让道，也没有被恶魔吓倒，提速的车轮一刻也没有放慢脚步。

“风大我们干劲更大，环境苦我们不怕吃苦，温度高我们热情更高，环境差我们追求不差，标准严我们要求更严。”这是兰新铁路乌鲁木齐工务段红台养路工区职工鏖战大风的铮铮誓言。

红台地处兰新铁路百里风区腹地，因到处都是大大小小坚如磐石的黏、胶土丘而得名，也被称为疙瘩台。1962年，兰新铁路建成通车后，此地的车站就取名“红台”。红台铁路站区高堤深壑，地形复杂，碱害严重，是典型的湿陷性红土地质。这里地坚如铁，用洋镐使尽全力砸到地上，也只能砸出一个白点，怎么也挖不动。可是只要遇到水，立马就能变成烂泥沼泽。正因为如此，刚维修过的线路，转眼之间就可能变得面目全非，几何尺寸完全不在标准范围之内。

红台养路工区管辖的13公里长线路，有8处是碱害地段，还有18个弯，其中17个弯都是700米以内的小半径曲线。火车经过这里时扭扭曲曲，从远处看就像一条长蛇在蜿蜒爬行，俗称“九曲十八弯”。线路地段差、质量差、养护难，是兰新铁路全线公认的“老大难”地段之一。

20世纪60年代末至70年代初，兰新铁路百里风区段曾一度安全形势不稳。组织上经过认真研究，反复比对考虑，决定选用人称“风区硬汉”的张德昌担任领工区工长。

张德昌上任后，第一件事就是详细调查线路情况，摸清了8处碱害地段的具体情况。碱害就是工人们口中的“碱老虎”，它能使线路夏沉冬隆，钢轨变形。张德昌下定决心，一定要消灭这些“碱老虎”，治好这段病体缠身的铁路。

整治碱害的根本方法是要用好土换掉路基上的碱土。首先要把轨枕下面的碱土掏出来，然后再换上

↑张德昌在现场指挥作业

没有碱的土和石砟。拉沟里区段的线路位于两山之间，空间狭窄，遇列车通过时工作人员必须紧贴陡壁站立。挖碱土的作业面又特别小，人根本直不起腰，只能跪着挖、蹲着挖，有的地方甚至要躺下挖，有劲儿也使不上。而且碱土特别硬，怎么使劲挖也不出活儿。即使这样，也没有难住张德昌。他带领工友们白天晚上泡在拉沟里工地，两三个人一班，轮流不停地干。手上的血泡一层接着一层，虎口裂得像小孩儿的嘴，疼得钻心。衣服湿了又干，干了又湿，风一吹冰凉冰凉的，硬得像铠甲。工友们说，拉沟里的碱害是“碱老虎”的头，就是用牙“啃”，也要把这个“虎头”制服！为了实现这个目标，工友们吃住在工区、坚持在工地，一个多月都没有回家。等制服了“虎头”回家后，每个人都变得又黑又瘦，连家人都不敢认了。

从挖碱土换填土方，到线路曲线改直，张德昌和他的工友们没白天、没黑夜，从早忙到晚、从春忙到冬，像胡杨、红柳一样，把家安在兰新铁路旁，把根扎在百里风区红台养路工区。6 年零 10 个月，张德昌没有向段里要一人一物，硬是带着工友们一锹一镐地根治了线路碱害，把百余公里病害线路改造成了“优质线路”，把工区从安全低谷打造成为安全标杆。

张德昌性格直、脾气倔，天生有一股不服输的“牛劲”。一次段里组织工区负责人到兄弟工区学习经验，看过、听过后，张德昌有点不服气，当场表示要干个样板给大家看看。赶巧红台工区的线路要大修。一般来讲，刚刚大修过的线路质量都会有一些问题，因为大修治“大病”，干的活粗，钢轨死弯、松动失效的联结零件等“小病”无暇顾及。于是张德昌提出，紧跟大修搞维修，“大病”“小病”一起治。

张德昌又带着工友们起早贪黑，在刚刚大修过的线路上热火朝天地干了起来。那段时间工作特别累，休息不好，营养也跟不上，他得了胸膜炎，发烧、吃不下饭、浑身无力。对此他根本不管，带病坚持工作，病什么时候熬好的他也不知道。就这样，用了一年时间，他们消灭了 13 公里线路上的所有暗坑，调整钢轨死弯 2700 多处，整治低接头 2100 多处，大修过的线路又成为标准安全线。

“有条件要上，没条件创造条件也要上”。一时间，张德昌“愚公移山”的故事和“硬汉铁人精神”迅速在乌鲁木齐铁路局各站段传开了。各级领导在大会、小会上表扬他，全局的工务人都来红台参观学习，可张德昌对此却不以为然，仍然天天泡在线路上，不愿意“抛头露面”，让参观学习的同志很是尴尬。1978 年，乌鲁木齐铁路局优质线路现场会转移到红台召开，大家请他介绍经验，他搓着两只大手，满脸通红，好半天才蹦出几个字：“没啥，真的没啥！”

1981 年，组织决定提升他到十三间房领工区任领工员。平心而论，他不想去。他舍不得浸透了他的心血和汗水的红台线路工区，舍不得亲手砌的花池，舍不得从远处背来的土种下的绿草红花，更舍不得患难与共的伙伴们。他认为自己不是当“官”的料，可领导告诉他：“铁路是一条线路，光一个工区好了还不行，十三间房领工区的线路质量是全段最差的……”

这一调，让他的人生又多了一份厚度。他在十三间房领工区的 5 年时间里，带领职工们苦干实干，让管辖的红层、红柳、十三间房 3 个工区的线路质量都有了大幅度提升。1982 年，3 个工区上一年轨检车检查都达到了优良，成为全段唯一年度全优的领工区。

1983 年，张德昌参加了铁道部群英会。铁道部部长陈璞如在《给养路工人的一封信》里，还提到百里风区的红台养路工区，表扬了他们忘我工作的奉献精神。

◎田丽华

# 壮哉，大京九

京九铁路于 1993 年 4 月 20 日开工，1996 年 9 月 1 日开通运营，北起北京，南至深圳，连接香港九龙，跨越 9 省市 108 个市县，全长 2398 公里，是中国铁路史上一次建成线路最长的双线铁路。

## 千呼万唤始出来

中国共产党人曾经把中华苏维埃共和国的首都设在瑞金。有人说，北京、南京有铁路，瑞京（金）没有铁路。老一辈革命家表示，没有铁路，等革命胜利了，可以从北京修一条铁路过来。

革命战争年代，人口只有 23 万的兴国县，有 80% 的青壮年当了红军，全县为国捐躯的烈士 5 万多名，姓名可考的烈士有 23179 名，位居全国各县市之首，占全国烈士总数的十分之一。其中，仅牺牲在长征路上的烈士就有 12038 名，几乎每一公里就有一名兴国县籍的将士倒下。毛泽东主席曾说过，等革命胜利了，一定为兴国县送两件宝：一是火车，二是“小太阳”。

1968 年，兴国县要在长冈修建一座水电站，由于资金短缺，他们

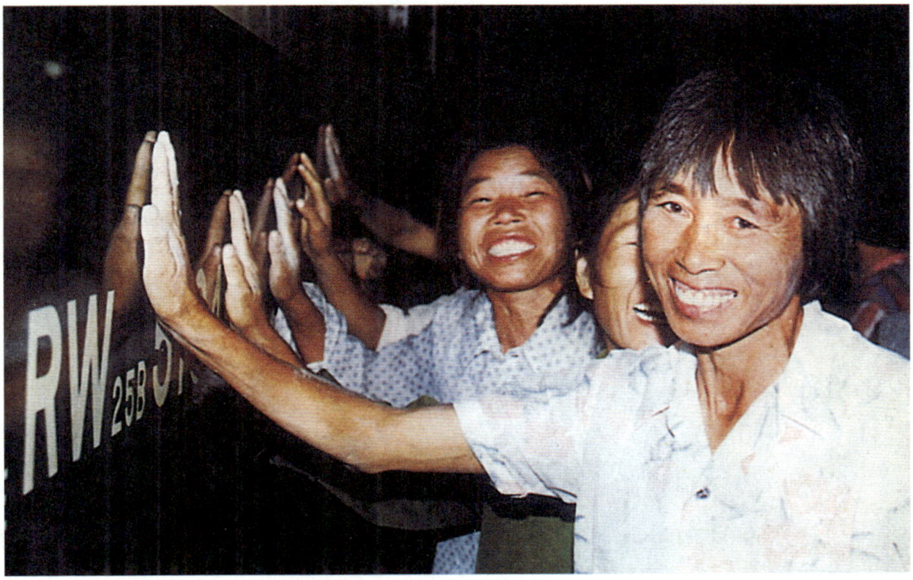


⊕ 1996 年 9 月 2 日凌晨 3 时，京九铁路全线开通，首趟列车 237 次停靠在井冈山老区吉安站，等候许久的老乡们情不自禁地抚摸着列车

便写信给周恩来总理，毛泽东主席的话也被纯朴的兴国县人写进那封信里。周总理看后，特批 1600 万元修建长冈水电站，为兴国县送来了“小太阳”——电。

但毛泽东主席承诺兴国县的另一件宝——火车却迟迟没有通。1958 年，根据毛泽东主席的指示，第一任铁道部部长滕代远提出修筑京九铁路的设想。毛泽东主席多次邀请滕代远、吕正操等同志夜聚中南海，谈论京九铁路的修建。但都因当时国力不能承担而搁浅。

1984 年 12 月 19 日，中英两国政府正式签署《关于香港问题的联合声明》，中华人民共和国向全世界庄严宣告：自 1997 年 7 月 1 日始，中国政府对香港恢复行使主权。

这为建设京九铁路带来难得的历史机遇。很快，铁道部副部长邓存伦联合社会知名人士提出：迅速上马京九线，并扩展思路，将原定北京至九江的铁路延长至香港九龙，力争在 1997 年 7 月 1 日香港回归祖国前全线贯通。

这是为迎接香港回到祖国怀抱铺路！于是，十几万筑路大军迅速集结，打响了京九铁路建设大会战。

## 踏平坎坷成大道

位于江西南康、信丰两县交界处，全长2536米的赣南岐岭隧道，被喻为“天字第一号工点”。自1993年4月1日开工后，烂稀泥没完没了地往外流。出口一号斜井大塌方，短短一分钟，黄色的烂稀泥就漫过了职工们的胸口。

参建单位吹响了冲锋号：奋战三十天，务必于8月18日拿下明洞基础，实现9月初进入暗洞施工。7月18日，总攻开始。职工们连续七天，硬是用脸盆和水桶端走了2000多立方米稀泥。正准备一鼓作气

⊕ 京九铁路的开通大大地促进了沿线经济社会的发展，南昌站的客流比开通前增加了十几倍

拿下明洞基础时，暴雨自天而降，地下涌冒的泥水又吞没了刚挖出的基坑，开挖断面出现裂缝，最恐怖的是山坡上 2500 立方米的混凝土止浆盘开始出现滑坡的征兆。

经过连续四天四夜不休不眠的抢险，五名职工猝然昏倒，还有许多职工的手脚也都血肉模糊。在全体参建职工的不懈努力下，8 月 16 日凌晨，提前两天实现了完成明洞 9 米的目标。8 月 22 日，洞口段注浆全部完成。明洞开挖进展顺利，迅速转向暗洞掘进。前三天进展顺利，可第四天晚上却风云突变：4000 多立方米的土石，把庞大而坚实的 16 组钢筋拱架砸成一堆废铁，也把将士们的士气砸到了谷底。

1993 年，中央电视台新闻联播连续两次播出了岐岭隧道施工遇阻的消息，说明这座隧道遇到的困难非比寻常。有西方媒体幸灾乐祸地开始唱衰：京九铁路 1997 年通车无望。京九铁路能否如期贯通，取决于岐岭隧道能否如期攻克。

1994 年元月，铁道部建设司和京九铁路建设办公室在隧道进口工地召开软弱围岩施工技术研讨会，国内最出色的 13 位专家集中会诊，一举破解了许多悬而未决的难题，制定和完善了 10 项技术措施。此后，施工进度加快，战胜了无数次塌方、涌水、泥石流、断层等重大困难，并创下了当时我国铁路隧道建设史上平均月成洞 133.3 米、最高月成洞 172 米的奇迹。

1994 年 10 月 15 日，进口和出口队伍各自冲破重围，在洞内会师：岐岭隧道提前 45 天宣告胜利贯通，保证了京九铁路顺利按期通车。

## 消除贫困显身手

由于交通闭塞，京九线通车前，赣南老区各地经济发展滞后，人均年纯收入等指标远远低于全省和全国平均水平。赣南老区人民盼铁路盼了太久，以至于当京九铁路在定南县老城镇铺下最后一节轨排、南北接轨的最后一颗螺栓被拧紧时，全市上下欢欣鼓舞、奔走相告，许多百姓自发点燃爆竹、舞起龙灯、端起米酒，以客家人特有的风俗隆重庆贺。

京九铁路建成后，赣州交通迎来巨变，铁路建设的成就也不断刷新：1996 年 9 月京九铁路开通；2005 年 4 月赣龙线开通；2014 年 9 月赣韶线开通；2015 年 12 月，赣瑞龙铁路开通运营；2019 年 12 月，昌赣高铁通车，赣州正式进入高铁时代。

京九铁路的开通，深刻改变着沿线百姓的生产生活。京九铁路穿越崇山峻岭，赣南境内沿途十几个车站都位于城市边缘或山沟里，如今这些地方都建起了高楼大厦，变得繁华起来。同时，通过铁路，外面的技术、资金、信息、观念等冲破地域，给赣南老区注入了活力。以赣州火车站客流变化为例：该站 1996 年发送旅客仅 6 万人次，到 2019 年发送旅客高达 830 多万人次。特别值得一提的是，自 2015 年赣州站开通动车后，赣州到厦门由原来的 8 个小时缩短至 3 个小时，铁路已成为旅客出行的首选。

京九铁路的开通给沿线地区人民生产生活带来的变化，不仅是“走出去”，还有“引进来”。据赣州市旅发委介绍，随着京九铁路的开通，广东省不少旅客来到赣州旅游，赣州的风景人文也逐渐享誉全国。1996年赣州旅游接待166.59万人次，旅游总收入5.18亿元。到2019年，全市旅游接待高达1.2亿人次，旅游综合收入达到1300亿元。

为了让兴国县人民早日脱贫致富，京九铁路在兴国县拐了个大弯，两跨赣江，多建了两座大桥和4.4公里的铁路。这个大弯“拐”得漂亮。京九铁路的建成通车，对国家贫困县兴国县来说，就是一条连接外界的黄金线，加快了兴国县人民脱贫致富的步伐。

萤石矿是兴国县的重要矿产资源，在京九铁路未开通前，萤石矿开采厂家寥寥可数。京九铁路开通后，兴国县建起了氟化工基地，引进中化环保化工、中萤矿业等6家企业在兴国县投资办厂，为兴国县的发展注入了新活力。

京九铁路，成为老区人民名副其实的致富路、幸福路。

◎张贵锋　冯国伟

# 建设青藏铁路　造福各族人民

青藏铁路2001年6月29日开工建设，2006年7月1日通车运营，是通往西藏腹地的第一条铁路，也是世界上海拔最高、线路最长的高原铁路。青藏铁路建设面临多年冻土、高寒缺氧、生态脆弱等世界性工程技术难题的严峻挑战，是具有极大挑战性和创造性的宏伟工程。

青藏铁路的建成通车和安全运营，是中国铁路建设史上的伟大壮举，也是世界铁路建设史上的一大奇迹，标志着我国高原铁路技术达到了国际先进水平。青藏铁路架起了“世界屋脊”通向世界的“金桥”，给青藏各族人民送来了团结进步、共同繁荣的福音。

## 攻坚多年冻土　建设高质量天路

百年大计，质量第一。

在青藏高原修铁路，最大的难题便是高原地区绵延千里的冻土层。所谓冻土，是指零摄氏度以下并含有冰的各种岩石和土壤。在冻土上修铁路之难，并不在于坚冰难凿，而在于有些冻土并非永冻：冬天冻胀夏天融沉。攻克这一难题，需要一丝不苟的严谨作风和求真务实的

⇧ 青藏铁路建设者冒着零下 20 多摄氏度的风雪严寒，在玉珠峰下铺设线路

科学态度。

早在 1960 年，铁道部第一设计院、中国科学院兰州冰川冻土研究所等单位就已经开始着手青藏高原冻土地区的各项研究，总结青藏铁路沿线多年冻土融区类型、冷生现象分布规律与形成条件、各种冻土构造与含水量关系及其与冻土工程分类的联系，最终完成了青藏公路沿线 1∶600000 的多年冻土分布图，为青藏铁路建设的勘察工作提供了可靠的技术资料。

为了维持冻土层以及其上路基的稳定，铁路建设者们集聚智慧，确立了“主动降温、冷却地基、保护冻土”的设计思想，创新了片石气冷路基、碎石（片石）护坡护道路基、通风管路基、热棒路基等一整套主动降温工程措施，有效保护了冻土。

解决冻土问题，建设质量是关键。为确保青藏铁路工程质量，全线普遍采用项目施工两级管理模式，组建高效精干、靠前指挥的建设指挥部和项目经理部，成立以指挥长和项目经理为首的质量管理小组，层层签订质量包保责任状，分片包干责任到人；制定《工程质量管理办法》《工程质量奖罚细则》等制度办法，严格自检、专检、交检“三检”制度，狠抓现场文明施工，开展工程创优活动，使青藏铁路工程质量始终处于可控的高质量状态。

中铁十二局集团有限公司青藏铁路工程指挥部驻扎名闻遐迩的可可西里“无人区”，海拔4600米，喘口气都很困难，一粒沙、一颗石子都来之不易，施工难度很大，但在工程建设质量上没有一个人含糊。在一次施工中，指挥长余绍水发现了一个刚拆去模型的大桥盖梁表层有几处龟裂，尽管这几处龟裂没有什么大问题，但他还是当即决定“推倒重来”。当时的想法就是，青藏铁路工程就是要创“国优”工程，决不能在质量上有一丁点儿马虎。

时任青藏铁路建设拉萨指挥部指挥长吴维洲也是“铁面无私”。有一次他在工地检查中，发现某施工企业的一个项目队在施工中疏于管理、违规操作，影响工程质量，当即督促施工单位召开现场会，就地撤换了项目队副经理、领工员和驻地监理工程师。会后，有很多人向他求情，说什么这样处理对他们不公平，在这样艰苦的条件下工作没有功劳也有苦劳，等等。一贯文质彬彬的吴维洲当时就狠狠地批评了求情的人，从此再没有人敢在工程建设中违规操作。

坚持科学求实的态度，坚持对质量缺陷零容忍，正是有了科学的方法和对工程质量的严格管理，才确保了青藏铁路工程质量经得起历史的检验。

## 挑战高寒缺氧　构筑生命安全网

如果说冻土难题是赋予工程师们的挑战，那么高寒和缺氧就是一线工人们不得不面对的威胁。

“到了昆仑山，气息已奄奄；过了五道梁，难见爹和娘；上了风火山，进了鬼门关。”一首民谣生动地道出了青藏铁路沿线生存条件的险恶。在这样的环境下筑路，是对人的生理极限的挑战。如何保障建设者的身体健康和劳动能力，是修建青藏铁路必须解决的难题之一。

在青藏铁路建设中，各级领导和参建单位把保障参建人员的身体健康和生命安全摆在高于一切、重于一切的位置，坚持“预防为主，防治结合”，严格落实《青藏铁路卫生保障若干规定》和《青藏铁路卫生保障措施（暂行）》，建立了覆盖全线的卫生保障体系，创造了高原大规模工程建设高原病零死亡、鼠疫零传播的奇迹。

这一奇迹的创造，得益于严密的卫生保障和预防措施。在青藏铁路建设过程中，各参建单位层层成立卫生、生活保障领导小组，细化

㊤ 一支高原病治疗队奔波在青藏铁路西大滩工地

制定卫生保障实施办法，编印《青藏高原卫生防病常识》《青藏高原职工生活手册》，严格掌握高原准入标准，实行人员体检筛选制度，进行阶梯式“习服”适应和工前、工中、工后体检；创造性地运用高压氧舱就地及时抢救急性高原病患者；加强鼠防宣传教育，组织职工学习鼠防知识，严格执行卫生部有关鼠疫防治的规章制度；免费提供医疗、抗缺氧药品和劳保用品；提高饮食标准，改善住宿条件等，为参建人员创造了良好的劳动和生活环境。

青藏高原昼夜间室内外温差很大。为了防止职工起夜上厕所受冻着凉诱发“肺水肿”，他们把职工夜间上厕所这个“小事”当作大事来抓，中铁十二局设计出了一种可移动的厕所，晚上就把厕所对接到宿舍门口，白天再推到指定地点冲洗干净。

青藏铁路建立了完善的三级医疗卫生保障体系，投入两亿元专项资金，在铁路沿线共设立 115 个一级医疗机构、23 个二级医疗机构、6 个三级医疗机构，配备医务人员 600 多名。这不但保护了青藏铁路建设者们的生命安全，还抢救、治疗了过往游客和当地各族群众 3000 多人次，被当地牧民和旅游人士亲切地称为“高原保健医院”“高原救命站”。

## 保护脆弱环境　建设生态天路

享有“世界第三极”之称的青藏高原，以其独特的“远看是山，近看是原，抬脚踏云走，举手霓作衫”的景色和繁多的珍稀野生动植物而令人称奇。同时，高原地区稀疏的植被、缓慢的自然循环，注定了其生态环境极其脆弱，成为修建青藏铁路的另一个难题。

保护脆弱生态，必须有制度保证。这样一项浩大的工程，如何避免给环境带来不利影响，关键在于确立“预防为主、保护优先”的原则，建立人与自然、建设工程与自然的良性关系。在青藏铁路建设过程中，建设者坚持“质量环保双优”的方针，建立健全环境保护管理体系，依法开展环保工作，用制度保证环保工作落到实处。

在青藏铁路开工前，铁道部和国家环保总局邀请中科院、环科院、铁科院、水利部、国家林业局和青藏两地环保专家，就青藏铁路对环境影响进行了长达数月的反复研究评估，形成《环境影响报告书》并得到国家环保总局、水利部的审定批复。

工程设计对穿越可可西里、楚玛尔河、索加等自然保护区的线路进行了多方案比选，采用了绕避方案。线路向南进入西藏后，选择了羊八井方案，完全避开了林周彭波黑颈鹤自然保护区。青藏铁路设计方案中还采取了一系列专门的环境保护措施，如施工过程中取土弃土位置、施工便道位置，甚至从公路到工地的道口位置都根据现场环境进行了慎重选择和明确规定。

在青藏铁路建设施工中，铁道部在中国铁路建设史上首次引入环保监理制度。各标段招标内容里，环境保护是与工程质量并重的必须达到的指标。根据国家环保总局的要求，参建各单位、各标段分别与青藏两地环保局签订环保责任书，依照国家有关环境、水土、大气、野生动植物保护的各项法规，详细规定了一系列施工环保管理细则。

一切规定，执行者是人。为了确保各项保护环境的规定措施落实到位，各参建单位定期组织环保知识学习竞赛，工地宿舍的环保板报常看常新，环保宣传手册分发到人。参建单位各标段出台了一系列细化保护措施，具体到施工、生活的方方面面，普遍设立了环保监督岗、监督员，确保环保制度有效执行。

“绝不做破坏环境的罪人。”在青藏铁路建设现场，常听到指挥长们说这句话。施工中，各参建单位坚持对生活垃圾集中处理，施工废水和生活污水排入指定的受纳水体或指定的排放区域，甚至对施工机械的停放都有非常明确的规定。在青藏铁路建设工地，还有这样一条明文规定：凡租赁外部机械，在签订租赁合同前，必须先签订一份环保责任状。“不随意损坏植被，不随意开辟施工便道，不随意设临建工程，不采摘珍贵药材，不捕猎野生动物”的警示牌，时刻提醒参建职工规范自己的行为。

广泛的宣传教育，严格的管理措施，使全体参建职工的环保意识普遍增强。爱护一草一木、建设环保铁路成为青藏全线参建职工的自觉追求，很多故事感人至深。

2003 年 5 月 14 日下午，中铁十八局集团有限公司青藏铁路第五项目部几名民工在工区内施工时，偶然发现一只左翅膀带伤、外貌类似山鹰的“大鸟”。几个人立即找来一个纸箱将“大鸟”小心翼翼地装起来，并迅速带回项目部，找到专职环保工作人员及医护人员，为它进行伤情检查和“验明正身”。经相关人员辨别得知，这是一只猎隼，属国家二级保护动物。在第五项目部职工的悉心照料下，这只受伤的猎隼得到及时救治，并在其伤愈后回归了大自然。

建设者们深知，在青藏高原上，每一棵小草都“生之不易”，因此，他们在施工中格外注意爱护每一寸植被。2003 年 5 月的一个中午，在唐古拉山脚下青藏铁路临时施工便道上，驾驶员廖军勇正驾驶挖掘机到另一个地点实施挖掘任务，可当他行进到距离施工点还有不到 1000

⊙ 青藏铁路建设者在唐古拉山南麓进行草皮移植保护，待工程完工后再恢复原貌

米的距离时，一辆满载石子的运输车不慎倾斜在施工便道上。如果抄“近路”，廖军勇只要驾驶挖掘机下便道“绕行”20米，便可再驶上便道，不用10分钟便可到达挖掘地点，但这样做，将对便道下的植被造成破坏。如果在原地等待，又不知要等多久……为了保护生态环境，廖军勇便原路返回到最近一处路口，绕行了160分钟才到达施工地点。就是这样，一名普通的驾驶员，在高度缺氧环境下用忠诚驱赶着枯燥和寂寞，以高尚的职业素养实践着筑路人对大自然的承诺。

对青藏铁路的环保工作，青海省人民政府、西藏自治区人民政府、国家环保总局和水利、国土、建设部门多次检查，都给予“在国内居领先地位，具有示范意义”的评价。

## 安全高效运输　造福各族人民

管好用好世界一流高原铁路，仍然面临严峻考验。青藏铁路开通运营以来，中国国家铁路集团有限公司党组坚持把确保青藏铁路运输安全特别是旅客列车安全作为政治红线和职业底线，不断探索和加强高原铁路运营管理规律，实现了青藏铁路安全持续稳定，运输畅通无阻，服务优质高效。

为确保青藏铁路这条“动脉”持续安全畅通，中国铁路青藏集团有限公司构建了完善的人防、物防、技防“三位一体”安全保障体系。制定了青藏铁路行车作业组织办法、大风降雪天气列车安全运行管理办法等一系列规章制度。配置了适合高原铁路的钢轨探伤车、巡检车、捣固车等先进机械设备。建立了五级监测检查体系，运用大数据技术研究掌握冻土区段路基变化规律，实施设备远程监测，实现了故障快速诊断和处理。建立了以行车调度员为核心的控制列车安全的保障体系，制定了《青藏铁路格拉段旅客列车发生重大突发事件应急预案》等17项应急预案并开展经常性的应急演练，提高非正常情况下的应急处理能力，确保了青藏铁路运行安全。

为了让这条进藏之路变成“舒心”之旅，青藏铁路旅客列车除配备通常需要的通风、给水、取暖、卫生等装置外，还着重加强车辆供氧、防冻、密封等配套设施，使之具有良好的密封性，满足加氧、保温、防辐射、防雷电等要求。旅途服务注重结合青藏两省区地域和民族特色，不断创新服务方式，丰富服务内容，打造与世界一流高原铁路相匹配的高原铁路客运服务品牌，赢得了广大旅客和社会各界的好评。

青藏铁路干部职工长年累月奋战在雪域高原，以“缺氧不缺精神、海拔高标准更高、风暴强意志更强、天路长情谊更长”的顽强斗志和执着追求，使青藏铁路真正成为一条安全线、幸福线。截至 2020 年 7 月 1 日，青藏铁路已安全运营 14 周年，累计运送旅客 2.49 亿多人次，运送货物 6.4 亿多吨。

⇧ 藏族同胞满怀喜悦地从拉萨站乘车前往日喀则

希望之路，连接着现在和未来，青藏高原的铁路建设和发展还在继续推进。2018 年 10 月 10 日，习近平总书记主持召开中央财经委员会第三次会议，全面启动川藏铁路规划建设。2020 年 11 月 8 日，川藏铁路雅安至林芝段开工建设。习近平对川藏铁路开工建设作出重要指示强调，发扬“两路”精神和青藏铁路精神，高质量推进工程建设。

从青藏铁路到川藏铁路，铭刻在一根根钢轨上的，不仅是一代又一代中国铁路人的心血，更见证了新中国成立 70 多年来不断强盛的综合国力。

◎轩　文

# 中国重载第一路

大秦铁路1985年动工建设，1992年全线开通运营，它西出煤都大同，横跨桑干峡谷，穿越燕山山脉，直抵渤海之滨秦皇岛。大秦铁路承担着26个省、自治区、直辖市及全国六大电网、五大发电公司、380多家主要电厂、十大钢铁公司和6000多家工矿企业的生产用煤和出口煤炭的运输任务。煤炭运量占全国铁路煤运总量的25%，是我国西煤东运的主要通道之一，被誉为“中国重载第一路”。

## 坚持自主研发　引领铁路重载创新

大秦铁路是我国第一条重载铁路，开通初期，我国的重载铁路技术、运输组织几乎是一片空白。在这样的背景下，大秦铁路坚持依靠科技创新和管理创新双轮驱动，经过艰苦努力和不懈攻关，先后攻克了1万吨、1.5万吨、2万吨重载列车开行难关，并广泛运用CTC分散自律调度集中系统、5T车辆运行安全监控系统、CMD机车远程监测与诊断系统、6A机车车载安全防护系统、6C高速铁路供电安全检测监测系统，形成了一整套具有自主知识产权的重载运输体系。

⊕ 2014 年 4 月 2 日，3 万吨重载列车在大秦铁路试验成功

多年来，大秦铁路始终站在世界重载铁路研发应用的最前沿，坚持依靠科技创新和管理创新，积极开展重载技术创新，不断抢占重载技术的制高点。2014 年 4 月 2 日，在中国铁路总公司和中国铁道科学研究院的支持和帮助下，大秦铁路成功进行了 3 万吨重载试验，创下我国重载牵引的新纪录，使我国成为世界上仅有的几个掌握 3 万吨铁路重载技术的国家之一。所形成的大秦方案、大秦模式、大秦速度、大秦密度等成熟的重载经验，让大秦铁路成为世界重载的领跑者，并为侯月、瓦日等重载铁路开行万吨重载列车，服务国民经济发展奠定了坚实基础。

## 秉承绿色发展　致力低碳运输

党中央、国务院高度重视生态文明建设，站在加强生态文明建设和生态环境保护的高度，把调整运输结构、减少公路运输量、增加铁

⊕ 大秦铁路：迎峰度夏，服务国计民生

路运输量作为打好污染防治攻坚战、打赢蓝天保卫战的重要举措，并出台了《打赢蓝天保卫战三年行动计划》。

铁路具有运量大、能耗低、排放少、污染小的比较优势，是典型的节能环保绿色交通工具。据测算，铁路每增加1亿吨运量，可比公路少排放二氧化碳270.6万吨。因此，在《打赢蓝天保卫战三年行动计划》中，始终坚持以“建设美丽中国，实现绿色低碳发展”为己任的大秦铁路，持续扩大煤炭运量，着力铁路运输比较优势最大化，在绿色低碳运输中一路先行，将C80型装车由以前日常的100列左右提高到130列左右，湖东二场2万吨大列开车由日常的50列提高到66列左右，大量开行万吨、2万吨重载列车，使日运量平均保持在130万吨，这相当于每天分流了2万多辆公路重载汽车。根据相关统计，如果完成同等运量，公路运输每天需消耗柴油超过5万吨，碳排放量超过20万吨，分别是大秦铁路运输的46倍和50倍。据此，大秦铁路4.5亿吨的年运量，相当于每年可减少7000多万吨碳排放对空气的污染。

同时，大秦铁路还加大煤炭运输扬尘治理力度，提高抑尘作业标准，提升喷洒质量，做好源头防控；加强铁路沿线环境监测，强化运输途中的环境保护；大力实施绿化工程，加强铁路沿线环保设施建设，推进综合降噪、废气减排等新技术、新工艺、新装备应用，使这条中国重载第一路成为一条生态线、环保线。

## 勇于负重争先　持续砥砺前行

大秦铁路开通至今，重载运输从年运量5000万吨达到了4.5亿吨，重载技术实现了从跟跑到并跑再到领跑的完美超越。这一份份成绩单背后，凝聚着一代代心怀强国梦的大秦职工前赴后继的奋斗足迹。

为了掌握牵引万吨重载列车的机车性能，他们在国外厂家封锁关

⇧ 蜿蜒在大秦铁路崇山峻岭之中的“钢铁巨龙”

全国劳动模范、最美铁路人、“新时代·铁路榜样”景生启正在讲述重载铁路故事

键技术、资料极其短缺的情况下，经过无数个不眠之夜的钻研，攻克了一道道难解之题。重载主控司机程利甫，为了万吨重载组合列车的试验成功，曾六过家门而不入。

为了掌握2万吨重载组合列车的操纵技术，他们在关键技术空白、毫无经验借鉴的情况下，钻研出大秦线2万吨重载列车的平稳操作技术。重载主控司机李海龙在2万吨重载试验前夕接到儿子出生的消息时，电话里他告诉家人，孩子的名字就叫万成。

为了掌握3万吨铁路运输的重载技术，更好地服务经济社会发展，2014年，大秦铁路职工带着时代赋予他们的使命和责任，废寝忘食地登车试验、梳理数据、钻研操纵技术，将3万吨重载组合列车从塞北大同，一路开到渤海之滨。重载主控司机景生启，用对事业的满腔热忱，总结出我国第一份“3万吨重载列车操纵预案”。

在这条重载第一路上，还有数十年如一日、兢兢业业钻研重载新装备、拥有上百项革新成果的铁路工匠刘书学，风雨无阻、用青春扮靓大秦线的“钢轨医生”女子探伤班，全国“两学一做·榜样”宣传对象王养国，坚守在大山深处的“全国先进基层党组织”王家湾线路车间党总支等一大批先进集体和个人。

可以说，大秦铁路的每一次创新、每一项突破，都凝聚着成千上万名像他们一样勇担使命、自强不息者的努力。在他们的影响和带动下，新一代大秦人正默默地守望在我国的重载第一路上，用他们的青春、智慧和汗水确保这条大动脉始终保持“重载脊梁”的本色，担负起中国重载第一路的使命。

◎林小静

# 难以忘怀的南昆记忆

时光流逝，岁月如梭。转眼间，沟通西南与华南沿海的一条重要通道，也是云、贵、川出海的最佳捷径——南昆铁路，已建成通车20多年了。让我们把时光延长，把镜头拉回过去的峥嵘岁月，细细品味那一个个令人心潮澎湃的瞬间。

## 通　车

大地欢歌，百鸟雀跃。1997年11月30日，经过近七年的奋战，南昆铁路终于胜利通车了！一时间，在每个车站的站台上，在火车所到之处，都挤满了争先恐后一睹铁龙风彩的人们。他们有身穿节日盛装的少数民族同胞，有头戴斗笠的山寨村民，有白发苍苍的老人，还有系着红领巾的少年，无论男女老少，大家奔走相告，个个喜笑颜开，每张脸上都挂满了幸福和希望。

南昆铁路东起南宁，西至昆明，北接红果，全长899.68公里，沿线途经滇、黔、桂三省区、29个县市，1990年12月开工建设，为国家Ⅰ级干线电气化铁路。铁路从北部湾海滨爬上云贵高原，相对高差达

↑ 南昆铁路全线通车当天，旅客在石林站等待上车

2010 米，其间，为跨越江河还有 8 次大的起伏。南昆铁路沿线膨胀土（岩）、岩溶、软土地区、泥石流、滑坡等地质极为复杂，地形极其险峻。整个线路沟梁相间，桥隧相连，共有总长 194.6 公里的隧道 258 座，总长 79.8 公里的大中桥梁 476 座，桥隧总长占线路总长的 31%，其中包括 9392 米的米花岭隧道和 183 米高的清水河大桥，按当时的科技水平，其修建难度可想而知。

被喻为“天下第一洞”的家竹箐隧道，洞身有 1085 米是煤系地层，主要煤层共 14 层，基本都存在瓦斯超标问题。经煤炭部门测算，隧道施工通过煤层时，瓦斯涌出量最多时达到每小时 349 立方米。因此，家竹箐隧道属高瓦斯有突出危险的隧道，其施工难度和危险性在当时我国铁路隧道建设史上还没有先例，但都被建设者一一攻克。南昆铁路的胜利建成，标志着中国在艰难山区修筑铁路和建设桥隧的技术水平已经进入世界先进行列。这些新技术经过科研和实践，把中国筑路技术提高到了一个新水平。

## 排 险

南昆铁路沿线岩溶、滑坡、泥石流、膨胀土等地质灾害遍布，设备抢险对于养路人来说就是“家常便饭”。

1999 年 7 月 26 日 13 时 50 分，在南昆线大提速基床病害整治时，施工人员在 576 公里 850 米处线路左侧枕木头下发现了一个直径 2 米、深不可测的特大溶洞。施工负责人杨廷义果断下令拦停急速驶来的列车，并封锁区间，迅速组织 80 人采取回填片石、混凝土砂浆的方式进行填堵，但经过 6 个小时的紧张奋战毫无战果：填堵的 140 多立方米材料填下去后就不见了踪影，情况十分不妙。

为了查明洞内情况，技术人员用浸了油的棉纱燃烧后钩在 10 米长

↑职工在奋力移除线路上的落石

的铁丝上放进洞内，火苗越烧越旺，说明洞内空气流通，但一时难以准确判断情况。他们又用尼龙绳吊人下洞观察，经探明，溶洞深 22 米，而且洞内有洞。最终采取慢行列车、边过车边回填的方案，在溶洞内砌筑 120 立方米的挡墙先将各岔洞堵住，再回填 560 多立方米的片石和混凝土砂浆，才成功地将溶洞堵住。

南昆铁路开通初期，各类险情频频发生。2000 年 6 月 25 日夜晚，罗平至威舍间突降暴雨。第二日清晨 5 时 35 分，512 看守点看守工张学文正在冒雨巡查危石区段，突然听到一声天崩地裂般的巨响，一块 3 吨多重的巨石从 512 公里 250 米处的山上滚落在道心上，周围泥土顺势向铁路滑落。他立即叫醒看守点的另外两名休班职工用撬棍撬动巨石，无奈石头过大，怎么也撬不动。这时，从湛江开往昆明的 517 次旅客列车已从威舍站发车，20 分钟后将通过这里，若是不能及时处理，巨石被列车撞上，后果将不堪设想！

张学文丢下撬棍，迅速用区间电话报告大田边车站扣停列车并封锁区间。大田边工长万马去得知险情后，立即集结 20 余名职工紧急抢险，经过 1 个多小时的战斗，才将险情排除。

## 铁皮房

南昆铁路所经之处多是崇山峻岭、不毛之地，新线建成初期，沿线很多工区生活环境极为艰苦，革居巡养组便是其中之一。

岔江至大田边车站相距 22 公里，由于工区管界长，给设备检查养护带来诸多不便，为了解决这一问题，罗平工务段在革居成立了巡养组。

革居巡养组坐落于半山腰，四面荒无人烟，临时搭建的两间铁皮房，是 8 名职工办公、住宿、做饭的唯一场所。春天，风卷沙石把铁皮房吹得噼啪作响；夏天，铁皮房内又闷又热，进去后就像进入汗蒸室；秋天，大雾迷漫，淫雨霏霏，职工们的衣服、床铺终日都湿漉漉的；冬天，北风夹着冻雨，房内还不如房外暖和，条件异常艰苦。

由于交通不便，职工们买米买菜，要么走十几里山路到山下，过了渡桥，到山对面的公路，然后走去附近的集市；要么坐上半天的火车到罗平或威舍采购，生活极为不便。但就是在这样恶劣的环境下，8名铁骨铮铮的汉子，没有发过一句牢骚，没有一个申请调离，依旧日复一日地奉献在这条铁路上，认真检查线桥路设备，以强烈的主人翁责任感履行着养路人的责任。

## 学　习

在南昆铁路通车初期，部分小站工区没有通电，职工们的业余生活和学习，都要靠蜡烛照明。

作为南昆铁路线上的一个新建段，罗平工务段职工来源特别复杂，有工程局转岗的，有工务系统各站段抽调的，有工程公司调来的，被人们戏称为“多国部队”。职工不仅来源复杂，而且生活习惯不同，

⊙职工在烛光中学习业务知识

受教育程度也不相同，一半以上职工甚至没有接触过工务工作，就更谈不上要维修养护刚通车的新线了。通车初期，有的巡道工发现夹板裂纹不知道该怎么办，慌慌张张地跑回工区报告，看着职工背着个大巡道包在寒夜中跑得满头大汗、气喘吁吁的样子，工长既心疼又无奈。有的工区发现溶洞不知道该如何处理，封锁区间后就守着溶洞等段领导赶到现场解决。为了尽快提高职工队伍素质，罗平工务段把有计划、有步骤、有重点地组织职工岗位业务培训，作为一项长期的重要工作来抓，通过组织自学、自办培训班、送外培训、联合学习办函授班等形式，掀起了一场空前的学习热潮。

盛夏，早起的职工与露珠相伴，在晨光中苦读；深秋，晚霞的余晖给大地洒满金黄，巧妙地勾勒出一幅勤奋人的剪影；初冬，寒气笼罩着窗户，灯光穿过夜色折射出职工挑灯夜读的身影。通过学习教育，职工对工务工作从不会到会，由知之甚少到全面了解，对《铁路技术管理规程》《铁路工务安全规则》《铁路电力安全工作规程》的基本内容、主要标准、重点要求做到了心中有数，整体素质和应急处理能力不断提高，线路养护维修质量亦不断提升。

◎周廷菊

# “富小拖”引发的观念巨变

1998 年夏秋之交，《哈尔滨铁道报》的一篇内参引发了震动全国铁路的“富小拖”现象大讨论。这场有关农用拖拉机运输的大讨论，有评论这样说：时间最长，覆盖面最广，推动力度最大，触及问题最多，思想认识最深刻。

## 历史的必然铺垫

自 1994 年起，随着公路、航空、水运的快速发展，运输市场竞争越来越激烈，铁路运输开始亏损。1998 年年初，铁道部宣布三年之内运输系统必须扭亏为盈。相当一部分铁路干部职工的思想观念与这个目标很不相适应。

作为东北路网末端的哈尔滨铁路局，受市场变化的冲击更为严重。路局领导班子感觉到，哈尔滨铁路局是新中国成立最早的铁路局，长期计划经济带来的种种弊端也随之沉积。面对市场经济大潮，哈尔滨铁路局暴露出严重的不适应性，成为全路亏损大户。要摆脱困境，扩大发展空间，就必须破除计划经济的旧观念，树立市场经济的新观念。

↑ 早期“富小拖”在铁路货场待运的繁忙景象

为此，1997 年年初，哈尔滨铁路局党委开展了一场持续三年的“解放思想、深化改革、迎难而上、振兴哈局”宣传教育活动。

当宣传教育活动转向揭摆问题阶段的时候，1998 年 7 月 5 日，《哈尔滨铁道报》内参转发了一篇《从“富小拖”的流失看运输改革面临的任务》的调查报告，引起哈尔滨铁路局党委的高度重视，“富小拖”现象大讨论由此引发。

## 掀起转变观念大风浪

1998 年 5 月 1 日，在哈尔滨铁路局运输工作会议上，《哈尔滨铁道报》记者王占玉跟会采访。哈尔滨铁路局佳木斯分局局长裘芝鹏发言说：“富锦拖拉机厂生产的龙江牌农用小四轮拖拉机（即后来的‘富小拖’）原本都由铁路发往各地，现在都从公路走了……”凭着新闻工作者的敏感，王占玉觉得这是一条很重要的新闻线索，决心深入采访，挖掘有价值的素材。他和裘芝鹏约定，会后立即去佳木斯深入采访。果然，哈尔滨铁路局党委对裘芝鹏的发言也极为重视，明确指示报社先撰写内参，再适机公开见报。

1995 年以前，“富小拖”几乎全部通过铁路运输。后来由于公路运输迅猛发展，汽车运输以其快捷、便利和灵活的价格与铁路展开了激烈竞争。从 1996 年起，“富小拖”的铁路运量急剧下降。这一年“富小拖”生产了 3 万辆，铁路只运了 2400 辆，仅占工厂产量的 8%，约占公路运量的 10%。1997 年又下滑到工厂产量的 4.1%。1998 年计划生产“富小拖”4 万辆，上半年铁路只运了 320 辆，而公路却运了 22000 辆，是铁路运量的 68 倍多。“富小拖”作为曾经的铁路固定货源大量流失，现状令人触目惊心。

1998 年 7 月 7 日，哈尔滨铁路局党委下发文件，转发了《哈尔滨铁道报》的内参，指出铁路参与市场竞争的对手不是别人，而是自己，不打开思想封闭的门，就迈不开走向市场的步。路局要求抓住“富小拖”货源流失这一典型事例，解放思想、转变观念，适应市场、服务人民。

## 从观念入手拿自己开刀

大讨论引起全路震动，《人民铁道》报自 1999 年 5 月 27 日至 6 月 15 日，连续 10 期发表了哈尔滨铁路局佳木斯分局关于大讨论的新闻报道和评论，极为详尽地记录了“富小拖”现象大讨论的过程和成果。

1999 年 5 月 28 日《人民铁道》报头版刊发了《从观念入手，拿自己开刀》的评论文章。佳木斯分局主持工作的党委副书记罗汉森在分局大讨论推进会上指出，“富小拖”现象是为数不少的干部职工在市场竞争中缺乏责任感、危机感和紧迫感而造成的，这里既有观念陈旧问题，也有行为不端正、损害企业利益的问题，还有管理不善的问题。问题发生在下面，而根子却在上面，在各级领导干部身上。因此，大讨论必须把刀口对向自己，挖根源、论危害、找出路。

㊤全路“富小拖”大讨论佳木斯现场会

“用自己的刀，削自己的把”，这是佳木斯分局局长裘芝鹏在大讨论中提出的观点。他借用这句东北地区流行的老话，意思是说要敢于揭自己的短、整治自己的问题。在佳木斯分局党委的领导下，从分局领导班子入手，对照自省；从佳木斯分局机关处室入手，对照反思；从运输环节入手，对照解剖，查提问题，制定对策。

对此，《人民铁道》报发表短评：佳木斯分局开展的“富小拖”现象大讨论之所以产生轰动效应，其原因在于找到了讨论的切入点——从观念入手，拿自己开刀。

“富小拖”现象大讨论后不久，记者再次到“富小拖”工厂拜访，那位曾发誓不再与铁路打交道的副厂长程士杰哈哈大笑着对记者说：“现在的铁路可好了，我们要往哪儿运‘富小拖’，填个表交上去就行了，请车、配车等所有手续铁路都给办了，‘上帝’的感觉又找回来了。”

《人民铁道》报 1999 年 6 月 15 日刊发“哈尔滨铁路局启动‘窗口形象工程’：佳木斯分局撕开观念的口子”系列报道，在哈尔滨铁

↑ “富小拖”重回铁路运输

路局上下引起强烈反响，广大干部职工认为：这个“口子”撕得好。过去，铁路总是以“老大”自居、凌驾于人的心态和作风，必将被市场所淘汰。“竞争对手在内部”的观念，日益成为全体干部职工的共识。

“富小拖”现象大讨论抓住了全面深化改革、彻底改变观念和经营体制的“牛鼻子”，取得了显著成果，受到了铁道部的高度重视，铁道部决定把“富小拖”现象大讨论推向全路，进而影响全国。

2000 年 2 月 14 日，《人民日报》头版刊登了新华社记者关于铁路全行业提前扭亏的报道，盛赞“富小拖”现象大讨论的历史性贡献：“‘富小拖’现象迫使铁路人彻底改变计划经济观念和粗放经营模式。广大干部职工深刻认识到竞争的最大对手是自己的旧观念。在各种交通工具的激烈竞争中，谁能提供更为快捷、舒适、方便、经济的运输服务，谁才会在市场中取得优势。”

◎孙世平

# 女子列检所的姐妹们

太原北车辆段地处太原市尖草坪区，紧邻太原北站货车编组作业场，担负着铁路货车定期检修和运用检修任务。20 世纪 70 年代末至 80 年代初，有 6 年的时间，每年都有一拨从太原铁路机械学校车辆专业技校班毕业的女生，被分配到太原北车辆段太北一场列检所担任检车员。到 1983 年上半年，列检所的女检车员已达百余人。因此，这个列检所被称为“女子列检所”。1983 年下半年，太原铁路机械学校停办车辆专业技校班，续招并扩大车辆专业中专班，但该专业不招收女生。因此，她们成了新中国成立后山西太原地区唯一的女检车员群体。

检车员被人们喻为“货车医生”，主要是对停留在铁路货车作业场内的货车进行检查与维修。检车员手拿检点锤，就像戴着听诊器的医生给病患诊断疾病，按规定动作对每辆货车进行检查，兼用耳听、眼观、手触、鼻嗅、脑判之法，依序在车体旁、手闸踏板上、车底下，重复完成抬头、攀上、下蹲、探身、钻入等动作，用耳朵细听检点锤敲击的金属声，用眼睛在车体、车轮、转向架等近百个部件上认真搜寻，以判断列车有无故障，然后把发现的车辆故障登记在随身的《检车员手册》上。

⊕ 女检车员们接到任务准备上线技检作业

检查完后，需要依次更换磨耗过限和裂损的部件，铲除闸瓦磨在闸瓦托上的熔渣，安装新闸瓦，调整制动行程间隙，更换变形的制动梁，紧固松动的大小螺栓等。遇到车辆故障较多时，一个班下来，检查加维修的时长多达 12 个小时。

20 世纪 70 年代末至 80 年代初，列检所的工作条件非常简陋，待检室、更衣室、办公室等都是低矮的平房，木制的更衣柜不带门也没有锁，上班时人人自带饭食，放到锅炉房蒸饭箱内蒸熟或加热，作为午饭或夜餐。检车员上线路作业时，要携带检点锤、扳手、开销器，夜班还要带上检车灯。铁路有句行话叫“客车白天跑、货车夜里跑”，可理解为客车夜里跑得少，给货车夜里运行腾出了线路。检车员上夜班时常常是货车密集到达的时段，忙得连进屋喝口水的时间都没有，一直奔波在作业场上，还要兼顾听着线路上高音大喇叭里传来的计划值班员的作业安排，不停地转道作业，有时还少不了紧跑几步。每次作业时，检车员对每辆货车都要弯腰、跨步、钻车、探深、钩拉，重复同一套检查动作。每上一个班，检车员对货车的上百个配件都必须检查到位，一个班下来，每人连走带小跑有十几公里，弯腰、跨步、钻车2000多次，男检车员都有些吃不消，对女检车员来说难度就更大了。

那时一到冬天，夜晚气温低，室外哈气成冰，时有西北风刮得脸庞生疼。同时，因技术、工艺、材质等原因，货车制动机作用不良、制动梁折裂等故障频发，检车员在处理时常常是衣内一身汗、面额挂着霜。

女检车员常文丽因为身形较胖，加上冬天上夜班穿得厚实，每遇到更换折裂的制动梁就发愁。货车制动梁安装在车底下靠近车轮的里面，空间狭小，她要么钻不进去，要么钻进去了又腾转不开身体，无法拆卸、移出制动梁。但是她总要试着钻进去，往往钻了一半就钻不进去了。她从车底下退出来，一屁股坐在冰冷的线路上，放声大哭。在她附近检车的姐妹们听到哭声，知晓她又遇到了难事，就抓紧干完自己手中的活儿赶过来帮她。见“援兵”来了，哭声戛然而止，她又破涕为笑，忙着给钻进车底下的姐妹们递扳手，挪近待更换的新制动梁。更换近百斤重的制动梁是个力气活儿，男职工干多了都受不了，检车员姐妹们靠的是联劳协作，互帮互衬，从没有被男职工们小瞧过。

巾帼不让须眉。检车员的工作又苦又累，她们露天作业，风雨无阻，还要上夜班。重要的是，稍有闪失，漏检了严重故障，运行中的货车就可能发生事故，因此她们责任重大。超强的责任心、认真仔细、技术过硬，这是对检车员的职业要求，也是她们工作的真实写照。一年四季，寒来暑往，这些女检车员面对艰苦的工作环境，始终保持乐观的心态，努力追逐梦想。她们用青春与汗水为铁路运输安全作出了贡献。后来，这些女检车员有的成为技术业务骨干，有的成为快速检修比武的尖子，有的被选拔到干部管理岗位。

武志华，当年是一位说起话来很慢、眼睛转得很快的姑娘，曾多

⊙ 检查货物列车车辆滑动轴承

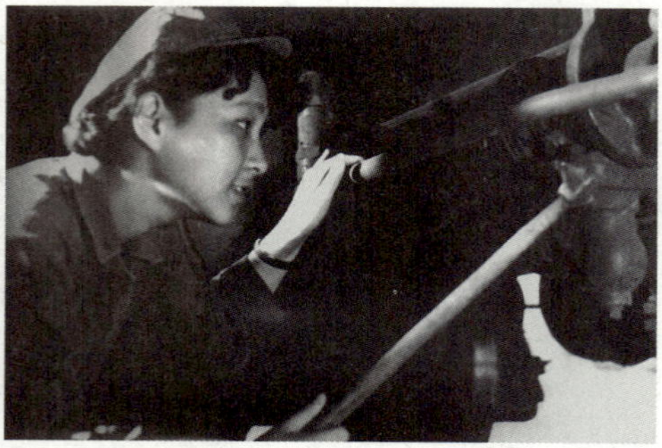

⊙ 检查货物列车车辆制动阀

次编织着当医生的梦。那时为了多病的母亲，她想尽一个长女的孝心。1982 年临近高考，班主任说她有希望考上医学院。高考出榜了，她却找不到自己的名字。她离大专录取线差 3 分，最终收到了太原铁路机械学校的录取通知书。她在这所学校学的是机械制造，毕业后却分到了车辆段。专业不对口，工作也不顺手，但她没有退缩，又开始学习车辆专业知识，不到半年就入了门，检修货车的合格率达到 100%。

武志华不是安于现状、不思进取的人，她有自己的抉择，学舟不落风帆，立下了终身从事车辆事业的志向。1985 年 5 月，她以优异的成绩考入大连铁道学院函授大学本科车辆专业，成了车辆段的首届函大学员。

武志华入读函大两年后，因在检车工作中多次发现货车重点故障、防止行车事故，被选拔到技术室从事检修规章管理工作。她在新岗位上工作日渐起色，还结合工作实际撰写了有关货车检修技术的论文并在专业期刊上发表。

武志华和姐妹们如同北方良原沃土上一株株挺立的向阳花，绽放的不仅是职业技能的光芒，还有对梦想、对生活的热爱。这些向阳花静静地开在阳光下、铁道边，展示出铁路女职工爱岗敬业、默默奉献的精神风貌，为繁忙的铁路运输站场增添了一抹耀眼的色彩。

◎梁俊生

# 让雷锋精神薪火相传

“158”雷锋服务站是南京站专门为老、弱、幼、病、残、孕等有困难的旅客提供义务服务的班组，在全国铁路系统是第一家。

1968年南京站建站之初，正值全国响应毛泽东主席“向雷锋同志学习”的号召，兴起群众性学雷锋活动的热潮。全站职工积极响应号召，在全国劳模、客运员李慧娟的带领下，自发成立党员学雷锋小组，义务帮助旅客运行李、购买车票、缝补衣物，为旅客排忧解难。为了活跃候车气氛，能歌善舞的李慧娟还把乘车注意事项等一些需要宣传的内容编排成山东快板等文艺节目，轮番给旅客们表演。“当时一条扁担、一副快板，虽然很艰苦，可每当看到胸前佩戴的党徽，就有一种责任感，每天都充满激情！”回忆过去，70多岁的她总是一脸幸福。

这种责任感被传承了下来，雷锋精神也就此在南京站扎下了根。1986年，车站母婴候车室客运员孙燕光自制了一辆平板车，用来帮助年迈、残障等行走不便的旅客拉行李、送站上车。这辆平板车被旅客们亲切地称为“雷锋车”。

2000年，为推动学雷锋常态化，做到志愿学雷锋、岗位学雷锋、

㊉全国劳模、客运员李慧娟在候车室打快板，消除旅客疲劳

㊉铁道部劳模、车站母婴候车室客运员孙燕光用肩扛手提的方式为旅客搬运行李

全员学雷锋，南京站党委决定专门成立一个班组，为旅客提供志愿服务，并命名为“158”雷锋服务站（“158”即“义务帮”的谐音）。

2003年除夕夜，包头开往宁波的列车上有位产妇临产，在南京站紧急下车。孙燕光立刻与医院联系，把产妇护送到医院，一直忙到天亮。回到家，她顾不上休息，又为产妇买了婴儿用品，顶着大雪送到医院。大年初一，孩子平安降生。产妇住院期间，孙燕光天天送饭看望，像伺候亲闺女坐月子一样。产妇不知道怎样感谢“孙妈妈”，就给刚出生的婴儿取名叫“施南京”，让他一辈子记着南京站的恩情。2015年春节前夕，12岁的“小南京”见到了孙燕光，懂事地说：“孙奶奶，我长大了，也要做一个像您这样助人为乐的人！”

2010年，随着高铁的开通运营，黄吉莉、马晶、许慧玲等一批80后、90后陆续调入这个光荣的集体，成为年轻一代。由于耳濡目染前辈们的无私奉献、乐于助人的情怀，雷锋精神一点一滴地在80后、90后的姑娘们心中扎下了根。“雷锋车”从最早的平板车发展到现今的轮椅、担架车、电动行李车，车型越来越多，为旅客的服务也越来越细致，拉车的人也换成了年轻人，但不变的是义务服务旅客的真诚与周到。

铁道部劳模施凤英2012年退休后，心中仍然放不下“158”，坚持每天到南京站义务帮，这一帮就是4年多。她服务的顾客有挺着大肚子的孕妇，有拄着拐杖的年迈老人、残障人，有身患重病的病人，但施凤英每次都像见到亲人一样，面带微笑，搀着、扶着、抱着……让千百万过往的重点旅客心沐阳光，温馨出行。

2013年1月，在南京打工的小任带着怀孕的妻子小孟乘火车回老家待产。候车时，小孟突然肚子疼，就进了卫生间，很久没有出来。焦急的小任找到“158”的马晶，请她去看看。马晶走进去一看，天呐，小孩生在厕所里了。马晶想都没想，脱下制服大衣就盖在小孟身上，又脱下羊绒衫包好婴儿抱在怀里取暖，并拿出手机拨打120，还不停地安慰小孟。寒冷、疼痛和紧张让小孟紧紧攥着马晶的手臂，胳膊都被攥紫了。后来，小任夫妇给孩子取名叫“任宁福”，让他永远记着南京站，记着“158”带来的平安和幸福。

“琳琳、晓娟，请允许我这样冒昧地称呼。在我心中，你们是南京留给我最温馨的回忆，也是我的家庭这段苦难中弥足珍贵的正能量……”这是85后女孩邹丹写来的感谢信。小邹父亲早逝，和母亲相依为命，母亲不幸被查出大病，随后一直在南京接受化疗。母亲第一次化疗后，身体十分虚弱，小邹一边背着行李和药品，一边拖着坐在海绵垫上的妈妈艰难前行。正在她一筹莫展的时候，南京南站“158”的许慧玲和姐妹们向她们伸出了援手，经过长达半年的免费接送和精

⊙ 铁道部劳模施凤英重返“158”义务帮扶重点旅客

心照料，她和罹患重症的母亲重新燃起了生活的希望。邹丹说：“是‘158’雷锋服务站用无私的援手抚平了我们母女俩的自卑。”

在“158”，类似的故事每天都在发生。售票厅突发疾病生命垂危的老人，经过吴婷的紧急施救转危为安；残奥会冠军吴祥和南京市“手佳盲人按摩保健中心”盲人按摩师何静洁，在马晶的撮合下缔结了一段美好姻缘；吴晓娟、焦琳琳昼夜照顾因老人走失、囊中空空的一对夫妇；赵亚兰自己掏钱买来开塞露为便秘老人上药，解决老人之急……旅客们都说：走进“158”，温暖如在家！

学习雷锋，必须融入岗位行为，化为职业操守，才能深入持久。为此，南京站党委总结提炼形成了“敬业爱岗甘当螺丝钉，无私奉献甘当践行者，温暖社会甘当一团火”的“158”精神；制定了随访、送水、剪票、咨询、解难“五到位”，免费提供轮椅担架、针线药品、网络传真、应急充电、行李搬运“五免费”，帮助购买车票、上下车、联系接力服务、拍发电报、邮寄信件“五帮助”，哄、忍、疼、帮、抚“五字亲情服务法”等服务规范。“158”雷锋服务站成为广大旅客的“爱心驿站”和“温馨家园”。

火车有终点，大爱无疆界。依托“158”雷锋服务站品牌，南京站成立了铁路系统首支郭明义爱心团队南京站“158”爱心分队，“当代雷锋”郭明义亲自授旗，并到“158”雷锋服务站实地参观指导，进一步掀起全站“岗位学雷锋”热潮。“158”爱心分队组织广大职工走出车站，走向社会，与西祠胡同残疾人“公益联盟之家”、南京“手佳盲人按摩保健中心”、南京“万家帮残疾人托养中心”等众多南京市志愿服务团队、公益联盟组织携手共建、奉献爱心，广泛开展扶贫济困、帮孤助残、捐资助学等志愿服务活动。与南京市 20 多所高校联合建立了志愿服务基地，吸纳近 1 万名大学生到车站开展志愿服务，组织“文明出游”“讲求诚信，持票乘车”宣传等，得到了广大旅客和各级组织的充分肯定。仅 2000 年以来，就收到感谢信 8500 封、锦旗 300

⊕ 郭明义爱心团队南京站"158"爱心分队到福利院与小朋友共度六一儿童节

面，荣获全国“工人先锋号”、中华全国总工会“先进女职工集体”、全国“青年文明号”、全国铁路党内优质品牌等50多项荣誉称号。2015年，“158”雷锋服务站被中共中央宣传部授予第一批全国学雷锋活动示范点和“时代楷模”称号。2016年，“158”雷锋服务站党支部又被中共中央授予全国“先进基层党组织”称号，还涌现出全国劳动模范、铁道部劳动模范、火车头奖章、铁路青年五四奖章、江苏省五一劳动奖章获得者、江苏省道德模范等先进模范人物10余人。

为不断扩大“158”雷锋服务站的影响，发挥引领作用，中国铁路上海局集团有限公司采取多种方式大力推广“158”志愿服务经验。在长三角500多个车站中，全面开展了学雷锋志愿服务活动，建设了41个全局联网的“上铁雷锋服务站”；中国国家铁路集团有限公司推动全国160多家车站、480多趟列车与“158”建立联动服务机制，使深化学雷锋、培育和践行社会主义核心价值观活动在全国万里铁道线上蓬勃开展，不断焕发出生机与活力。

◎段利雷

# 用生命谱写壮歌

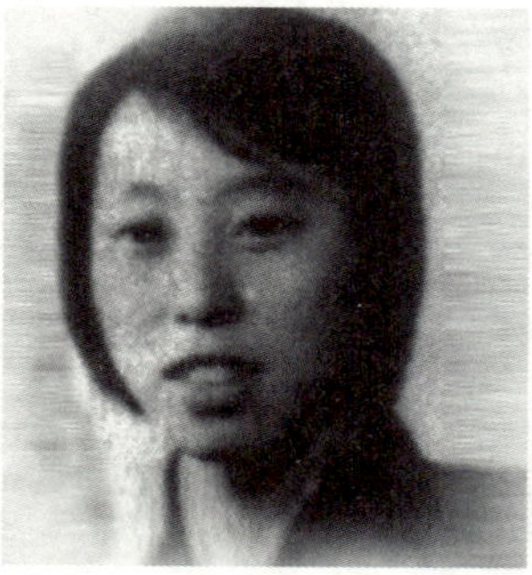
任凤英

见到她，已是一幅定格的美丽：事迹读本里，短短的头发，黑黑的眸子，弯弯的眉毛，温婉的目光。

有人说她柔情似水，有人说她正气如山。有人喊她“英儿”，有人称她“任姐”。她眼里常含热泪，每一个重点旅客的疾苦都让她心痛；她肩上担着一杆秤，心里无私坦荡荡；她亦有临危不惧的侠气，哪怕面对尖刀威胁，只要危及旅客生命安全，她绝不退让，傲然挺立。

她对自己列车员的岗位无限忠诚，用鲜血和生命浇灌着脚下的这片黑土地。在她生前留下的一枚小小照片上，我们看到了她粲然的笑容。她，就是哈尔滨铁路局佳木斯列车段列车员任凤英。

## 血染的风采

任凤英身形消瘦，但在列车员这个岗位上，她让人见识了小女子的骨头有多硬。

1993 年 3 月 1 日，任凤英值乘的 275 次列车行驶到普兰店时，车上有一个叫王宏利的 23 岁逃犯，站在 9 号车厢门口，正用一双淫邪的眼睛死死地盯着一号座席上的女旅客张秀霞，且不时地用污言秽语羞辱她。张秀霞的同伴孙乃华实在看不下去，起身斥责。王宏利恼羞成怒，上前猛地一拳，将孙乃华打倒在地，然后抽出袖中的尖刀，朝张秀霞胸部猛刺一刀。张秀霞被刺后慌忙向车厢后部跑去。王宏利顺手一刀，又将身旁的另一名女旅客腹部刺穿。

“杀人了！杀人了！”车厢里一片大乱。旅客惊恐万状，纷纷逃向列车前部。歹徒“啊啊”乱叫，追着旅客，见人便刺。

“不准伤害旅客！”这时，任凤英冲到前面。她一手抓住歹徒持刀的右手，一手揪住他的领口，和歹徒厮打在一起。

为了保护旅客，瘦弱的任凤英完全忘记了个人安危。她紧紧地扭住歹徒，从车厢一直打到洗面间。

凶残的歹徒猛地挣脱了任凤英的手，挥舞尖刀在任凤英的颈部、肩部、腰部连扎三刀，鲜血顺着刀口向外涌流，任凤英力渐难支，但仍扭住歹徒不放。穷凶极恶的歹徒又举起了血淋淋的尖刀，向任凤英的前胸猛刺，任凤英倒在了血泊之中。

乘警和乘务人员迅速赶来，歹徒自知无路可逃，自杀身亡。列车员李广东冲了过来，一把抱起满身鲜血的任凤英，拼命呼喊：“任姐！任姐！”任凤英微微睁开双眼，嘴唇动了动，说：“我……不行了，赶紧……抓凶手……”话未说完，便永远停止了呼吸。

43 岁的任凤英，用自己的血肉之躯为旅客筑起了生命的屏障。许多旅客流下了眼泪，说：“多好的列车员，要是没有她，不知多少旅客会受到伤害，她是我们亲眼看到的英雄。”

任凤英牺牲后，中共中央宣传部和公安部追授她“全国见义勇为先进分子”称号；中华全国总工会授予她“人民的好列车员”称号和全国五一劳动奖章；全国妇联追认她为全国三八红旗手；铁道部授予她“人民的好列车员”称号，全国铁路总工会授予她火车头奖章；黑龙江省人民政府追认她为革命烈士。铁道部、黑龙江省、哈尔滨铁路局和佳木斯市分别作出了向任凤英同志学习的决定。

## 松树的操守

任凤英喜欢青松——松树的操守，秉承君子之风，不凋不零，不攀不附。任凤英认定自己只是一名人民的列车员，在乘务岗位上一步脚印也不能歪。

任凤英跑大连的车时，跟她跑一节车厢的“对班”列车员悄悄说：“车厢里带了一位亲属去大连，没买车票，任姐当班时关照一下。”任凤英当即回绝，说：“不行，要坐车就得买票！”那个列车员见任凤英这般“死心眼”，只好为亲属买了火车票。从那以后，任凤英胆小、“脑瓜皮儿薄”在佳木斯列车段出了名。

当时，列车员“捎、买、带”大有人在，甚至有“勒、卡、要”的情况。任凤英在列车上跑了26年，一直“死心眼”，没倒过一盒烟，没带过一个无票旅客。其实，任凤英非常缺钱。她家境清贫，又患有胃病、颈椎骨质增生、神经衰弱和乳腺小叶增生，乳腺手术就先后做过两次，医药费花了上千元。为了节省开支，她平时的生活异常俭朴。就在任凤英牺牲后，在她的乘务包里，大家发现只有4个凉馒头、3条小干鱼、一包咸菜，还有一个简单的化妆包，一支廉价的眉笔，口袋里也只有13元1角5分钱。

她曾对丈夫说：“列车员是人民群众的服务员。如果用岗位谋私利，就是对人民群众的背叛！”

一年元旦前后，一位老邻居找到任凤英：“任姐，我想跟你的车上趟南岔。”“行。”任凤英答应得很爽快。

坐在车上，那位邻居心里十分坦然：“靠山吃山，靠水吃水，任姐带我上车还用得着补票？”一会儿，任凤英回来了：“给。”那位邻居定睛一看，脸腾地一下红了。原来，她递过来一张车票。显然，票是任凤英掏钱买的。

一次，任凤英求列车员小李帮助留两个座，说表妹带个孩子要上绥化。列车启动，车上开始验票，小李心里打起了鼓。走到跟前一看，一张整票、一张半票，早在任凤英表妹手里拿着了。小李长长地舒了一口气，十分感慨地说：“唉，这个任姐啊！”

在车上，旅客丢东西的事很多，只要捡着，任凤英都会上交。旅客装着400多元钱的提包险些被人拿走，她发现后主动交给失主。一位出差的旅客在车上丢下一件新大衣，里面还有五六十元钱，她整整齐齐地收好，直到失主认领。

## 春的温暖

在旅客的心里，任凤英就像一缕阳光、一阵春风，她在车上，就会留下温暖。

“列车有终点，为人民服务没有尽头。只要旅客有困难，就应该去帮助。”任凤英在客运服务岗位上忠实地履行着诺言。26年列车员经历，任凤英为旅客做了多少好事，谁也说不清。

一次，任凤英发现车厢里一位老太太正在吃干粮。想必是放的时间太长了，干粮硬邦邦的，老太太半天啃不下一块。看着老人费力咀嚼的样子，任凤英心里一阵难受，赶紧跑到餐车买了一份盒饭。当冒着热气的盒饭送到老人手上时，老人愣住了。看着任凤英关切、和善的目光，老人一下子明白了：“闺女，你……”一股暖流顿时涌遍老人全身。

任凤英说：“在家千日好，出门一时难。为旅客排忧解愁，是我应该做的。”

一天，任凤英在464次列车担当乘务，车上挤满了旅客。列车从南岔站开车时，任凤英听到车厢连接处传来了婴儿的哭声。她寻声挤了过去，只见一位小伙子泪痕满面、神情凄楚地抱着一个小孩，身旁还有一位瘫倒在地的老人。

小伙子是友好林场的工人，爱人在生下孩子后第11天就离开了人世，小伙子只好把患有偏瘫的老父亲和尚未满月的孩子送到远在吉林的姐姐家去。

任凤英红了眼眶，马上把三个人带到了乘务室。她找奶粉、借奶瓶，孩子尿了，她用自己的毛巾给孩子当尿布，趁孩子睡着的时候又拿自己的钱给小伙子和老人买了两袋面包。她刚要松口气，老人却因为晕车吐了起来，小小的乘务室被老人吐得一塌糊涂，呕吐的污物黏糊糊地弄了任凤英一身。小伙子急得面红耳赤，连声说："大姐，你看这是怎么说的，快快，我给你擦……"任凤英微笑着说："你快抱孩子吧，我来擦。"说完找来抹布一点一点收拾干净。

这里还未收拾利索，忽然又传来一股臭味，老人又屙了一裤子屎。任凤英二话没说，扶着老人，帮他脱下裤子，把粪便仔细地擦干净，然后又提来一桶水，为老人洗干净身子。老人望着任凤英，泪如泉涌，用含糊不清的话语说："好人哪！亲闺女又能咋样？！"

任凤英走了，像一片树叶飘落在辽沈大地和三江平原……1993年3月3日，当任凤英的骨灰在瓦房店站被送上275次列车时，站台上，铁路职工和旅客洒泪壮行。

列车徐徐开动。一路静静的，乘务室的位子让她有开阔的视野，透过车窗一幅幅画卷迎面涌来，那是她熟悉的山川、河流、村庄、钢轨……

她的身后，松树披着皑皑白雪，挺直且坚强。

这是一生痴爱松树的"人民的好列车员"任凤英的选择。

◎胡艳波

# 让我再为旅客服务一次

“真希望自己快点儿好起来，让我再坐在13号窗口前为旅客服务一次……”呼和浩特站售票员孙奇，一名癌症患者，在写给铁道部领导的信中这样说：“在往返北京看病乘车的路上，旅客知道我是铁路职工，都说现在铁路的服务态度好多了。听旅客们都夸铁路，我心里真的很自豪……”

几天后，领导的回信送到了孙奇面前。信中鼓励孙奇：“在你的身上，集中体现了当代铁路职工爱路爱岗、忠于职守的敬业精神；真诚服务、无私奉献的良好风貌；勤学善思、岗位成才的优秀品质；自强不息、坚忍不拔的进取意识……”

捧着回信，孙奇无比激动：“我一定会好起来！一定会再为旅客服务。”

## “旅客如一面镜子，我们微笑了，得到的回报同样是微笑”

2012年3月9日下午，呼和浩特站内，二楼会议室里不时传出阵阵掌声，该站新入职人员站情教育会正在这里举行。

讲台上，孙奇仿佛忘了病痛的存在，对着一张张朝气蓬勃的面孔动情地说：“在家千日好，出门一时难。旅客有了困难，我们不帮，谁帮？”“旅客如一面镜子，我们微笑了，得到的回报同样是微笑。”

这微笑伴随着孙奇的每一天，即使承受着病痛折磨，她的脸上依然微笑如春。这微笑成了许许多多旅客心中的回忆。

“一定帮我找到那位一笑有俩虎牙的姑娘。”2010 年 5 月，一位年过六旬的老大娘走进呼和浩特站客运车间，她要找一位叫孙奇的售票员。

老太太叫石金香，两个月前因急事乘车回家，到了呼和浩特站才发现包着车票和钱的手绢儿丢了。老人急得团团转。

在大厅巡视的孙奇发现了她，一面安抚老人，一面自掏腰包为老人买了车票，并将老人送上了火车。

老人忘不了这个露着虎牙微笑的铁路姑娘，两个月后专程到车站找到孙奇：“闺女，你就是大娘的亲闺女啊！”

工作中的孙奇

深秋的一天，一个十四五岁的男孩儿来买票。看着背着书包、面现惶恐的男孩，孙奇问：“小朋友，你去哪儿，就你自己吗？”男孩支吾着说不出话。

孙奇感到情况有异，就安排好工作，把男孩领到休息室。经了解才知道，男孩因父母离异，性情变得孤僻，最近又因学习成绩下降，挨了父亲的责骂，一气之下要离家出走……接到孙奇的电话赶到车站的男孩父亲，领着孩子离去的那一刻，孩子流着泪，频频回头看这个微笑着的和蔼的阿姨。

“13号窗口售票员笑得真美”……翻开2004年至2010年间呼和浩特站售票厅的旅客意见簿，旅客表扬意见中有50%以上是写给13号窗口售票员的，再对照旅客留言的日期和时间，95%以上是孙奇在岗。

一名旅客在写给孙奇的信中这样说：“你售票时的微笑灿烂迷人，问候情真意切，动作眼花缭乱，告别关怀备至。”

孙奇常说：“微笑着售一张票不难，难的是微笑着售出每一张票。”孙奇就是那个微笑着售每一张票的售票员。

从事售票工作7年，孙奇为旅客做好事上千件，收到表扬信232封、锦旗27面。2008年被评为内蒙古自治区职业道德建设“双十佳”先进个人；2009年被评为全国女职工建功立业标兵、全国职工职业道德建设十佳个人；2010年荣获全国五一劳动奖章；2013年当选全国道德模范。

### “我要用我的价值观去带动年轻人，让他们热爱工作，珍惜岗位”

一个平凡的岗位，一个平凡的人，没有什么豪言壮语，却天天在感动南来北往的旅客——这是呼和浩特站客运车间党总支书记李延红对孙奇的印象。

2009年5月25日，孙奇在庄严的党旗下宣誓，光荣地成为一名中国共产党党员。那一刻，一个信念也在她的心底扎根——我要用我的价

孙奇在和同事们交流工作经验

值观去带动年轻人，让他们热爱工作，珍惜岗位。

孙奇爱琢磨，肯钻研，她总结出“真、细、巧、省、高、准、情”的“七字售票法”和礼貌待客“十二句服务规范用语”，认认真真地传授给大家。

王蕾，一位80后女孩，是孙奇生病前带的最后一个徒弟，她对孙奇有一种发自心底的崇拜。“我坐在师傅身后，学习她售票，就是一种享受。”王蕾说，“她售票，总是以‘您好’开头。我起初特别不好意思张口。她告诉我，一张笑脸、一声‘您好’，能拉近人与人的距离。”

2010年3月，呼和浩特站将孙奇工作的13号窗口设立为“孙奇党员示范售票口”。孙奇开始思考，面对千千万万名旅客，示范岗的党员们只有真心实意地为旅客着想，着重在标准上严要求、制度上严管理、服务上下功夫，坚持把优质服务与亲情化服务结合起来，才能为“孙奇党员示范售票口”赋予新内涵。

孙奇的想法，也成为“孙奇党员示范售票口”的全员行动。这个由蒙古族、回族、汉族等职工组成的青年女子售票班组，用闪光的服务精神、良好的工作风范、优秀的职业操守，向旅客送上了一份份“请柬”。2011 年 6 月，“孙奇党员示范售票口”被呼和浩特铁路局党委授予“全局党内优质品牌”荣誉称号。这个团队中，也涌现出一大批优秀业务骨干和技术能手，用实际行动诠释着“人民铁路为人民”的深刻内涵。

### “这么多人关心我，我一定能治好病，回到岗位再为旅客服务”

天天坚守在售票岗位、很少有机会出门的孙奇，从 2010 年年底起，开始频频坐火车往返于呼和浩特和北京间。只不过，她的目的地是离北京站不远的北京协和医院。

此前不久的一天下午，正在售票的孙奇感到腰、腹的疼痛一阵猛于一阵，浑身大汗淋漓，旋即陷入半昏迷状态。医院的检查无情地告之：卵巢癌！晚期！

早在 2008 年，很少生病的孙奇开始反复出现腹疼、腰疼的症状。孙奇的丈夫李峻屹多次劝她去医院检查，但孙奇总是一拖再拖：“客流量这么大，我走了就少了一份售票力量，旅客排队买票的时间就更长。”此后，揣着消炎药和止痛药上岗成了孙奇的习惯。

被确诊为癌症晚期后，孙奇转到北京协和医院医治。第一次化疗，孙奇腹腔左侧的肿瘤消失了，右侧的也缩小了。大夫说效果明显，这一定和她乐观的心态有关。

孙奇的乐观心态也在影响着身边的病友。她常跟病友说：“人生旅途辛苦，重要的不是财产、地位，而是永不磨灭的希望。”一个 20 多岁的病友就喜欢跟孙奇聊天：“姐姐，我一定要向你学习，战胜病魔！”

然而，孙奇的丈夫李峻屹知道，自病重离开岗位，孙奇偷偷哭过好多次。

第一次癌症晚期的结果出来，孙奇就一个人躲进楼梯间。哭过了，她又笑着鼓励自己："不能就这样走了，我还要继续上班，为旅客服务呢。"

第二次流泪，是复查发现癌细胞扩散了。孙奇在医院卫生间里痛哭了一场，哭过又微笑着去化疗。

在医院治病和在家休养时，孙奇总爱拿出铁路制服穿一穿，憧憬着回到岗位的那一天。离开心爱的岗位，孙奇觉得，虽不能为旅客服务了，但还是要力所能及地为社会贡献爱心，她便通过互联网上的信息，和丈夫共同资助贫困学生。

然而，无情的病魔，最终没有让孙奇实现"再为旅客服务一次"的强烈渴望。2013 年 9 月 19 日，她因病医治无效去世，年仅 41 岁，永远离开了她魂牵梦绕的岗位。

参加铁路工作 22 年，从事客运工作 16 载，孙奇在平凡的岗位上，用生命书写下闪光的"孙奇精神"。

◎韩付选　傅世忠　唐克军

# 真情铸就营销路

提到全路开货场办市场风气之先的单位，不得不提到汉西站。在汉西站，说到货运营销、变坐商为行商，不得不提到职工李小梅。

从一名机关干部到普通营销职工，从不了解市场到掌握市场基本规律，从对营销知识一窍不通到总结出一套“小梅营销技巧”，从一开始处处碰壁到成功拿下 12 个大项目，李小梅用了整整 17 年。李小梅 17 年的市场搏击，既丰富了自己的人生，实现了个人价值的升华，也得到了各级组织的充分肯定和社会的认可。

## 市场不相信身架

1996 年铁路货运量急剧下降，当时的郑州铁路局武汉分局汉西站运输货源萎缩。为了走出困境，该站成立了全路第一个 18 人的货运营销小组，并在营销工作中引入激励机制管理：每人每月揽回 5 车货源，拿底薪 300 元；每超一个车奖励 48 元，上不封顶。李小梅是第一个向组织递交申请的人。一年后，这个营销小组中的一些人因为市场严峻、怕吃苦受累而离开，李小梅硬是挺了过来。她回忆说：“当时，我是

⊕ 李小梅在辛勤工作

既有压力又有阻力。家里上有 80 多岁的老父亲，下有刚上小学的儿子，家庭负担重，父亲以一名老铁路的身份坚决反对；工作上我主动放弃清闲、舒适的统计干部岗位，而去四处奔波找客户，同事们不理解，说我傻。”

李小梅营销生涯中重要的一个项目是百威啤酒运输。“温州是百威啤酒的最大销售地，厂家在汉江边建起了专用码头，打算长期走水路运输。铁路要想后发制人，硬分一杯羹，谈何容易。”她带领营销人员深入调查分析运输市场，制定了专门运输方案和项目攻坚方案。接下来，她三天两头跑百威，负责百威啤酒运输工作的陈总飞到北京，她的电话就追到北京；陈总到广州出差，她的电话又追到广州。就这样经过艰辛而漫长的 73 天谈判，车站终于与百威啤酒公司签订了运输合同。多年来，百威啤酒铁路运输份额一直保持在 50% 以上。

“货源是跑来的，客户是沟通洽谈来的，不是坐在办公室等来的。”

李小梅如是说。随着营销业绩的上升，车站把营销小组升格为营销部，为营销人员配备了办公桌和沙发。已经成为营销部负责人的李小梅，上任后做的第一件事就是把办公桌和沙发全部撤走。她坚信“整天与客户泡在一起的庸才，比天天坐在办公室的天才，业绩要强很多倍”。李小梅深有感触地说：“不放下架子跑市场、跑企业，营销就是空谈。”1997 年，为了打开应城市石膏粉运输市场，李小梅跑遍了应城市大大小小的 57 个石膏粉厂，一天工作近 20 个小时，其中有一个企业她前后共跑了 15 次，最终使铁路占领了石膏粉运输市场。一分耕耘一分收获，付出总有回报，这回报既带来了铁路货运量的增长，也带来了自己收入的增加。李小梅在付出艰辛的同时，也尝到了营销激励的甜头，1998 年曾经有一个月收入 8000 多元。李小梅对此的理解是：人有多大能耐就拿多少钱。

李小梅说，铁路长期与市场经济脱节，搞营销、闯市场，刚开始肯定会有这样那样的问题和难度，关键是要放下“铁老大”的架子，只有深入市场、研究市场、融入市场，才能拓展市场。营销人员要做到铁头、铁嘴、铁腿、铁肚。铁头就是不怕撞墙碰壁和受冷落，多登门、多拜访、多拉货源；铁嘴就是敢说、会说、能说，提高语言表达能力和沟通协调能力；铁腿就是勤跑市场、勤跑工厂、勤跑客户，而且行动要快，第一时间掌握信息，以最快的速度制定对策、接触洽谈、抢抓商机；铁肚就是能受气，心平气和地面对嘲笑讽刺，学会自我调节。

## 信心比黄金更重要

在货运组织改革中，一些干部职工担心现在市场都做穿了，别人闯荡市场已经十几甚至几十年了，铁路现在才开始走向市场，跟人家不在一个起跑线上，很难竞争过人家。李小梅不这样认为，用她的话说，“只要你愿意做，遍地是黄金”。她的信心来自三个方面：

信心源于对自身的把握。铁路运输绿色低碳环保，路网四通八达，适合货物大规模中远距离运送，这是铁路运输的优势。这让李小梅有了底气，同时她也较早地认识到“门到门”运输在铁路营销体系中的重要性，她说：“从客户的角度看，补齐短途运输这块‘短板’，发展‘门到门’全程物流服务，铁路早就应该这样改。”

信心源于充分的准备。成功只青睐有准备的人。李小梅认为，搞货运营销关键是要深入市场，了解市场，掌握货运市场行情。李小梅的包里没有化妆品，只有客户资料和业务材料。随手翻翻李小梅的笔记本，两个厚厚的笔记本上密密麻麻地记录着全国各地的客户信息，不单是客户联系电话，而且还有各大城市的社会基本情况、常住和流动人口、支柱产业、知名企业。当年，李小梅在拿下应城市石膏粉市场后，她并没有满足，而是开始琢磨：这石膏粉究竟是用来做什么产品的？它的下游产品有没有运输市场呢？于是，她通过自己掌握的客户信息打听到，石膏粉运到广东省佛山市用来做瓷砖，并且佛山市是当时全国最大的瓷砖生产基地，产品销往全国各地。她经过一番努力又拉到了从佛山到汉西站的瓷砖运输业务。在李小梅看来，处处都有商机，时时都有营销。

信心源于积极的心态。如何当好一名营销人员？李小梅给出的答案就两个字——信心。在李小梅看来，“只有淡季的思想，没有淡季的市场”。她总结出营销人员需要具备的“十种心态”：一是决心。干事就要有坚定的决心，决定了的事就持之以恒地把它干好。二是“企图”心。要想成功，仅仅有希望有想法是不够的，还要有成功的强烈“企图”心。三是主动。凡事都应主动，被动不会有任何收获。四是热情。没有客户愿意跟一个冷淡的人打交道。对工作、对客户充满热情是营销人员最基本的要求。五是爱心。要热爱营销工作，从内心深处去爱，这是一切行动的源泉。六是学习。营销人员要特别注重向市场学习、向实践学习，在边干边学中提高工作能力。七是自信。要相信自己是最棒的，对未来充满信心。八是自律。成功需要很强的自律能力。能忍受与家人的暂时分开，去外地开展工作。九是顽强。在追求成功的过程中，一定会遇到许多艰难与困苦，挫折与失败。打败它们，需要顽强的意志力。十是坚持。一个成功的营销人员需要具备百折不挠、持之以恒的精神和毅力。

## 营销是一门技巧

搞好铁路货运营销工作，既要坚定信心跑市场，又要有一定的方法和技巧。李小梅以她多年的营销经验告诉我们，搞好营销工作，开展货源调查分析是核心、是关键，在此基础上再制定有针对性的运输解决方案，这样才能确保营销公关的成功。她归纳总结了四种市场调查的方法：

一是分类法调查。工作中，李小梅按地区、按行业、按门类整理出综合信息手册，根据汉西站货物到发情况，建立了货主运输信息手册，搭建了固定的信息渠道，随时掌握市场行情，挖掘信息源，一旦抓住有用的运输商机就调查分析、制定方案，进行公关。

二是询问法调查。从事市场营销，要处处留心、时时用心，多做有心人、争做用心事。在李小梅看来，不经意的一句话、习以为常的一个举动或现象，可能就是一个很大的商机，关键是要进一步深挖。她领着几名营销员连续北上河北、南下浙江，开展市场调查，制定了各经销商利用铁路集结运输、享受铁路对大宗货物运输的优惠政策的运输方案，以低运价吸引经销商选择铁路运输，一举拿下了汉西建材市场的板材运输业务。

三是观察法调查。信息是抢占市场的关键。作为营销员要“眼观六路、耳听八方”，学会从纷繁复杂的信息社会中筛选、甄别出有价值的信息，为开展营销储存信息量，使营销工作进攻有目标，组织货源有方向，以达到最好的营销效果。李小梅经常去工厂、企业实地调查，从企业的生产任务、生产数量、生产品种、产品销售等产运销情况来观察分析企业运输情况。她还经常参加各种订货会、展销会、新行业、新产品发布会等，从中得到货源信息。

四是报刊法调查。李小梅说，通过各类报刊、电台、电视台等媒体，甚至上下班看到的路边广告、繁华街区广告，都可以得到货源信息，从中寻找营销对象。当年她拿下娃哈哈红安生产基地的产品运输，就得益于湖北电视台播发的一条关于娃哈哈集团要在湖北红安县建立生产基地的新闻报道。

功夫不负有心人。从最初 18 人的项目组，到鼎盛时期 30 人的项目部，营销达人李小梅历经市场打磨，不仅使自己的营销业绩不断攀升，还带领同事打造了一支在全路赫赫有名的营销团队，她本人也先后荣获全国五一劳动奖章、全国劳模、共和国铁路楷模等荣誉称号，在平凡的岗位上书写了精彩人生。

◎王亚琼　苏庆丰

# 为了跳动的机车“心脏”

邓必清虽然学历不高，却善学习、肯钻研。他立足岗位研发设计，制作出了100多件柴油机检修专用工具和设备。经过不懈努力，他从一名普通工人成长为高级技师，还获得了全国五一劳动奖章、火车头奖章和江西省劳动模范、江西省优秀共产党员等荣誉。而他“干就干出样子，做就做到最好”的刻苦钻研精神，至今仍影响着大家。

## 凭借勤奋与倔强初露锋芒

1987年，邓必清调到了刚成立不久的南昌机务段。内燃机车的一台柴油机有16个汽缸、300多个部件、6000多个大小不等的螺丝，检修工序近百道、工艺上千条，这给已是一把“好刀”的车工邓必清出了个难题。

“干一行就该爱一行，干就得干出样子，做就做得最好！”邓必清喜欢跟困难较真儿，经过一番学习和摸索，他从一个门外汉变成了“机车柴油机的高级医生”。在此期间，邓必清还先后干过车工、电

↑ 邓必清在检查设备情况

焊工、汽车修理工，但每换一次工种或岗位，他都当作一次学习的机会，很快便成了全段“干什么，就干好什么；学什么，就学精什么”的多面手。

1992年，一台罗马尼亚进口的ND2型机车因事故整个“前脸”被撞没了。当时没有图纸资料，没有检修经验，大家都不敢接这活，但邓必清却对领导说：“让我来试试看。”

邓必清将段里同型号机车的“前脸”全部拆开，然后照着原配件的尺寸和模样，一样一样做出来，再一样一样往毁损车上装，没日没夜地干了一个多月。修复后的机车外观竟和损坏前分毫不差，他整个人却瘦了十几斤，也赢得了大家的大拇指。在大家的夸赞下，老邓却说：“只要用心学理论，用心去实践，其实没什么难的。”

## 不惧从零开始成技师

1993年10月，铁路开始第一次工人技师选拔，邓必清报了名，并成为当年全段唯一考取技师证书的人！

1996年8月，国产DF4B型、DF4D型和DF11型内燃机车陆续在南昌机务段进行中修，修了9年进口ND2型内燃机车，已经48岁的邓必清要从零开始学习东风系列内燃机车检修。

邓必清为了尽快掌握内燃机车检修技术，经常利用业余时间钻研业务书籍，琢磨工艺规程，掌握新型柴油机原理，以检修工艺确保机车质量。“虽然我文化水平低，年纪也大了，但我始终认为，要适应新的形势，就必须狠下一条心，干出个样子来。要做好检修工作，就必须掌握与之相适应的新知识、新技能。柴油机是机车的心脏，心脏不好机车就跑不动。”这是邓必清做事的原则。每次机型转变，邓必清就把机械原理、工艺要求细节抄下来；日常工作中遇到的问题、处理的过程也记下来，随时翻阅学习，渐渐形成一套故障处理经验。正是这种坚持与努力，让他在机车不断转型升级中一直熟练掌握维修技巧。

随着机车大中修任务逐年增加，加班加点成了家常便饭。邓必清的双休日渐渐变成了单休日，单休日又慢慢变成了半日休。即便如此，谁要有问题找他，不管分内分外，哪里有需要，他就出现在哪里。

## 技术精湛授人以渔

1994年以来，邓必清先后设计、制作了20多种100多件柴油机检修工装设备和故障判断、处理专用工具，这些工具不仅能帮助工人缩短单项作业时间、降低劳动强度，还提高了柴油机检修质量和工艺水平，为段完成生产任务提供了技术支持和设备保证。2006年，邓必清经过多次设计完善，制作出一个只有巴掌大小、成本不过十来块钱的弹力装置，成功解决了困扰多年的柴油机“游车”问题，机车生产厂家的工程师都向他竖起了大拇指。

2006年刚开始，邓必清盘算着就要退休了，便给自己定了个新目标：做好青工传、帮、带，多培养年轻人。令他欣慰的是，他退休前周围一批30岁左右的技术好苗子已崭露头角。徒弟杨国阳已考取了工人技师职称；新收的徒弟王文宽正在潜心试制冷却总成的管路拆装用的专用液压千斤顶……

2008 年春运恰逢冰雪灾害，邓必清和其他生产骨干立即组成抢修突击队，全天候盯在机车整备场上，每台东风型机车进库，他都上去仔细检查一遍，并把自己的手机号当作机车“120”的热线电话，告诉机车乘务员和检修人员，有事可以随时找他。整个春运期间，他参与处理的机车各类疑难故障达 30 多件。

大家纷纷说，老邓把苦活累活脏活都往自己身上揽，一辈子淡泊名利，钻研岗位技术，这样的党员他们最信赖、最欢迎。

邓必清 2008 年 12 月退休后，曾有不少单位慕名前来请他做技术指导，而且待遇优厚，但都被他一一谢绝，因为在他心里还是放不下曾战斗过几十年的岗位，放不下自己热爱的事业。他说：“我的技术是组织上培养出来的，我要把这些技术回报铁路，回报组织的关心。”

在此之后，只要车间一个电话，有什么技术难点，生产中发生什么问题，邓必清就会骑着自行车赶到现场，立即对生产中发现的技术问题进行分析、点评，提出改进的方法和意见。同时他还给职工讲解检修要领，并将自己多年积累的经验和技术倾囊相授。大家也纷纷向邓必清请教自己在工作中处理不了的问题，他总是耐心地讲解，直至大家弄懂弄透。

退休后，邓必清常常和家人到国内各地旅游，但每次出游，他都会选择火车出行。提及出远门为什么不坐飞机时，邓必清笑着说：“修了一辈子火车，出门还是习惯坐火车。”一次，坐在复兴号动车组上，“老铁路”邓必清对铁路近几年的飞速发展感慨不已：铁路的发展真是太快了，现在到长沙，500 多公里只需一个半小时，原来想都不敢想啊！他说：“年轻人首先要对铁路有感情，才会全身心投入工作中。这些年铁路不断发展，年轻人一定要把握机会，把关键技术攻克下来，才能立足岗位成才，才能为铁路发展多作贡献！”

◎陈南辉　赵　磊

# 乌鞘岭上巡道人

在群山环抱、峰峦叠嶂的乌鞘岭高寒山区，有一位默默奉献的养路工人，他像一颗永不松动的道钉，坚守在乌鞘岭雪域的高坡上，春迎风沙、冬战霜雪，确保过往列车的安全。他就是连续15年被路局、段评为先进生产者、学雷锋先进个人、优秀共产党员，并荣获甘肃省和铁道部劳动模范、火车头奖章及全国劳动模范等诸多荣誉的中国铁路兰州局集团有限公司武威工务段沙沟台养路工区巡道工袁绍根。

## 从江南鱼米之乡到西北河西走廊

1979年冬，风华正茂的袁绍根怀着对大西北神秘的向往，告别了“鱼米之乡”江苏，接替父亲的班，来到了甘肃河西走廊——武威，成了武威工务段沙沟台养路工区的一名职工。

沙沟台养路工区位于海拔2900多米的祁连山乌鞘岭的山沟里，这里是前不着村、后不着店的荒山秃岭，附近没有城镇，没有厂矿，也没有企业单位，有的只是满目的荒凉和呼啸而过的列车。面对荒凉和困难，憨厚而又倔强的袁绍根暗下决心：“咱是养路工的后代，一定

⊙ 袁绍根

要为父辈争口气，决不能给父辈脸上抹黑。”

沙沟台站区距离乌鞘岭顶峰很近，高寒缺氧，气候恶劣，管辖的 7 公里兰新正线大部分在 20‰ 的长大坡道上，曲线半径小、设备病害多，其中，有 2 公里线路穿越 5 座隧道。冬季，隧道内积雪融化后结成冰块；夏季，雨水成河、泥水乱流，而这就是袁绍根的责任范围。十几年来，他始终遵循“慢走细看、寸铁不漏”的原则，实践着“在岗一分钟、负责六十秒”的诺言。

1997 年 3 月 5 日 7 时多，袁绍根在巡视线路时，发现兰新线 K209 ＋ 8 号轨左股轨头第一螺栓孔横向断裂 132 毫米，严重危及行车安全。他知道，此时 T69 次特快旅客列车正朝这边开来。险情就是命令，他拼命朝着列车开来的方向奔去，及时设置响墩，用手信号将列车拦停在距故障地点 75 米处，防止了一起可能发生的旅客列车重大事故。

乌鞘岭山区天气变化无常，夏季常发生山洪，冬季大雪掩埋线路。

1998年7月的一天，晴朗的天空突然传来滚滚雷声，顷刻间大雨如注，不一会儿洪水就淹没了线路。袁绍根冒雨到山洪多发地段的4号隧道口查看，发现山洪已将隧道口东端的砌坡冲开了一个豁口。他挽起裤腿，跳进水里，用柴草加石头将洪水引向了排水沟，确保了隧道的安全。1999年1月的一天，西北风夹杂着飞雪扑向乌鞘岭高寒山区的沙沟台车站，厚厚的积雪掩埋了线路，列车行驶时犹如高坡滑冰。袁绍根担心列车出现意外，便往返14公里在线路上不断地用手扒开厚厚的雪，对关键设备反复认真地进行检查。工区有职工劝他说："老袁，这么厚的雪，谁能检查到什么问题，何必太认真。"而他却笑着："遇到这种特殊情况，要不仔细地跑一趟，心里实在不踏实。"

为了完成工区繁忙的工作任务，他主动要求承担了线路状况最复杂的两公里正线、一组道岔的小补修工作。1996年，在创建安全文明标准线会战中，他主动放弃了休息日，在线路上整理外观、加强养护。尽管只有1.62米的个头，可在工区内运土、平地美化工区环境时，他献工献时最多。2000年3月，乌鞘岭山区积雪融化，4号隧道漏水结冰，枕木零配件被埋在冰水里，他蹲在冰地上，硬是用双手清除结冰，紧扣件、拧螺栓、打道钉，及时消除了隧道内的线路安全隐患。

## "食堂编外采购员"

因地处偏远，工区食堂买菜买粮十分不便。袁绍根便主动挑起了"食堂编外采购员"的担子，一干就是十几年。

1990年的一个寒冬天气，袁绍根从武威南铁路地区买了100斤蔬菜，准备搭乘一趟货车返回沙沟台，没搭上守车，他硬是爬上一辆空敞车坐了回来。11月的天气滴水成冰，寒气袭人。列车运行4个多小时到达沙沟站时，他已冻得动不了了，工友们流着泪把他抬下来。当时工长动情地说："老袁给我们买来的不仅仅是菜，而是他的一片爱心、一片真情啊！"

随着机车牵引动力改造换型，电力机车取代了蒸汽机车，沿线列车停点越来越少，对职工买菜买粮造成很大困难。为方便给工区食堂买粮买菜，他买了一辆自行车，到13公里以外的龙沟、天祝等地采购，而所用的交通费和修车费多数都是他个人承担的。每次看到他吃力地推着自行车翻山越岭时，工友们心疼地对他说："老袁，你也不年轻了，别再这样跑了。"他嘿嘿一笑说："没啥，为大家做点事，我心甘情愿！"他还利用业余时间和炊事员拟订食谱，购买鱼、肉、蛋、奶等有营养的食品，尽力改善职工伙食。诚心付出的努力，换来了大家的满意，激发了大家的干劲。十几年间，他为工区义务奉献1500多个工时，在巡查线路、买菜路上穿坏的鞋，连他自己都记不清有多少双。

### 一位乌鞘岭上普通的巡道工，一颗守护线路、永不松动的道钉

袁绍根在铁路巡道工的岗位上一干就是20多年，巡检路程累计超过6.5万公里，共处置较大安全隐患120多次，排除险情80多次，防止事故6起，为确保铁路畅通、人民生命财产安全作出了突出贡献。

袁绍根在自己平凡的工作岗位上践行了共产党员的承诺。他连续十多年被路局、段评为先进生产者、学雷锋先进职工、"十佳职工"、优秀共产党员；1991年、1992年、1994年三次荣获火车头奖章；1994年被甘肃省授予劳动模范称号，1998年荣获全国五一劳动奖章，2000年又被授予全国劳动模范称号。他还作为铁路劳模代表被邀请在天安门观礼台上观看国庆50周年大阅兵，并受到党和国家领导人的亲切接见。

◎杨　军　孙杞民

# 新时代新征程

# 复兴号的摇篮

“复兴号奔驰在祖国广袤的大地上”“复兴号高速列车迈出从追赶到领跑的关键一步”……作为复兴号的摇篮，中国铁道科学研究院集团有限公司主动抢占铁路竞争技术高地，积极推动智能铁路技术创新，牵头研制了智能型复兴号动车组，形成了具有世界领先水平的复兴号系列产品体系。

“让火车像风一样快”，是中国人的渴望，也是中国铁路人奋斗的目标。1990年，中国高速铁路技术研究总体组在铁科院成立，并完成了“九五”国家科技攻关重点项目“高速列车总体技术条件的研究”。为了掌握核心技术，2012年，由铁道部主导、铁科院技术牵头，开启了我国自主研制时速350公里复兴号中国标准动车组的历程。

牵引变流器，负责为奔跑的列车提供源源不断的动力，相当于动车组的“心脏”，而牵引变流技术曾一度是中国铁路的弱项。20世纪90年代，我国的机车还主要采用直流牵引传动技术。直流牵引传动技术不仅效率低，而且牵引功率小，根本无法满足高速铁路的牵引需要。

研究效率更高、功率更大的交流传动牵引技术，成为一代代铁科

⑥ 复兴号的“大脑”——网络控制系统研发带头人赵红卫

⑥ 复兴号的“心脏”——牵引变流器研发带头人陆阳

人的攻关目标。牵引专业组长、铁科院首席研究员陆阳，早在2000年前后就已对交流传动测试技术进行了多方案探索，研发出我国第一套“交流传动机车电参数测试系统”。该系统在动车组牵引系统国产化进程中发挥了重要作用，为复兴号动车组牵引辅助变流器的研发提供了坚实的数据基础和理论保障。天道酬勤，在他们的不懈努力下，铁路牵引变流器技术不断取得突破。时速350公里中国标准动车组牵引和辅助变流器2014年自主研制成功，2015年完成装车考核，成为复兴号的“心脏”。复兴号牵引变流器功率从8000多千瓦提升到1万多千瓦，启动加速能力更强、效率更高。

复兴号不仅有一颗“中国心”，还有一个智慧的“中国大脑”，这就是指挥控制复兴号运行的网络控制系统。在世界铁路科技竞争最为激烈的高铁领域，网络控制系统更是壁垒森严的核心焦点。复兴号的“大脑”，是由铁科院首席研究员赵红卫带领团队研发的。

他们从网络技术最底层开始研究，为了取得试验数据，赵红卫和她的团队在京广高铁跟车跑了大半年时间，天天在车上下载相关信息、分析原因、寻求解决方案。经过艰苦努力，他们终于一一攻破了技术壁垒，自主开发出了复兴号“大脑”的硬件系统和源代码。

随后，他们一鼓作气，完全依靠自主设计和建设，搭建起一个高速列车网络控制系统半实物仿真平台，并达到国际先进水平。仿真平台高速动车组列车在运行试验中发挥着重要作用，可为每条高铁开通运营提供技术支持。

说到试验，复兴号中国标准动车组在上线运营之前，经历了迄今为止试验周期最长、试验项目最多的高速动车组列车综合试验。历时16个月，依次在环行铁道试验基地、长吉城际、大西高铁综合试验段、郑徐高铁、哈大高铁进行试验。其间，在中国标准动车组列车上布置测点近3000个，在地面60个工点布置测点上千个。复兴号运用考核、试验考核里程更是超过60万公里，远远超过欧洲、日本40万公里的考核指标。

↑ “复兴号”动车组双龙会

为了确保复兴号运行安全，在铁科院永丰产业基地，大屏幕上实时显示着运行在全国各条高铁线路上的3000多列高速列车的运行状况，包括天气状况、运行区间、运行速度及故障状态等。就好像人的身份证一样，全路每一列动车组列车都有一个独特的编码，系统随时监控着每一趟高速列车的运行安全。复兴号的运行数据也都在这个网络控制系统之中。

2016年春节期间，在西成高铁运行的复兴号牵引变流器偶尔会报出故障信息，但重新启动后异常信息就会消失，而且这个信息只在库内出现。一个牵引变流器的零部件就有上万个，要找到这个问题其难度可想而知，可以说不亚于大海捞针。

但是再难，也难不倒精益求精的铁科人。为了解决这个时隐时现的问题，参与复兴号研发工作的李水昌和同事们带着试验仪器来到大西高铁。每天深夜，当复兴号回到库房后，他们就开始紧张的排查工作。排查的办法也只能是一个一个部件检测，一次一次试验，一点一点缩小范围。

当时正值冬季，大西北冬天的深夜异常寒冷。连续的工作导致李水昌腰椎病发作，不能弯腰，也蹲不下去，他就直接趴在地上检查。就这样，他们白天讨论，晚上实地查找，最终发现并解决了问题。

这样的故事，在复兴号研发过程中还有很多。纵横机电公司工艺技术部制动盘的主管工程师谷子琛，则经历了一个0.01毫米的难题。这个难题是复兴号的制动盘给他出的。

装在车轮上的制动盘是复兴号“刹车”系统的重要部件。制动盘一个安装平面的加工精度要求达到0.05毫米以内。但在加工过程中，加工出来的制动盘始终差0.01毫米而达不到标准。

制动盘随着高速列车高速运转，一点都不能马虎。此时距交工时间还有一个月时间，谷子琛和同事们心急如焚。他们发挥集体智慧，昼夜奋战，从改进工具装备入手，用两周时间设计完成了新的加工装

⊙ 高铁，为美好生活添彩

备。经过反复试验，最终使平面加工精度达到 0.03 毫米，保证了复兴号研发的整体进度。

复兴号核心部件从无到有的过程，是中国工业快速赶超世界先进水平的缩影，更是中国基础工业和生产水平不断升级结出的硕果。复兴号的摇篮里，这些大大小小的故事所折射出的，是中国铁路科研人员对大国“工匠精神”的不懈追求，对交通强国、铁路先行历史使命的努力践行。

◎杨　锐

# 百年京张　历史跨越

穿越百年，京张梦圆。2019 年 12 月 30 日，北京至张家口高速铁路开通运营。

习近平总书记作出重要指示：1909 年，京张铁路建成；2019 年，京张高铁通车。从自主设计修建零的突破到世界最先进水平，从时速 35 公里到 350 公里，京张线见证了中国铁路的发展，也见证了中国综合国力的飞跃。回望百年历史，更觉京张高铁意义重大。

110 年前，历经千辛万苦，第一条由中国人自主设计、修建的铁路——京张铁路通车。京张铁路全长 201.2 公里，设清华园、清河、宣化等 25 个车站，运行时速 35 公里，从北京至张家口最快 8 小时到达。

110 年后，几乎在同一地点、同一路径，由中国铁路人自主设计建设的世界上首条时速 350 公里智能高速铁路——京张高铁开通运营。

京张高铁是国家《中长期铁路网规划》中“八纵八横”京兰通道的重要组成部分，也将服务于北京冬奥会。从北京北站至张家口站，全长 174 公里，设 10 个车站，全线分区段设置不同的运行速度。线路向西与张家口至呼和浩特、张家口至大同高速铁路相连，形成内蒙古东部、

◎2019年12月30日，京张高铁开通运营

山西和河北北部地区快速进京客运通道；从八达岭西线路所引出9.3公里至延庆站，从下花园北站引出53公里至太子城站，从太子城站延伸15公里可达崇礼站。北京北至延庆40分钟到达，至太子城65分钟到达，至张家口62分钟到达，至大同1小时46分钟到达，至呼和浩特2小时13分钟到达。

## 集中国高速铁路建造技术之大成

京张高铁是世界上首条全线采用智能技术建造的高铁，采用BIM技术进行设计、建设和管理，充分运用大数据，构建了铁路工程建设全生命周期管理模式。

八达岭长城站位于八达岭长城核心区埋深102米处，是世界上埋置最深、洞室群最集中、暗挖断面最大的地下高铁车站。施工中采用了像外科手术一样的微震微损伤精准爆破技术、超大跨度隧道修建技术，加上新型耐久性结构体系设计，让古老雄伟的长城与现代智能的高铁在此和谐共处。

官厅水库特大桥

官厅水库是北京重要的水源地之一，施工中对环保的要求极高。为了保证施工过程中水质不受污染，京张高铁官厅水库特大桥采用了岸上拼装、水上长距离顶推技术，形成了 8 个彩虹结构。新型钢梁涂装保用 60 年，钢梁生命周期涂装仅需 2 次，最大限度地保护了水库水体。

位于城市核心区的清华园隧道，开挖断面相当于北京地铁隧道的 4 倍，且穿越北京高楼林立的核心区，与地铁线最小净距离不足 1 米，并穿越 6 条市政主干道、88 条市政管线，是目前国内城市核心区域穿越地层最复杂及重要建筑物最多的高风险隧道。为避免风险，施工中采用智能可视化动态管理技术，实施全预制机械化拼装、大断面精准掘进，让这个单洞双线高风险大直径盾构隧道安全穿越了十余条市政道路和地铁线，也为城市地下空间开发提供了新经验。

### 彰显智能、绿色、人文现代品质

智能京张，给人们带来的是不一样的高铁之旅。

京张高铁上运行的复兴号智能型动车组，在世界上首次实现了时速350公里、有人值守下的自动驾驶，低噪声、少能耗，运行状态自感知、设备故障自诊断，能够精确定位停车、站车同步开门，停车精度在10厘米以内，创新了火车驾驶模式。

先进的智能化调度指挥、交互式安全保障、灾害实时监测预警、自动应急处置、北斗导航应用、一体化综合视频等系统，密织起一张保障京张高铁安全的“天网”。客流特征、天气变化全面分析，运行计划自动调整，让客流、车流和站线衔接更加有序、运转更加高效。

电子客票、乘车提醒、最优路径、无感出站，智能交互、5G应用、Wi-Fi覆盖、灯光智能调节，让出行更加方便快捷、安全舒适。

站内温湿环境自动调节，能耗设备智能管控。新型环保材料普遍运用，声屏障降噪、沿线绿化全面实施，与周边生态环境相融，让京张高铁成为绿色出行的宜人长廊。

清河站的“海纳百川”，八达岭长城站的“丰碑永铸”，下花园北站的“鸡鸣晓月”，宣化北站的“古韵雄关”，太子城站的“云水无界”，一站一景，特色鲜明，中华文化、奥运文化与世界文化在百年京张交流融通。

## 为北京冬奥会提供有力运输保障

京张高铁将北京、张家口两地的冬奥赛区紧密相连，车站与各赛区的公共交通无缝衔接，设置无障碍通道，建设中英文客服、售检票和动态引导系统，提供智能机器人、奥运赛事票务和外汇存取服务，开办雪具随车托运、同步到达业务，奥运期间设专用通道，保证赛事人员便捷通行。

开行服务冬奥的复兴号列车，车头模拟鹰隼和旗鱼，具有优越的动力性能。外观采用瑞雪迎春、龙凤呈祥涂装，内装按暖色调设计。设置无障碍车厢、全列盲文标识，可实现轮椅固定停放、车内和卫生间无障碍通行。提供冷水直饮、无线充电、听障助听、多语言音视频

⊕ 列服人员向旅客介绍 2022 北京冬奥会特许商品

服务。设置开放式餐吧区、媒体车厢，方便媒体工作者在车内办公，观看奥运赛事高清直播。

百年跨越，沧桑巨变。两条京张线，见证了中国日益提升的综合国力。中国铁路人正以饱满的热情，深入贯彻习近平总书记重要指示精神，立足新发展阶段，践行新发展理念，服务构建新发展格局，推动铁路高质量发展，让流动的中国更加充满活力。

◎化　文

# 京沪高铁第一桥

在京沪高铁上有一座大桥，建成时是世界首座六线铁路大桥，是世界上跨度最大的高速铁路桥，也是世界上设计荷载最大的高速铁路桥——一个桥墩就相当于 7 个篮球场；钢梁总重达 8.2 万吨，相当于两个“鸟巢”；混凝土总量达 122 万立方米，是南京长江一桥、二桥、三桥的总和；可同时并行 6 列火车，它就是京沪高铁第一桥——南京大胜关长江大桥。

南京大胜关长江大桥设计时速 300 公里，为世界同类桥梁的最高时速。因其体量大、跨度大、荷载大、速度高的“三大一高”特点，给大桥的养修维护工作带来了诸多挑战。

大胜关长江大桥维修养护，最大的挑战也是最普通的工作就是夜间登高作业。作为南京大胜关长江大桥的“女管家”，南京桥工段大胜关大桥车间主任朱素华初来大胜关工作时，登高前内心也非常害怕，双腿总是不由自主地颤抖。然而，登高作业是高铁桥梁养护作业的家常便饭，作为车间的带头人，看着职工们在登高时的畏难表情，她下定决心，战胜恐惧，带头爬上去为职工作表率。车间职工看到一个女同志都爬上了桥，也就打消了恐惧，鼓足勇气跟着爬了上去。

爬是爬上去了，可是桥上的工作条件却特别不好。夏天，风吹雨淋，蚊虫满天飞。冬天，桥上寒风凛冽，一遍检查下来，手套、口罩冻得硬邦邦的；遇到刮风下雨，湿透的工作服被江风吹透，就像无数根针扎进骨头里，有一种从骨髓里发出来的疼痛感。几年下来，关节炎、腰肌劳损等职业病都找上门来。

按规定，车间主任每个月要不少于两次在“天窗点”跟班作业。实际上，朱素华每个月“天窗点”跟班作业都在 5 次以上。在作业现场，她是唯一的女性，更是实实在在的女汉子。大胜关长江大桥两个 336 米的主跨为钢桁拱连续梁，从拱趾到拱顶总高 96.2 米，拱顶最高处距离水面 100 多米，相当于 40 层楼的高度，朱素华徒手爬上爬下；高铁箱梁内部黑暗沉闷，朱素华钻进钻出。每次跟班，朱素华既是指挥人员，又是作业人员。在她的带领下，车间职工苦干、实干，潜心探索大桥

↑ 南京大胜关长江大桥

养修规律，一丝不苟排查隐患，不断为高铁桥梁“筋强骨壮”，确保了高铁列车安全平稳运行。

大胜关长江大桥维修养护，另一个挑战是螺栓的检查和补装。大胜关长江大桥全长 9273 米，主桥长 1615 米。整个大桥上的高强度螺栓多达 382 万套，如果有螺栓折断，会影响节点板的联结强度，一旦脱落则危及高铁运行安全。因此，螺栓检查、补装是大桥养护的重头戏。受作业条件、作业机具等方面的限制，大桥有些隐蔽部位的螺栓只能委托外单位那些受过专门训练的“蜘蛛人”进行检查、换装，但因螺栓不在可视范围，如何判定“蜘蛛人”的作业质量，成了一个难题。经过反复琢磨，大胜关长江大桥车间集思广益，想出了一个妙招：在“蜘蛛人”的安全帽上安装摄像头，检修作业时必须全程录像，作业完毕后，把录像的数据汇总到车间进行回放，一旦发现检查、补装不到位，必须重检重装。这样就大大提高了委外作业人员的责任心，保证了螺

↑ 南京桥工段大胜关大桥车间对大桥进行检修整治

栓补装的质量。

在京沪高铁通车运营的前几年，测量大胜关长江大桥梁缝的结构几何尺寸，是利用“天窗点”每个月测量一次，测量数据不具备连续性且误差较大。针对这一问题，大胜关大桥车间组织展开 QC 技术攻关，建立了梁缝自动测量模型，在大桥 4 号和 10 号墩的梁端处安装了测量装置，并将数据采集线接入大桥监控指挥中心，实现了梁缝结构几何尺寸的自动测量。既解决了人工读数误差问题，又达到了数据连续监测的目的。围绕大桥养护的重点和难点问题，近年来，他们陆续完成了《探索京沪高铁大胜关南引桥区段轨道平面位移调整技术》《京沪高铁大胜关南引桥 9 号墩起桥墩偏移整治》等 QC 成果，获得全国铁道行业质量管理活动优秀奖；撰写并发布了《关于大胜关大桥养修模式的探索》等论文，有效解决了高速铁路桥梁养护方面的诸多难题，确保了大桥安全畅通。如今，大胜关长江大桥已经安全通车 10 多年。

◎段仇彬

# 京广高铁纵贯神州

北京与广州，一个是中国首都、政治文化中心，一个是千年商都、改革开放前沿。以这两座城市为起讫点，规划交通网络，推进铁路建设，实现人便其行、货畅其流，历来是中国人民孜孜以求的发展期盼。

为适应改革开放和经济社会发展需要，解决京广铁路运能瓶颈，推动京广高铁建设规划全面实施就成为历史必然。2005 年京广高铁先行段武广客专开工建设，并于 2009 年底建成通车。2012 年底，京广高铁全线贯通，成为世界上运营里程最长的高速铁路。

京广高铁是我国《中长期铁路网规划》中“八纵八横”高速铁路的重要“一纵”，全长 2298 公里，连接华北、华中和华南地区，穿过多个大中城市，跨越温带、亚热带气候分布区域和海河、黄河、淮河、长江、珠江等众多水系，穿越平原、低山丘陵、崇山峻岭，面临软土、松软土、膨胀土和岩溶等多种不良地质，同时与多条已建、在建和拟建高铁互联互通，设计标准高，沿线地质条件复杂，工程难度大。为了解决建设和运营面临的各项技术难题，铁路部门专题安排了 43 项科研课题，系统开展了技术创新工作，解决了大量难题。

⑦ 黎明前的火花

在工程技术方面，解决了软土、松软土、膨胀土等不良地质条件下路基设计施工技术难题；攻克了跨越长江、黄河等大江大河桥梁技术难关，主跨 504 米的武汉天兴洲长江大桥，在同类型桥梁中夺得“跨度、速度、荷载、宽度”四个世界第一；解决了京广高铁最长山岭隧道——大瑶山一号隧道大断面设计施工技术难题，掌握了在山区和长大隧道内修建 CRTS Ⅱ型板式无砟轨道等成套关键技术；大量采用“以桥代路”设计，线桥隧比达 81%，有利于保证线路质量和运营安全，节约大量土地资源。

在运营技术方面，全线采用了无砟轨道结构、时速 300 至 350 公里高速动车组技术、接触网大张力悬挂技术和中国高速铁路列车运行控制系统。站房大量使用新型节能环保建筑材料，站场全部使用无柱风雨棚，采光性能好，场地功能齐全通透，旅客乘降便捷顺畅，且与

↑ 壮观的动车群

公共交通衔接合理，方便旅客换乘。

作为中国“八纵八横”高速铁路网主骨架的重要一纵，京广高铁开通意义重大。

京广高铁极大地促进了沿线经济社会发展。京广高铁纵贯北京、河北、河南、湖北、湖南、广东6省市，串起首都北京和石家庄、郑州、武汉、长沙、广州5个省会城市及众多中等城市，沿线城市密集、人口众多、经济发达。所辐射的城市群是我国人口最密集地区，其人口约占全国总数的一半。这些地区经济发达程度位居全国前列，经济总量约占全国总量的60%。京广高铁的开通，加快了沿线地区城镇化、工业化、信息化的进程。

京广高铁使中国高速铁路网初具规模。京广高铁在北京、石家庄、郑州、武汉、广州等地，分别与京沪高铁、京津城际、石太高铁、郑西高铁、武汉至合肥至南京高铁、南京至上海至杭州高铁、武汉至宜昌高铁、广州至深圳高铁等相连，向东南进一步与杭州经宁波、温州、福州至厦门高铁相连，使中国高速铁路网基本成形。特别是随着 2018 年广深港高铁香港段开通，香港融入中国高速铁路网。

这一高速铁路网辐射带动作用强，把环渤海经济圈、中原城市群、关中城市群、武汉城市圈、长株潭城市群、长三角经济圈、珠三角经济圈等经济区紧密联系在一起，有效降低社会时间成本，给人员流动带来极大便利，北京到广州的旅行时间从 22 小时缩短至 8 小时，人流、物流、资金流、信息流加速流动。特别是广深港高铁香港段开通后，京广高铁纵贯粤港澳大湾区腹地，带动粤港澳大湾区产业升级，更方便的出行体验、更便捷的贸易往来，让流动的中国更加充满活力。

京广高铁提高了京广铁路通道的综合运输能力。京广高铁全线贯通后，与既有京广铁路相匹配，大大提高了京广铁路通道的运输能力，可使区域内的铁路网的运用更加灵活，与全国的客货交流更加方便和快捷。特别是对既有京广铁路运力进行优化后，使货运能力得到充分释放，丰台西至武汉北间每年可增加货运能力 2000 万吨左右，从根本上缓解了京广铁路运力紧张的状况。

同时，京广高铁直抵改革开放前沿，受到前沿科技引领、地域文化影响和多样化需求驱动，率先实施网络购票、电话购票、手机 APP 购票，从网上购票到刷脸进站，从 VR 导航到高铁外卖，一系列的服务创新和技术突破大多在京广高铁实施，极大地方便了广大人民群众出行。

中国高铁建设虽然起步晚于日本新干线三四十年，但从京津城际建成到京沪、京广等高铁陆续开通，中国高铁干线网络初步成形，用时还不到十年，充分证明了社会主义集中力量办大事的制度优势。正是在国家、社会和铁路行业的共同努力下，才让中国高铁发展后发先至，实现了从无到有、从弱到强，从跟跑到领跑的超越。

◎辛　江

# 哈大高铁上的“特种兵”

2012年12月1日，中国第一条高寒高铁——哈大高铁开通运营。哈大高铁全程921公里，其中在中国铁路沈阳局集团有限公司管辖范围内834公里，由长春、沈阳、大连3个工务段和后来整合而成的沈阳、长春高铁基础设施段负责维修工作，他们就是哈大高铁线上的“特种兵”。

## 吃苦耐劳　无怨无悔

几场大雪过后，东北的夜天寒地冻，夜鸟不飞。深夜，正当人们沉浸在美好梦乡的时候，沈阳工务段铁岭高铁车间工长朱友维和8名工友就冒着瑟瑟寒风在哈大线上开始工作了。他们头顶戴的头灯在黑夜中像星光一样耀眼。伴随着工长朱友维手中电子道尺红灯的每一次闪烁，0.3毫米、0.5毫米、0.8毫米的数据被他们用石笔精心地标在钢轨外侧，那是他们将要对钢轨抬高的数据。这是高铁“特种兵”精修哈大线路的一个场景。白天行车、夜间检修，从前期介入到正式开通，他们都要进行这样的检查维修。

⊙ 作业人员讲解打磨作业标准，做好打磨前的机器调试

8年前，为了确保哈大高铁安全开通，大连工务段高铁车间70余人跟进联调联试，每天工作7~8个小时，作业范围达到253公里。由于施工天窗绝大多数安排在夜间，加之地处偏远、交通不便，他们都很少回家，用他们自己的话说："只记得今天是多少号，不知道是礼拜几。"高铁车间助理工程师初立亮因买房办理贷款手续，需要夫妻双方共同到场，妻子前后打了多次电话，每次他都因为工作忙说"过几天、过几天，等忙完这阵子再说"，结果一拖就是一个多月。

当人们乘坐高铁出行，享受高铁的快捷、舒适、平稳的时候，可能没有人想到，有这样一群"昼伏夜出"的高铁人在黑夜中为高铁的安全而坚守。

⊕ 作业人员推着钢轨打磨机平稳地在线路上匀速行进，在砂轮与钢轨接触的地方，溅起串串火花

## 一丝不苟　精益求精

高标准决定高品质。在哈大高铁线路检修中，工务“特种兵”把确保哈大高铁绝对安全当作衡量工作质量的尺码，高定标准，一丝不苟，精益求精。

哈大高铁开通前期，为提高旅客乘车舒适度，长春工务段组织长波不平顺攻坚战，以彻底解决动车“悠、摆、抖”的问题。通过用全站仪、经纬仪对“悠、摆、抖”处进行测量，用电子水准仪进行纵断测量；利用 CP Ⅲ网、采用安博格轨道小车测量线路绝对位置等方式，既保证了线路横纵断面、竖曲线的设计线型，又实现了数据指导维修的目标。

为了确保哈大高铁安全平稳过冬，沈阳工务段制作特殊弦线，精确测量钢轨曲线正矢，利用电子水准仪对线路高低进行精确测量。他们还推广电子激光轨道平顺度检测仪等高科技手段全面查找线路冻害，大大减少了由于冻害原因对列车舒适度造成的影响。本着严检慎修的原则，他们坚持无测量数据绝不动道，每天对安博格小车测量数据进行精确分析，并由专业技术人员带队组织维修，结合测量数据对每一个承轨台进行高标准的维修作业，确保了哈大高铁安全平稳过冬。

## 精神支撑　毫不懈怠

精神不是挂在墙上的口号，而是铭刻在心里的动力源。战斗在哈大高铁上的这些“特种兵”，用自己的实际行动凝炼出了各具特色又一脉相承的高铁精神。

“用零误差确保高铁设备质量，用责任和忠诚确保高铁安全”“一切为了高铁安全，高铁安全就是一切”，这是大连工务段高铁人的精神和理念。正是在这种精神理念的激励和鼓舞下，他们对高铁线路设备的任何一个缺陷和问题都不放过。哈大高铁开通前，大连工务段500余名干部职工先后两次对管内哈大高铁线路进行“手拉手”全覆盖设备巡检，一寸线路、一个螺栓不落地检查整修，不放过任何一个细微问题。

长春工务段为培育高铁职工的共同信念和核心价值观，总结提炼出了“用辛勤的汗水打造精准设备，靠严细的管理换取高铁安全”等班组精神并大力宣传践行，高铁车间全体党员带头，亮出党员身份，晒出安全承诺，用实际行动积极践行承诺，增强了全段高铁职工安全生产的责任感和紧迫感。

精神引领行为，理念决定行动。正是将高铁精神理念内化于心、外化于形，才使得哈大高铁人严格要求，精益求精，经日持久，毫不松懈。在没有成熟经验可借鉴的情况下，确保了我国乃至世界上第一条高寒高铁安全运营，并且建立起一整套应对严寒天气的安全生产体系，破解了多道严寒地区高铁养护的世界性难题，全面掌握了高寒高铁的运营和维护技术。

## 创新发展 砥砺前行

为适应高铁生产力发展要求，不断提升高铁基础设施运维质量和效率，2019 年 8 月，中国铁路沈阳局集团有限公司成立了沈阳、长春两个高铁基础设施段，对哈大高铁实施“一体化管理、集中化组织、专业化维修”综合维修生产一体化新模式，破解了工务、电务、供电管理体系、组织架构合而不融等难点问题。哈大高铁上的工务“特种兵”，自此和电务、供电等兵种合成一家，不仅扩大了队伍规模，而且极大地提升了高铁基础设施维修质量和效率。

为了确保哈大高铁运行安全，积累高寒高铁运维经验，在开通运营初期，哈大高铁实行冬夏两张运行图，分别按时速 200 公里和 300 公里两个速度等级开行动车组列车。自 2015 年 12 月 1 日起，开始实行冬夏一张运行图，全年按时速 300 公里运行，彰显了对高寒高铁运维质量的信心。经过 8 年多的运营实践，哈大高铁已形成集基础设施、

↑ 作业人员对站内道岔进行调试

移动设备、综合检测、防灾减灾、应急救援为一体的安全管理体系，建立了系统配套的高寒高铁安全保障体系。同时，形成了一套应对严寒、冰雪天气的安全运营组织措施和冰雪预警处置、气象灾害预警预报系统。

至2020年12月1日，这条穿越高寒地区的高速铁路已开通运营8周年，实现了运输安全持续稳定，旅客运量逐年增长，服务品质不断提升，社会综合效益显著，为东北地区经济全面振兴注入了强劲动力。

◎李圣强

# 坚守国门口岸　护航中欧班列

20世纪80年代末90年代初，伴随着国家向西开放战略的深入实施，北疆铁路建设拉开帷幕，兰新铁路从遥远的边城乌鲁木齐向西延伸，铁路通到了西部国门口岸阿拉山口。1990年9月12日，中苏铁路在阿拉山口完成接轨，历史性地宣告了东起中国连云港，西至荷兰鹿特丹，全长10800公里的第二座亚欧大陆桥全线贯通。从此，中国向西开放的大门越开越大，阿拉山口站快速发展成为新亚欧大陆上的桥头堡。

东联西出通亚欧，栉风沐雨铸春秋。30多年的光阴交替，一茬接一茬的“国门人”牢记“坚守国门、为国争光”的职业使命，忠诚践行“人民铁路为人民”的服务宗旨，坚守国门、艰苦奋斗、求实创新、奉献铁路，推进口岸过货能力和口岸过货量连年攀升。2005年，阿拉山口站年过货量突破1000万吨，跻身全国千万吨口岸站行列。随后，车站口岸增速不断加快，稳居全国铁路口岸过货量前两位。

2013年9月7日，习近平总书记在哈萨克斯坦纳扎尔巴耶夫大学演讲，提出共同建设“丝绸之路经济带”的历史性倡议。自此，阿拉

⑦ 阿拉山口国门养路人

山口站进入新的历史发展阶段，承担起护航中欧班列，共建“一带一路”的历史重任。

中欧班列开行伊始，自阿拉山口站出境的班列每周平均有 1 ~ 3 列，如今已达到每天 14 列。口岸过货以每年平均 19% 的涨幅，从 2016 年的 746.8 万吨持续攀升至 2020 年的 1493 万吨。中欧班列开行以来，阿拉山口站已华丽变身为中国过货量最大、最具活力的陆上口岸之一。当前，经由阿拉山口站进出境的中欧班列运行线路已达 16 条，可通达至德国、波兰、比利时、俄罗斯等 30 多个国家。

阿拉山口站战略地位十分重要，但自然环境和气候条件却异常严酷。气象资料显示，这里一年 365 天，约有 300 天在刮大风，8 级以上的大风超过 166 天。在阿拉山口，连树都是“弯腰”生长。每当大风吹起，站台上、货场内大风发出的声响似鬼哭像狼嚎，戈壁滩上石子、沙砾满地飞跑，打到人的脸上生疼。风刮大了，体重 60 公斤以下的人不能单独出门作业，必须将两个人用绳子拴在一起，同时出去、一起回来。

“风大干劲更大，辛苦不怕吃苦”。在这里工作生活的铁路人像国门“哨兵”一样，用忠诚和奉献守护着口岸铁路安全，为“一带一路”建设提供着优质服务保障，筑起了一座风吹不倒、雪压不垮的钢铁国门。

今年58岁的老党员高宝路，是阿拉山口站的一名助理值班员，也是阿拉山口第一代“国门人”。1991年，高宝路刚到阿拉山口时，那里还只是一个偏僻小镇，没有树、没有草，周边都是一眼望不到边的戈壁荒滩，附近只有一个气象站。冬天风雪交加、寒冷刺骨，高宝路和同事们每次出工回来，浑身上下都会冻个透心凉，有时嘴唇冻得都不听使唤。

就是在这种恶劣的环境下，高宝路与一起参加开站的18条汉子一道，甩开膀子、埋头苦干，把一列列火车安全地送出了国门、迎进了国内。为了让高宝路安心工作，1991年，妻子刘明革辞掉工作，跟着高宝路一起来到阿拉山口安营扎寨，把家安在了阿拉山口。女儿高梦颖大学毕业后，毅然选择来到铁路，踏着父亲的脚印来到了国门口岸站。梦颖说，阿拉山口站就是她的家，她要像父母一样，把根深深扎在阿拉山口。

在阿拉山口站，有些人需要出国到哈方多斯特克站从事铁路口岸过货作业，他们是国家“一带一路”上的“国门前锋”，承担着跑好中欧班列出国“第一棒”的重要责任，让中欧班列出境后快速通关，党员崔建江就是其中的一位。20多年来，他一直在阿拉山口站国外班组工作。国外班组工作生活区基础设施简单落后，条件不是很好，打着手电工作、点着蜡烛吃饭是家常便饭。到了冬天，室外的水管经常冻裂，生活用水都特别困难。

崔建江担任阿拉山口站国外班组党支部书记后，经过与哈方多次协调沟通，国外班组的工作、生活条件逐步得到了改善。崔建江虽然文化水平不高，但为了把工作做得更好，他下定决心努力学习俄语。于是，崔建江一个词一个词地记，一句话一句话地背，短短三年时间，他就熟练地掌握了俄语，并能够与哈方工作人员顺利交流。有了语言交流上的便利，很多工作难题他都能轻松应对，工作起来也更加顺畅。

1993年8月15日，忙碌了大半天的崔建江押送货物列车从哈方德

阿拉山口站国际班列换装库

鲁日巴站返回国内，突然一声巨响，货车剧烈地抖动了一下。经验丰富的崔建江立即判定出事了，他迅速跳下机车直奔事故现场。原来，由于哈方德鲁日巴车站的原因，造成中方 3 节货车脱轨。20 分钟后，哈方人员赶到了，为了保护事故现场，崔建江 4 个多小时寸步不离现场。在有力的证据面前，哈方承担了事故的全部责任。崔建江不仅维护了祖国利益，而且为我方挽回了 60 多万元的经济损失。

2020 年，新冠疫情突如其来，让崔建江身上的担子更重了。他带领党员和入党积极分子，在疫情防控和守护国际班列两条战线上，连续工作半年从未休息过一天。崔建江每天为班组人员测体温、为办公生活区做消毒，从早到晚忙得连轴转，确保了阿拉山口站也没有一个人被感染，为中欧班列在疫情中逆势增长提供了坚强保证。2020 年年底，阿拉山口站货装车间国外班组及班组党支部分别被中国国家铁路集团有限公司授予“铁路抗击新冠肺炎疫情先进集体”和“铁路抗击新冠肺炎疫情先进党组织”荣誉称号。

◎王彦州　米攀攀

# “绿皮小火车”拉来的幸福生活

辛泰铁路全长 184 公里，穿越泰沂山脉，将山东淄博与泰安连接在一起。泰沂山脉山高沟深林密，铁道线不是在两山夹峙的窄缝间穿行，就是在桥梁上、隧道里通过。一条并不长的线路上就有 65 座桥梁、587 个涵洞、22 个隧道。而 22 个隧道中只有 6 个建在直道上，其余 16 个都建在弯道上。隧道所处的区段山势蜿蜒、地势险要，除了养护隧道、线路、供电网、信号设备的铁路职工，很少有人能步行到达那里。

在这条铁路上，每天开行 30 余趟货车和唯一的一趟客车——7053/7054 次列车。7053/7054 次列车是中国铁路济南局集团有限公司运行速度最慢的列车，它往返于山东淄博与泰安之间，单程运行时间为 5 小时，平均时速 36.88 公里，全程票价 11.5 元，最便宜的票价仅 1 元，被人们亲切地称为“绿皮小火车”。

“绿皮小火车”是人们对这趟列车的俗称。“绿”是列车的颜色，自 1974 年列车运行起，列车就是绿色的车厢。近年来，铁路列车的颜色几经变化，形成了以“白色”和“银色”为主的中国高铁颜色，然而，这趟火车却一直保持着最初的绿色从未改变。

↑ 淄博至泰山的 7053/7054 次列车一开就是 40 多年

最初，7053/7054 次“绿皮小火车”是村民出山、进城的唯一交通工具，列车编挂 12 节车厢，但仍有人找不到座位。他们背着鸭蛋、煎饼、地瓜、酸枣、小米等，站在摇摇晃晃的车厢里，去城镇集市售卖，再买上些生活日用品返回。这趟车也因此多了一个名字——“庄户列车”。

后来，随着“村村通”公路的建设，加上年轻人大多外出打工，这趟车的旅客数量锐减。列车车厢从 12 节缩减至 8 节，再缩减至 5 节、4 节，成为名副其实的“小火车”。

曾经有传言 7053/7054 次小火车将被取消，这个消息搅动了很多人的心。然而，令人惊喜的是，随着时间的推移，7053/7054 小火车不仅没有停，反而有了更新更好的变化。它运行的线路实施了电气化改造；牵引小火车的车头由内燃机车更换为电力机车；2020 年，列车又升级为空调列车。济南至淄博的 K8279/K8280 次快速列车与 7053/7054 次小火车接续开行，从济南出发的旅客可购买联程票，当天就可体验“乡情慢车”沿途的山野风光。现在，它已经是全国有名的“网红”列车，是“乡村扶贫的致富车”“开进大山的暖心车”。

说起7053/7054次小火车的变化，还要缘于泰沂山脉优美的自然风光和丰富的齐鲁文化遗产。辛泰铁路沿线分布着中郝峪村、玻璃小镇、古齐长城遗址等15个优美古村落和6个特色小镇，景色优美，文化底蕴深厚，但因为山深路远、位置偏僻，很少有人光顾。而7053/7054次小火车就像一条绿色的玉带将它们串联在一起。有一天，一批喜欢探险的“驴友”乘坐小火车进山发现了这里的美，并利用强大的网络宣传了这里的美，吸引了更多人乘坐小火车进山，观赏自然风光，感受齐鲁文化。在人们对美好生活的不断追求中，7053/7054次小火车以便宜的票价、优质的服务和“慢”的优势，吸引着源源不断的客流，从“庄户列车”变成了“旅游列车”。

7053/7054次小火车拉来了游客，同时也拉来了无限商机。铁路沿线的村民们借此开发乡村旅游、开办“农家乐”饭庄，将农产品摆在车站外面。小火车开来了，车站就成了市场，小火车开走了，市场也就散了。这些因为小火车兴起的旅游和服务项目，跟随着列车的轨迹或聚或散，使村民在家门口、火车站就可以卖山货、挣到钱，过上了殷实的日子。

7053/7054次小火车单程停靠17座火车站，南博山、口头、北牟、西桐古火车站是它经停的4座车站。

南博山火车站是旅客的“打卡”胜地，到了车站一下车，青龙山、笔架山便扑面而来，两山秀奇，古木覆盖，深秋时节，满山红叶，美不胜收。上瓦泉村就在南博山火车站旁，过去村民们靠天吃饭。现在，因为小火车带来的游客，村民人均年收入已极大提高。

口头、西桐古两个车站间群峰雄峙，山高谷深，是辛泰铁路的隧道密集区段。口头隧道全长1228米，是全线最长的隧道。隧道里空间狭窄、缺氧，没有手机信号。每隔一段时间，就有铁路职工到这里巡查线路、检查供电设备。冬天，泰沂山脉覆盖在冰天雪地之中，铁路职工常常踩着积雪，翻越山头，走进隧道，敲下从隧道顶部悬挂下来的冰柱。铁路职工手里拿着长长的打冰工具，用力敲打冰柱。伴随着一声又一声脆响，冰柱落到道砟上，跌得粉碎。敲冰结束，走出隧道，天空不知名的鸟儿飞过，眼前的道路上，不见一个行人的脚印。

西桐古车站在西桐古村境内，离村子不远处就有春秋时期的齐国兵营、潭溪山风景区等，自然风光与人文景观交相辉映，吸引了人们的目光。游客乘坐小火车来到村子旅游观光后，又乘坐小火车离开。一直驻守在这里的，除了村民，便是小站上的铁路职工。有人在小站从 20 岁一直干到退休。40 年，从青年到暮年，都在黄色的站舍前度过；40 年，做的事情只有一件——守护列车的安全。

时光荏苒，转眼多年，很多事物发生了改变，辛泰铁路却依旧穿行在崇山峻岭之间，7053/7054 次小火车又展示出新的风采。中国铁路

↑ “慢火车”体现了“人民铁路为人民”的根本宗旨

⊕ “慢火车”沿途的美景、农家饭和各色集市，吸引着越来越多的人

济南局集团有限公司与淄博市文化和旅游局深入合作，相继开发了“南博山美丽乡村踏青体验一日游”“临淄齐文化探秘一日游”等乘坐小火车的旅游线路，启动了“绿皮火车博物馆”“7053 火车邮局”“7053 剧场”等建设项目，让小火车成为一道流动的风景线，带动着更多的人走进大山。同时，通过乡村旅游，帮助沿线村民增收致富。7053/7054 次小火车不断给沿线百姓拉来更加幸福的新生活。

◎郝炜华

# 深山小镇的铁路奇缘

这里有道教圣地老君山、地质奇观鸡冠洞、北国水乡重渡沟、森林氧吧龙峪湾，这里也曾“茅屋残垣半分田，出门爬坡兜无钱”，这里就是栾川，它位于河南省洛阳市西南部伏牛山腹地。这片青山绿水曾被片片贫困阴影笼罩，人们满面愁容，远走他乡寻求生路。如今多彩栾川远近闻名，居者自足，来者心仪。曾经死气沉沉的乱河滩，何以成为现在生机勃勃的铁路小镇？贫困群众又是怎样重拾信心、阔步追寻幸福生活的？这背后是一批批铁路人辛勤帮扶、精心经营，为深山引来发展活力的动人故事。

栾川县物产丰富、风景秀丽，因传说这里栖息五彩鸾鸟而得名。这里山水连绵，森林覆盖率达82.4%，有着丰富的生态资源和旅游资源。但它又是典型的山区贫困县，山路蜿蜒，耕地稀少，封闭落后。在靠山吃山的年代，村民们守着几分山坡地，早晚劳作，但“草盛豆苗稀”，温饱难继。1986年，栾川县被列为国家扶贫开发工作重点县。2010年，受特大山洪自然灾害侵袭，直接导致全县4.3万山区群众返贫，贫困人口增至8.9万人。2012年，栾川县被国务院列入秦巴山区连片扶贫开

栾川县新南村，烟雨朦胧下的新南村铁路小镇

发重点县。同年，铁道部开始定点帮扶栾川县，这个不通火车的地方从此与铁路结缘。

郑州铁路局具体承担对栾川县的帮扶任务。近年来，铁路累计向栾川县选派了 19 名素质过硬、协调能力强的挂职干部和驻村第一书记、驻村工作队员。他们与村民一道，用双手建设秀美栾川，开发扶贫项目，宣传旅游资源，销售农副产品，培训务工人员……在山间沟壑中，帮助老乡们找到了一条条脱贫之路，推开了致富之门。

2017 年 12 月，挂职副县长周胜展平生第一次来到栾川。到任后，他马上带领铁路驻村干部走遍栾川的山山水水，认真分析栾川生态、旅游资源优势，查找贫困的根源。他们发现，全县拥有老君山、鸡冠洞 2 个国家 5A 级景区，重渡沟、龙峪湾、天河大峡谷等 6 个国家 4A 级景区，以及协心村、拨云岭村、庄子村等一大批特色乡村旅游点。但由于交通不便、观念落后，许多农户是守着“金饭碗”，过着穷日子。

在广泛调研的基础上，郑州铁路局确立了“引客入栾”扶贫战略，将铁路运输资源优势与栾川旅游资源优势结合起来，构建“铁路＋旅游＋扶贫”的精准帮扶模式，大力恢复生态环境，建设农家宾馆，发展乡村旅游经济。起初，周胜展并不看好新南村：地域没优势，不靠主干道、不靠城区、不靠景区；虽然有山有水，但缺乏合理修整，基础设施落后，村容村貌破败。但周胜展在深入村民家中走访时，被村民们祈盼帮扶、渴望致富的眼神深深触动，更加坚定了他改变新南村现状的决心。

新南村乡风淳朴，村民吃苦耐劳，之所以贫穷，主要是山多地少，既不能发展种植业，也没有重渡沟那样优势突出的自然景观。但这里环境幽静，有不施雕饰的天然之美。周胜展通过观察注意到，许多知名景区过度开发，拥挤喧嚣，不少游客反而倾向于清静的休闲游，于是一条适合新南村发展的特色道路浮上心头。2018 年 6 月，新南村“铁路小镇”项目正式启动，确定了 145 户有经营能力、有发展愿望的农家宾馆进行升级改造。铁路每户补贴 3 万元，地方政府每户补贴 5 万～6 万元。新南村迎来了前所未有的发展机遇。

新南村铁路小镇农家宾馆改造项目主要由王延辉负责。这位 42 岁的铁路扶贫干部，脸庞被山区的阳光晒得黝黑，却时常挂着热情的笑容，做起事来雷厉风行。2018 年 8 月，他来到新南村，迅速了解当地情况后，与村委会班子商量，决定抓紧完成两件事：一是实施伊河生态修复工程，让河里有水；二是沿河岸建设“铁路人家”旅馆，有房子的升级改造，没房子的按统一规划兴建。

虽有补贴，但村民们还是怕赔钱、怕背债、怕没有游客来，迟迟不愿开工。王延辉就与村干部一道，日夜挨家挨户做工作，讲绿水青山就是金山银山的道理，讲铁路扶贫政策，讲发展乡村旅游的美好前景。就因为这，大家都叫他“王忽悠”。新南村背靠深山沟，面临荒河滩，村民们都顾虑：本村人都不愿意住，城里人会大老远跑来送钱吗？但后来看到铁路扶贫干部动了真格，把村里的公路修好了，河里也有了水，大家才信以为真。2019 年年初，村民乔玲在王延辉的“忽悠”下，舍弃了洛阳的工作，回家翻盖了两层小楼，建了 3 间具备接待条件的客房。装修时钱不够，王延辉就主动借给她 1 万元。开业当年，乔玲家的宾馆就回了本，而且还赚了 2 万多元。

村民贺双丽也是被王延辉“忽悠”回来的。当时她在洛阳打工，收入也不错。但王延辉三番五次劝贺双丽回村发展。她发现村里环境发生了很大变化，旅游产业规划和帮扶计划也很诱人，于是就回了村，用夫妻俩打工的积蓄，加上帮扶资金和王延辉借给的装修款，在原址上翻盖了一栋两层小楼，建了 3 间具备接待条件的客房。仅 2019 年暑期，客房收入就达 2 万多元。她丈夫聂世浩 2019 年年底也辞去了外面的工作，回来专心与她一起经营农家宾馆。为了帮助村民创业，王延辉累计向 28 户贫困群众借款 20 余万元。在大家的共同努力下，89 户农家宾馆陆续在新南村建成。基础设施完善了，挂职副县长周胜展考虑让小镇的铁路元素更丰富。2019 年夏天，郑州局集团公司送来了报废的钢轨、枕木、信号机和配套扣件，在新南村铺上了 100 多米轨道，又拉来了经过整修后的火车头和绿皮车厢。不通火车的大山“拉”来了火车，整个村庄都沸腾了。聂世浩七十多岁的爷爷一辈子没有见过火车，高兴地围着火车转了一圈又一圈。

铁路扶贫干部李治杰负责火车的拆装运输、对位安放。他妥善处理好各方面繁杂的沟通协调工作，将这样的“庞然大物”安全顺利地运进了小村庄，还主动担当了新南村铁路元素主题景观的设计工作。他利用废旧车辆轮对、轮饼制作工艺品，构建铁路主题公园，营造出浓浓的铁路文化意境。火车与民居在绿水青山之间相映成趣，构成了一幅别有特色的“铁路小镇”画面。

2019 年 11 月 8 日，新南村“铁路小镇”开张。铁路信号灯闪起来了，火车餐吧“火”起来了，这个沉寂在大山深处的村庄，一时间

⊙ 铁路扶贫干部帮助新南村村民网络直播销售农产品

成为网红打卡地。自投入运营以来，“铁路小镇”吸引游客 10 万余人次，仅 2020 年暑假，新南村旅游综合收入就超过了 100 余万元，成为河南特色旅游示范村。铁路扶贫干部们整合了水上乐园、火车咖啡厅、风味餐厅等村集体产业，帮助村里成立旅游开发公司，使“铁路小镇”的管理经营越来越规范。他们还动员年轻人返乡创业，通过电商平台推销农副产品和手工艺制品，生意红火。

距新南村 12 公里的王坪村，一座“铁路小镇 2.0”也在悄悄崛起。铁路扶贫干部李会周走家串户，帮王坪村 41 户农家建起了农家宾馆。他带领大家翻新土石房、统一建筑风格，铺沥青路，建文化广场、中央餐厅和游客接待中心，强化“铁路小镇”的服务功能。郑州局集团公司捐赠的 1 台东风型内燃机车及 7 辆客车车底静静地停在村头，车厢被改造成 VR 驾驶体验室、书吧、餐吧及客房；近万根旧枕木打造成 4.5 千米长的休闲步道，将王坪村的 6 个居民组连成一体，在沿途凉亭中举目远眺，伏牛风光美不胜收。王坪村距竹海野生动物园、重渡沟等景区较近，在吸引客流方面有得天独厚的优势。2020 年 8 月 31 日，这个加强版的“铁路小镇”一开张就生意火爆，客流不断。

2020 年，郑州局集团公司在“铁路小镇”增设了复兴号列车模拟驾驶体验小屋。在这里，游客能体验驾驶高铁的快感。2021 年春节期间，新南村、王坪村“铁路小镇”日均接待游客 3000 人次。铁路小镇项目直接带动新南村、王坪村 52 户贫困户脱贫，间接带动 300 余名劳动力增收，户均增收 2 万余元。

伊河穿山而来，清澈的河水缓缓流过“铁路小镇”。列车车厢旁、联排民宿前，村民们有说有笑，游客络绎不绝。铁路在这里建起了扶贫的“铁路小镇”，沉寂千年的大山活了，祖祖辈辈依靠贫瘠山地过活的村民笑了。

“铁路小镇”是中国国家铁路集团有限公司定点帮扶栾川县的一个缩影。2012 年结对帮扶以来，国铁集团累计向栾川投入直接和间接资金 7473 万元，围绕产业、教育、医疗等领域实施帮扶项目 98 个，帮助 63 个村集体实现了创收，受益贫困群众达 75404 人次。

栾川百姓间流传着这样一句话：守青山护绿水，环境带来生活美；不离土不离乡，铁路帮扶奔小康。乡亲们纷纷感叹“没有铁路，不会有这样的际遇”。铁路扶贫干部们握住绿色发展的“金钥匙”，打开了栾川山区群众致富增收的大门。栾川脱贫的生动实践，见证了栾川生态之美和铁路扶贫精神。“铁路小镇”里那列“开不走”的火车，正为老百姓拉来美好生活的新希望。

◎赵钰佩

# 鲲鹏展翅 一翼千里

中国铁路沈阳局集团有限公司沈阳动车段沈阳北动车所学习室里，一位头发花白的中年人被一群年轻人团团围住。年轻人一边认真听一边仔细记，还不时提出问题。这位中年人就是将全国技术能手、享受国务院政府特殊津贴、全国五一劳动奖章、最美铁路人等荣誉收入囊中的沈阳动车段技术研发中心副主任唐云鹏。

## 一线才是实现人生价值的地方

1973 年，唐云鹏出生在辽宁省新民市一个农村家庭。他的父亲是一名推土机司机，也是机械维修的一把好手。他的母亲除了干农活之外，还是一名优秀的毛衣匠，只要见过的款式都能织出来。父母心灵手巧的基因遗传给了唐云鹏，父亲的刻意训练又使他的观察、动手能力大大提升。

1991 年 7 月，喜欢火车的唐云鹏如愿考入北京铁路电气化学校电力机车专业。读书期间，他凭借超强的自学能力，利用一切业余时间如饥似渴地学习专业知识，尤其对机车电路、计算机、电子技

⊙ 唐云鹏

术、半导体技术等方面的知识达到了痴迷程度。课余时间，他经常去学校图书馆学习相关知识，了解科技发展信息。他的学习成绩一直很优秀，多次获得奖学金。

1995年毕业时，他充分发挥计算机特长，用多媒体课件完成了毕业论文答辩，不仅取得了电力机车专业第一名的成绩，而且赢得了评审教师、学校校长及北京市教育局领导的高度认可。他原本可以留校当辅导员，然而，唐云鹏却听从了导师的话："作为电力机车的学员，你应该在哈大铁路电气化改造进程中崭露头角。跟象牙塔里的讲台比起来，一线才是实现人生价值的地方！"

## 梦想在征服"黑匣子"中启航

中专毕业后，唐云鹏被分配到生产任务重、人才需求量大、技术含量高的苏家屯机务段。他的梦想在这里启航。

为提高安全保障能力，铁路系统研发了当时科技含量最高的列车运行监控记录装置，俗称机车"黑匣子"。唐云鹏就做了这一先进装备的检修工。这个岗位非常关键，肩负着保证列车安全运行的重任。

那时，"黑匣子"刚刚投入运用，大家还弄不清其技术原理。车间主任把检修重任交给了唐云鹏。唐云鹏将全部精力和时间都投入琢磨"黑匣子"当中。三个月后，唐云鹏彻底征服了"黑匣子"，只通过工友描述就能找到问题根源并迅速解决，总结出了一整套关于"黑匣子”的使用保养及维修方法，一下子在全段出了名。

随后，唐云鹏被选送到全路第一批监控装置技术培训班学习。他抓紧一切时间学习，在培训班结业考试中名列前茅。1996年，刚成立的沈阳铁路局机车监控检修中心“招兵买马”，唐云鹏被优选调入，负责机车“黑匣子”检修工作。其间，他先后破解了多项技术难题，特别是率先解决了当时全路多发的“黑匣子”显示器丢权故障问题，并在《机车电传动》杂志上发表了他的第一篇检修论文。

## 世界首条高寒高铁走出技术状元

随着中国高速铁路建设的逐步展开，2006年10月，沈阳铁路局筹建动车检修所面向全局招聘动车组检修人员。唐云鹏在700多人的竞聘中一路过关斩将，成为首批动车检修人员之一，开启了动车组检修的新征程。

动车运用检修是确保高铁安全运行的重要环节，实现动车检修技术的自主创新是中国高铁发展的关键所在，决定着从引进、消化、吸收到自主生产战略的成败，而动车检修人员就是动车的“120急诊大夫”。

2007年3月，我国最早从法国引进的CRH5型动车组车体驶进了动车所。随着CRH5型动车组的驶入，唐云鹏通过学习发现，该型号动车完全不同于他们已经熟悉的CRH1型、CRH2型、CRH3型动车组等，它完全是重新设计的车型。

作为中国第一批动车检修人，唐云鹏从清理场地、参加检车库建设做起。虽然他有参加西南交通大学集中培训和在长春客车厂跟班作业实习的经验，但国外公司及售后维修人员提供的检修技术资料特别简单，使得他们在检修初期几乎完全依赖外方。

最初的探索是艰难的。为了尽快实现自主检修，唐云鹏把仅有的资料都翻烂了，常常拿着资料对着车体一点一点琢磨，端着饭盒边吃边学，守在车上钻研到深夜。他还硬是靠翻译软件和字典读懂了英语、法语、意大利语等多种语言的变量图表、原理图纸、维修图书。同时，他还想方设法与外方专家接近，利用难得的几分钟时间细心观察记录。经过不懈努力，唐云鹏摸索总结出了一套自己的学习方法和检修手段，发现并掌握了很多超出当时检修工艺范围的操作技术。

唐云鹏说："那时候最兴奋的事就是能跟在国外技术人员身旁，在拆卸过程中细心学习。""结果卡控的是状态，过程分析的是原因。"与唐云鹏一起工作过的人，都知道他对于检修过程的研究有多重视。

2012年3月，哈大高铁开通之前，适应高寒地区的CRH380B型动车组配属到位。面对新车型、新技术，唐云鹏夜以继日地翻资料、学原理、查图纸、对数据，用最短的时间掌握了检修技术，成为新车型制动系统的技术状元。

2013年11月9日，CRH380B型动车组发生擦轮故障，就在连外方技术人员都感到一筹莫展的时候，唐云鹏则通过收集MVB数据和天气环境、运行状况、车载故障等信息，用五个通宵进行数据对比和原理分析，确认了擦轮故障原因是受雨雪天气变化，轮轨湿滑黏着系数骤降，加之下坡道列车制动调速时未能做出正确控制调整而导致。随后，他立即找来厂家设计人员和售后服务人员进行切磋，大家一致认可他的结论，修改并优化了制动控制软件，从此再没有发生类似故障。

## "云鹏工作室"桃李满天下

唐云鹏从事动车检修运用工作已有14年，由于整日忙于钻研技术业务、攻克技术难关、培训检修人员，虽然刚刚步入中年，但唐云鹏已满头花白。每天回到家，看着疲惫不堪、倒头就睡的唐云鹏，妻子王春艳总是忍不住偷偷地掉眼泪。在唐云鹏的心里同样也埋藏着对妻子的深深愧疚。结婚17年，为了不影响工作，他说服爱人暂时先不要孩子，以便有充足的时间投入工作和学习，所以直到现在他们的小家庭还是两个人。

王春艳是唐云鹏的中学同学。学生时代，王春艳就被这个潜心学习、认真钻研、不爱说话的同学所吸引。结婚后，唐云鹏一心扑在工作上，即使是回到家，也把大部分时间都用在学习新技术上。于是，王春艳几乎担负起了家里所有的琐事。她说："家里就交给我吧，你是状元，就要发挥你的作用。加油，做你领域里的专家！"听到妻子的鼓励，唐云鹏忍住了感动的眼泪，鼓足力气，把劲头都放在了工作上。

2011 年初春的一天晚上，唐云鹏面色苍白、满脸是汗、呼吸急促，忽然坐了起来。妻子见状，马上将几粒硝酸甘油塞到他嘴里，并拨打 120 急救电话。连他自己也没有想到，堂堂动车的"120 急诊大夫"，却坐上了医院开来的 120 急救车。经检查，唐云鹏被确诊为过劳性心肌炎和腰椎管狭窄压迫神经，必须马上手术，如果还是像以前那样劳累，发展下去很可能要高位截瘫，后果不堪设想。但是，如果手术，至少需要休息半年时间。养半年连床都下不来还怎么工作？于是，唐云鹏坚决拒绝手术治疗。家人实在拗不过他，只好尊重他的决定，选择保守的物理治疗。然而，躺在病床上的唐云鹏仍然"不安分"，让妻子把电脑拿到医院，一只手打吊瓶，另一只手挪动鼠标继续查看分析动车图纸……

2014 年 10 月，沈阳动车段以唐云鹏的名字命名成立了"云鹏工作室"，在全段历年技术状元中选拔技术尖子，与唐云鹏一道围绕全段动车组出现的疑难问题展开攻坚，并相继开设了"云鹏讲堂""云鹏课题组""云鹏集训营"。从此，唐云鹏又多了一份责任，那就是带领年轻人学技术、攻难关。

他组织编写的《应急故障处理手册》《制动系统作业指导书》等系列书籍，被工友称为动车检修的"十万个为什么"；他还先后带出了 4 名技术状元、11 名技术尖子。作为沈阳局集团公司动车检修的"主教练"，他四次参加全路动车组机械师职业技能竞赛，带领团队两次夺得团体总分第一名，四人夺得个人全能第一名。特别是 2015 年，还包揽了 CRH380B 型动车组个人全能前三名、CRH5 型动车组个人前两名，让沈阳局集团公司的动车检修在全路闻名。

京沈高铁辽宁段联调联试的关键时期，为了确保动车组运行平稳，他几乎一天24小时都在单位值守，生怕不能第一时间解决问题。

2018年5月18日，得知儿子已经连续三天三夜都吃住在单位后，父母打电话跟唐云鹏说："儿子，今天是周五了，周末能回家了吧？"电话中透着老人想看儿子的期盼和想让他歇歇的语气，想着能得到儿子肯定的回答。但是，唐云鹏依旧没能回去："爸妈，我这两天还得跟车添乘呢。你们好好休息，最近气温变化大，多注意身体，等我有时间了就回去看您！"挂掉电话，唐云鹏的眼圈一阵阵泛红。每当联调联试的动车组经过新民北站时，他都会往老家的方向望一眼……

宝剑锋从磨砺出。翻开唐云鹏的荣誉记录，他是全路第一批从事"机车监控记录装置"——黑匣子维修管理工作的技术人员；他是动车组开行以来全路第一批随车机械师；他是CRH5型动车组职业技能竞赛第一个全国冠军；他是沈阳局集团公司第一届动车组自主检修技术状元，也是唯一一名连续四届获得技术状元称号的人；他参与编制了全路第一套《CRH5型动车组应急故障处理手册》；他是在运用部门成功运用逻辑关系查找CRH5型动车组故障第一人；他是全路动车组运用维护系统荣获享受国务院政府特殊津贴第一人；以他的名字命名的"云鹏工作室"，是沈阳局集团公司最具潜力的党内优质品牌和最重要的动车组运用检修技术研发团队……一个个沉甸甸的荣誉见证了唐云鹏的成长历程，一项项动车检修的新纪录见证了大国工匠的不朽功勋。

作为新时代的铁路榜样，唐云鹏正在用他的一点一滴不断刷新着动车组检修的各项纪录，用大国工匠的精神全身心守护着在祖国大地上奔驰的一趟趟高铁，让中国速度惊艳世界。

◎韩庆潇　周生录

# 新征程上当先行

2018年的除夕，是刘钰峰在岗位上度过的第18个除夕，而其中的16个除夕他都在铁道线上驾驶机车。这就是有着19年工龄的“毛泽东号”司机长不一样的春节故事。

拥有全国五一劳动奖章、全国优秀共产党员、最美铁路人、全路技术能手、铁路工匠等沉甸甸的荣誉，刘钰峰和他的英雄机车组，有着讲不完的故事。

## 不忘初心　实现梦想

1999年8月，刘钰峰从石家庄铁路司机学校毕业，被分配到北京铁路局丰台机务段——“毛泽东号”机车组所在段。

从进段看到英雄机车的第一眼，19岁的刘钰峰就被深深震撼了。他暗下决心，一定要进入这个机车组。随后，他以第一名的成绩完成了岗位培训，当年11月被选拔到“毛泽东号”机车组。

为尽快掌握规章，刘钰峰给自己制订了学习计划，白天苦练实作，晚上学习理论。那段时间，他没日没夜地学习，连睡觉说梦话都在学

刘钰峰

规章，很快就把机车的上千条电路、上万个部件熟记于心，成为“规章一口清、技能一手精”的技术尖子。

刘钰峰爱学习。2010 年“毛泽东号”机车实现换型。为迅速掌握新技术，他连续几个月利用休息时间到轮乘电力机班学习。在温度高达 40 多摄氏度闷热的机车走廊和电器间，他一待就是几个小时，率先掌握了新型机车操作技术。

2012 年 4 月，刘钰峰接过历史的接力棒，成为“毛泽东号”机车组第 12 任司机长。

“30 岁出头的小伙子，能担得起这么大的担子吗？”上任之初，很多人心里难免有质疑。很快，这个同行眼里“问不倒的火车头”、年轻人眼中“神一样的司机长”就让大家心服口服。

作为班组带头人，刘钰峰放弃了休息时间，加班加点跟随新人添乘，面对面教授新学员技术业务，不厌其烦地讲解电气原理、机车制动、平稳操纵等专业技术知识，手把手示范，一对一指导，迅速提高了新学员的技术业务水平，提升了班组的战斗力。

刘钰峰爱动脑，带领机车组职工多次解决重大技术难题。2016 年，他发现 HXD3D 型电力机车在列车调速过程中，若主要使用“空气制动”，能耗较高；若主要使用“再生制动”，又使列车在运行过程中易发生冲动，无法确保旅客列车的平稳性。

他积极探索采用“空气制动—再生制动”有机结合的操纵模式。经过几个月的努力，他组织编写了《HXD3D 型机车节能牵引列车平稳操作法》，提炼出“初电制、适调整、一位停、再回零”的再生制动使用口诀。该操作法不仅便于广大乘务员学习，在保证列车安全正点的前提下，有效提高旅客列车运行的平稳性，而且大幅降低了机车能源消耗。该操作法实施后，机车组每月可减少用电 1.9057 万度，节约运输成本支出近 1.5 万元。

## 攻坚克难永远在路上

“毛泽东号”机车，就要永远奔驰在时代的前列。

2014 年 7 月 1 日，“毛泽东号”机车结束了 68 年货运牵引任务，开始牵引 T1/2 次北京至长沙的旅客列车，2015 年开始担当 Z1/2 次列车牵引任务。货物运输讲究的是多拉快跑，而旅客列车既要保证行车安全，又要让旅客坐得舒适。

为快速适应任务变化，那一段时间，刘钰峰放弃休班时间，往返添乘北京至长沙的列车 20 余次，带领机车组人员逐个车站熟悉情况、逐个区间查看线路。通过对 161 个车站停车标的实地测量、对 1070 架信号机位置的逐一确认、对 151 个弯道桥梁隧道跨度的现场记录，他们对 1593 公里运行线路进行了系统分析。

回到段上，只要有时间，机车组成员们就聚在会议室，铺开模拟线路图，手拿监控模拟器，研究沿途的每一个坡道、每一个分相点，然后再到线上实地勘察，记录操作手法。很快，他们就编制出《机车乘务员作业指导书》，制作了《列车运行安全提示卡》。

刘钰峰和副班组长王振强采用“潜伏”的方法到其他列车上学。他们不穿工作服，像旅客一样，先在车厢里感受平稳度，然后再到机车上亮明身份跟司机师傅交流。几个月下来，他们总结提炼出一整套平稳操纵办法，保证了旅客列车开得好、开得稳。

“荣誉是集体的，责任是自己的，工作是干出来的。”在刘钰峰的日记本上，有这样一句话。

手握“毛泽东号”机车闸把，他深知肩上沉甸甸的责任。作为班组带头人，他不敢有丝毫懈怠。

他是司机长，更是“毛泽东号”机车担当牵引任务时列车的常客。在列车最后一节行李车里，他经常一个人坐在小凳子上拿着添乘总结本，随时记下乘务员操作中的问题。等班组成员退乘后，他及时和大家交流发现的问题。而这样“静悄悄”的添乘，一个季度就能把班组所有成员值乘过程检查一遍。

每当春运、暑运等关键时期，他都向全员发出倡议，组织大家承诺践诺，主动承担急难险重任务，先后完成重点列车牵引任务 170 次，受到各方好评。

面对经济发展新常态，他提炼出“五字节能操纵办法”，使机车单趟节电1600余度，每年可节电38.4万度。

## 争做安全运输的“排头兵”

“毛泽东号”机车，始终是全路运输安全一面高扬的旗帜。

截至2021年2月底，“毛泽东号”机车已实现安全走行1151万公里，约相当于绕地球288圈。

“对得住荣誉，扛得住责任。”刘钰峰这样告诉自己。

在传承“抓小防大，拿猫当虎斗”等安全风险管理理念的同时，刘钰峰和班组职工还不断为其注入新内容。

“手不离闸把，眼不离前方，背不靠座椅，说话不对脸，吃饭不同时，沏茶不谦让。”这是刘钰峰和同事总结提炼出的“六不”安全值乘口诀，也保证了列车在任何瞬间都有一双警惕的眼睛。

仅一项“背不靠座椅”，就意味着一趟出乘任务，驾驶室的刘钰峰和同事在14个小时里要始终保持上身笔直。尽管最后全身都是麻木的，但刘钰峰和同伴们坚持高标准不放松，确保了每趟值乘绝对安全。

为防止夜间值乘时打盹儿，冬天，“毛泽东号”机车组就少开几个热风机，使司机室内始终保持在15～16℃，避免人在过于温暖的环境中产生困意。

一趟出乘要进行近万次的呼唤应答和5000多次的手比确认，刘钰峰和同伴们从来都是一丝不苟地落实作业标准，只为确保行车安全万无一失。

面对安全行车、机车质量、平稳操纵等方面的难题，刘钰峰带领骨干创建“毛泽东号”创新工作室，积极开展课题攻关、技术改造，取得了《牵引客车平稳操纵方法》《非正常行车视频》《故障处理电子书》等创新成果。其中，多项成果获得全路优秀创新成果奖和北京市优秀创新成果奖。

为提高班组成员以及车间其他乘务员的故障处理能力，结合工作实际，他对“列车在区间被迫停车后请求救援时的防护措施”等一系列非正常行车知识进行总结，并制作成 PPT 课件，利用车间安全例会等时机给机务乘务员进行授课讲解，有效提升了乘务员队伍的综合素质。

## 打造育人铸魂的阵地

“一个人优秀不算优秀，班集体优秀才是真的优秀”。过去在机车组里中专毕业就已经算高学历了，现在90%以上的职工都是大学毕业生，还有硕士研究生。面对高学历、高水平的年轻小伙子，刘钰峰有自己的想法。

每逢有新司机上车值乘，刘钰峰都赠送一套《毛泽东选集》，并一对一地进行车史教育，使新司机打牢“要开‘毛泽东号’机车，先做‘毛泽东号’人”的思想印记。

他把“报效祖国，忠于职守，艰苦奋斗，永当先锋”的新时期“毛泽东号”精神以及“责任心 + 责任制 + 基本功 = 安全正点”的安全生产法则、机车组核心价值观等作为“传家宝”，坚持每月组织大家学习精神理念，探讨新时期传承发展的措施办法，让“毛泽东号”精神在班组职工心中生根发芽。

轮休时，别的班组司机正常休息，刘钰峰却要求机车组司机集体学习，每月至少解决两个日常工作中的实际问题。他们先后完成了《非正常行车视频》《故障处理电子书》等多项创新成果。

对刘钰峰来说，参加工作 20 年，和他相处时间最长的人不是父母妻女，而是“毛泽东号”机车组的 21 名同事。

从家到单位开车只要半个小时，但刘钰峰只有每周五晚上回家，在家睡一宿，周六白天陪陪家人，晚上就回单位了。因为“毛泽东号”机车组八个班组上下班时间不一致，他这样做就能让每个班组职工下班都能看到司机长，第一时间和大家沟通交流。

每一班“毛泽东号”机车组司机出乘，刘钰峰只要在单位，都要亲自把职工送到车上，亲切地叮嘱几句，目送他们出乘。

为讲好“毛泽东号”故事，他坚持用业余时间整理“毛泽东号”机车图片及实物资料，为参观“毛泽东号”机车展室的人员义务解说上百场次，激励大家在本职岗位上创先争优。

复兴路上风笛扬。驾驶着“毛泽东号”机车，刘钰峰和伙伴们“不忘初心、牢记使命”，在交通强国、铁路先行的新征程中奋勇前行。

◎高李鹏　亚　东

# 冲向坍塌的危峦

夜沉雨骤，百米危峦上，有他不惧生死的逆行壮举；山崩石落，千仞峭壁上，有他和工友们奋勇攀登的矫健身姿。

2018 年 7 月 12 日，陕南略阳县城被洪水倒灌后，公路中断、通信中断、供电中断，宝成铁路白雀寺隧道上方的猫儿山出现滑移式连续崩塌。为守护钢铁大动脉的安全畅通，他和上千名抢险人员展开了持续 16 天的艰苦鏖战。

他，就是黄伟，中国铁路西安局集团有限公司汉中工务段乐素河桥隧车间主任，一名从父亲手上接过养护宝成铁路接力棒的“铁二代”，一位在“7・12”宝成铁路抢险中历经生死考验的抗洪英雄。

## 生与死的选择——雨夜登上猫儿山的“孤胆英雄”

“脚下的山路一步三滑，人根本站不稳。我紧紧抓住前面的树木，手脚并用往上爬，心里只想着赶紧摸清状况，第一时间把病害情况传回去。”2018 年 10 月 22 日，在西安局集团公司举行的“鏖战宝成报告会”上，黄伟的倾情讲述把在座的干部职工再次带到了惊心动魄的抢险现场。

2018 年 7 月 12 日，山城略阳被淹后，乐素河桥隧车间干部职工在雨中巡查时发现宝成铁路王家沱至乐素河区间 227 公里处右侧护坡裂缝，出现鼓包，他们立即果断拦停了正在区间运行的一列货车。

接到水害险情信息，黄伟当即赶到现场，确认护坡暂时稳定，限速放行了货车。随后在扩大范围检查时，他发现隧道北口仰坡也出现了裂缝。

“当时天已经黑了，雨一直在下，不时还有落石滚到线路上。根据经验，我判定这不是一次简单的塌方。想到这，我立马带人上山检查。”黄伟回忆道。

⊕ 黄伟和他的同事们在作业现场

白雀寺隧道上方的山体叫猫儿山。黄伟和工友们登上山，发现了15米长的裂缝，铁路护墙开裂。

险情超出了想象。面对随时可能出现塌方的山体，还继续上山不？如果上，万一有生命危险怎么办？如果不上，又怎么把险情搞清楚？黄伟犹豫了一番，对工友们说："你们不要上了，我一个人去看看。"

天黑路险，黄伟摸索着又往山上爬了20米，发现护墙开裂得更严重。他大声警示山下的工友们："赶紧下山，进北头隧道去避险。"

明知山有险，偏向险山行。黄伟用手电筒开路。危岩诡谲地"蹲伏"着，他把凹凸不平的石面当成上山的阶梯；大树狂躁地"叫嚣"着，他把张开的枝丫当成攀爬的扶手。就这样，他逐渐摸清了山上15～20道台阶式护墙全部拉裂、越往上护墙拉裂越严重等情况，并第一时间上报。

检查完护墙，黄伟又往山上攀爬了三四十米，没有发现新的险情。在下山时，他又面临一个新的选择：往北走还是往南走，北边是安全的，走北边的话南面隧道仰坡情况就检查不到了，如果走南面，就要通过随时可能垮塌的山体，人身安全难有保障。

想到身上背负的责任，黄伟调转方向，选择了危险的南面山体，向白雀寺隧道上方的危岩攀爬。

果然不出所料，爬了不到30米，黄伟就发现了一个深坑，下陷区20米长、六七米宽、50厘米深。他赶紧拍了照片，避开塌陷区下山。可是，漆黑的雨夜里，在密布的丛林深处，他迷路了，还扭伤了左脚，被困在一棵树上。

7月13日凌晨4时许，黄伟被抢险人员救下山，他立即将山上的情况向抢险指挥部做了详细汇报。没过多久，轰隆一声巨响，半座山坍塌。黄伟说："那一瞬间，我惊出了一身汗，因为塌方的地方，正是我检查经过的地方。"

## 安与危的选择——悬空清除塌方体危石的“蜘蛛人”

一夜之间，猫儿山崩塌7.5万立方米，白雀寺隧道北口被全部掩埋，泥石覆盖线路100余米，接触网受损400余米。

7月12日晚，中国铁路总公司技术专家和西安局集团公司干部职工就地驻扎，成立现场抢险指挥部。13日清晨，指挥部决定成立排险队，由黄伟所在的乐素河桥隧车间在坍塌体上部进行刷方作业，将松动山体上的浮石敲掉，为机械进场做准备。

坍塌体上的刷方作业与平日扫山不同，难度超出想象。没有上山的路，抢险人员要背着土镐和撬棍，抓着安全绳，系着安全带登到150米高、坡度近乎90度的山顶，身体悬空像“蜘蛛人”一样，从上向下清理危石和悬空的树根、树桩。

在场的每个人都深知任务艰险。这时，车间领头人黄伟说：“是党员的站出来、跟我上，关键时刻我们不上谁上！”

黄伟几乎一夜未眠。他戴上安全帽，一瘸一拐登上坍塌的山体。其他职工见状纷纷跟着他，一步一步攀到最危险的地方。

站在山头上，黄伟和工友们一手抓着安全绳，慢慢地从滑坡边缘下去。坡面上到处是尖锐的岩石，一不小心就会划破手臂。他们的身体几乎悬空，在放绳的瞬间往下一跳迅速找到落脚处，让自己保持平衡。

“我悬挂在塌体坡面时，不敢抬头，也不敢回头。很多次，我们正在作业，山体又塌方了，头顶不断有碎石滚下来，脚下是翻滚的嘉陵江，望一眼，胆战心惊。”黄伟坦言自己也曾害怕，但强烈的责任心和使命感让他没有时间去细想，而是一门心思地清除危石。

在黄伟的带领下，乐素河桥隧车间人人奋勇争先，奔着早日抢通宝成铁路的目标，完成了多项抢险攻坚任务。在西安局集团公司宝成铁路抗洪抢险表彰大会上，该车间获得最佳党员突击队称号，八人获得先进个人称号，两人被记大功。

## 义与情的选择——宝成铁路抢险攻坚的“夫妻兵”

2018年7月15日，在抢险现场，汉中工务段后勤小分队新增了一名女队员。她是黄伟的妻子叶静，自愿给抢险一线的工友们送饭。此外，她心里还藏着一份小心思。

抢险正争分夺秒地进行中，因为避让运送物资的车辆，叶静坐着送饭的轨道车走走停停，一个多小时才到达现场。她沿着铁路走向塌方点时，看见换休的职工横七竖八地躺在避车洞里，有的在一堆料具里睡着了，有的坐在木板上打起了鼾……这些人里没有她日夜牵挂的黄伟。

天色暗下来时，又一批抢险人员筋疲力尽地从山上下来了。叶静瞅见了黄伟，赶紧打好饭菜迎上去。黄伟见了叶静，意外而惊喜。他吃完饭，叶静帮他在左脚上喷了药后，小声问道：“你让人把结婚戒指带给我，是啥意思？”

黄伟这才想起来，那晚上山，他心里没底，就取下戒指让工友捎给媳妇，万一自己发生什么意外，让媳妇明白自己对她的心意，没想到叶静想歪了。他赶紧解释说：“没有别的意思，我就是担心弄丢了，让你先帮我存着。”

叶静半信半疑地点点头，看到黄伟受伤的左脚肿得跟面包一样，深深感受到丈夫身上背负的压力。黄伟的父亲是宝成铁路建设者。1996年，黄伟在父亲奋斗过的宝成铁路干起了养路工，20多年来他从未发生过一次安全事故，而此次灾情恰巧在车间管内。叶静决定用行动支持黄伟，每天跟随后勤小分队到现场，趁吃饭时间给丈夫喷喷活血药物，晚上再回家陪伴正上高中的儿子。

宝成铁路抢险期间，一会儿艳阳高照，一会儿暴雨倾盆。煎熬时刻，叶静和黄伟并肩奋战在抢险一线。黄伟说，他清理坍塌体危石时，最多的时候一天下去五六次，每下去一趟全身就湿透了，汗水、雨水交织在一起。每次累了、倦了，他都会向山下的人群里望两眼，虽然什么都看不清，但他知道那里有最爱最亲的人和自己一起在奋战。

7月28日17时，历经16天的艰苦鏖战，宝成铁路顺利抢通，全线恢复通车。看到货车安全通过白雀寺隧道，黄伟的泪水夺眶而出。

“只要组织需要、工作需要，即使面临生死考验，我也会义无反顾地守护宝成铁路大动脉安全畅通。”当“鏖战宝成报告会”在西安局集团公司管内巡回宣讲时，黄伟的真情告白赢得了聆听者的热烈掌声。

◎唐　茹　李　悦　杨　超　柴钟琪

# 大美芬芳千万里

暮春时节，美丽的西子湖畔，柳垂燕归。家门口的美景，她却无暇欣赏。身材娇小的她换上制服，大檐帽往头顶一压，准时来到杭州站站台，对着相伴了许许多多个日夜的列车敬礼，然后继续带队出征。

待旅客如亲人，初心不变，工作 20 多年来，中国铁路上海局集团有限公司杭州客运段宁波至广州 K212/209、K210/211 次列车长陈美芳做到了。

## 当一名列车员，是这辈子最大的梦想

崇山峻岭中的浙江金华浦江，有个美丽的小山村叫五星村，这里就是陈美芳的家乡。美丽源于青山绿水的质朴，质朴又深埋于山里人的心中。20 世纪 90 年代初，陈美芳的父母走出家乡，来到江西鹰潭开荒种地、养蚕。逢年过节，坐火车团聚成了一家人最大的向往。

1993 年春节，14 岁的陈美芳和哥哥跟着爸爸回老家过年。一家人来到鹰潭站，站台上的人黑压压一片。列车进站后，陈美芳和哥哥在车站工作人员的帮助下好不容易才上了车，可上车后一直没有找到爸爸。列车已经缓缓开动，兄妹俩急了，一头大汗，脸贴着车门玻璃向外寻找。正在这时，听到相邻车厢有人高喊："请让一让，我找小孩！"父女相拥而哭的那一刻，小美芳暗暗发誓："以后我要当列车员，一定不让乘车的孩子和家长分开。"

1997年，18岁的陈美芳迎来了人生道路上的大事：她如愿成了一名乘务员。

第一次出车，她叠毛巾、整行李、换卧具、刷马桶……车还没到广州，手上就磨出了血泡，繁重的体力活把陈美芳累哭了。下班后，陈美芳找到公用电话拨回家里，喊了一声"妈妈"，就已经泣不成声。第二天一早，爸妈赶到杭州，对她说："真的不想干了就回家吧，但当列车员不是你的最大梦想吗？"在出租屋痛哭了一宿，陈美芳渐渐平静下来，她坚定地说："我自己选的路一定能走好，就算干一辈子也无怨无悔。"

再次上车后，陈美芳像换了一个人。她认真向老师傅学习，别人干一遍，她干两遍。长途绿皮车里十分拥挤，人声嘈杂，她像只小蜜蜂一样从车头忙到车尾，清倒果盘、擦抹茶几……别人打扫卫生用拖把，她用铲刀顶着抹布，将边边角角抠得干干净净，有时还用钢丝球，一点点除去积存的污垢。

休班时间，陈美芳回到出租屋继续练习叠被子、叠毛巾。在师傅悉心指导下，她练就了过硬的基本功。一节车厢，66床被子，她只用半个小时就能叠得整整齐齐。行李架、毛巾绳、鞋子被摆放成三条线，成了旅途中的风景，旅客张勇还用摄像机拍摄了她整个作业过程。

## 想到就要做到，已经做到的要做得更好

有了较为扎实的基本功，陈美芳又暗下决心：每次出乘至少要做一件好事。

蒋馨怡是浙江绍兴人，家庭生活拮据，每当他提起陈美芳，总是打心里感激。2015年8月25日凌晨，陈美芳巡视到列车14号车厢5

严禁携带 危险品、禁运物品上车
It is prohibited to carry the dangerous goods on board
爆竹
导火线 雷管
炸药
农药
盐酸
中国铁路
列车长
087938

↑ 陈美芳

号下铺时，忽然传来孩子的哭闹声。陈美芳弯腰查看，坐在一旁的孩子父亲疲惫地说：“女儿得了地中海贫血症，肝脏刚动过手术，疼！”孩子的哭声令人揪心，陈美芳连夜动员车班职工捐爱心款。第二天一大早，蒋馨怡接到1350元爱心款时，嘴角颤抖着说不出话来，泪水在眼眶中打转。

得知父女俩每月都要去广州配药，陈美芳主动与他们结下服务对子。之后的近三年时间，每当父女俩买不到卧铺票、拿着座票上车时，陈美芳总会腾出“爱心铺”帮他们；蒋馨怡拿出干粮就着白开水吃午饭时，陈美芳经常会端来一份热气腾腾的乘务饭。为帮蒋馨怡全家摆脱困境，陈美芳通过各种方式献出爱心。

蒋馨怡深受感动，他紧紧握着陈美芳的手说：“铁路上好人真多，这份深情我该如何报答呢？”

一次次出乘实践，让陈美芳渐渐明白，做一名出色的列车员，不能只默默干活，还要学会思考，想到的就要做到，已经做到的要做得更好。21年来，陈美芳的乘务笔记记满了十几本，总结出独特的“十二个一点工作法”——“嘴巴甜一点，微笑多一点，腿脚勤一点，脑筋活一点，问候多一点，说话轻一点，度量大一点，理由少一点，举止雅一点，风格高一点，做事实一点，心眼好一点”，后来又总结出“四水服务法”“最后一公里五个一服务法”等。

2010年4月，一对年轻夫妇带着刚满两岁的孩子上车。因孩子正在发高烧，吃流质食物用勺子喂很不方便，孩子父母便找到陈美芳想买吸管，然而列车上没有此类商品。看着饱受煎熬的孩子和焦急的父母，陈美芳立即在列车上四处询问，最终找来了盒装牛奶上配的小吸管，解了旅客燃眉之急。

一根小吸管，引发了陈美芳的思考。她自掏腰包购置了一个整理箱，买来地图、吸管、针线包、水果刨刀和开瓶器等旅途中常用的物品，并和同事一起留意旅客所需，不断充实这个“百宝箱”。她还把自己历年获得荣誉的奖金捐献出来，成立“美芳爱心基金”，碰到经济拮据的旅客，就买来方便面和矿泉水送给他们。

如今，尽管杭州和广州间通了高铁，但这趟惠民列车客流依旧火爆。有着 18 年“乘龄”的旅客浦卫民说：“慢有慢的风景，这是一列有感情的车，我会一直坐下去。”

## 一身是铁，不如人人是钉，聚木成林是新时代最好的风景

2007 年 12 月，“列车天使”走上竞聘演讲台——陈美芳成为甬广车队当时最年轻的女列车长。

当了班组领头羊，困难面前当仁不让。有一年春运的最后一天，列车到达新余站时，换班车长病倒了。本来也发着高烧的陈美芳连续当班 34 个小时，途中脚发软，眼皮打架，虚汗湿了衬衣，硬是咬牙坚持了下来。当她巡视到 4 号车厢时，乘务员钱高财塞给她一张纸条：“陈车长，我佩服你，你的精神支撑着我们整个班组。”朴素的话语让陈美芳一阵感动。最让她意想不到的是，当返程的列车即将从杭州站启动时，乘务员自发在站台上排好队，对着她齐声高喊：“陈车长，你辛苦啦！”那一幕，陈美芳至今难忘。

“我一个人做好远远不够，要让甬广车队人人都成为服务明星，‘红旗列车’才更有魅力。”班组 43 人的家庭基本情况、学习情况以及爱好、特长甚至星座，陈美芳都烂熟于心。职工家属患病，她组织班组人员利用休息时间到家中慰问；到医院做手术，她帮忙联系床位、垫付医药费。外地职工不能回家过年，她就利用年前的休班时间，把她们叫到自己家吃年夜饭。

“班组职工走了一茬又一茬，到陈车长家吃年夜饭的职工也换了一拨又一拨，但陈车长带给我们家的温馨，深深感动了班组每个职工。”乘务员徐丹凤说。

手指有长短，抱团就成拳。为打造好“美芳亲情服务团队”品牌，

陈美芳率先在班组开展了“五最佳”评比活动，即最佳安全执标奖、最佳文明服务奖、最佳经营效益奖、最佳车容卫生奖、最佳自律表现奖，调动每名班组成员的积极性。几年来，先后有十多人走上列车长岗位，“陈美芳亲情服务团队”也被评为全国铁路“党内优质品牌”。

列车既是大家庭，又是小社会，突发情况随时都可能碰到。在浙江省总工会劳模协会的支持下，陈美芳发起成立助力春运“劳模智囊团”，成员包括公安、公交、美容、卫生、急救等行业的 80 余人，其中还有浙江大学附属医院的 11 名医疗专家，线上为列车提供服务。

浙江大学附属医院 ICU 室副主任、重症监护专家陈俭说：“过去我们一直在医院治病救人，很高兴能以‘互联网 + 乘务服务’的方式参与春运，把医疗阵地前移到车厢。”

## 父母是子女最好的榜样，总有一天你能理解妈妈的爱

待旅客如亲人，可对于自己的亲人，陈美芳却有太多亏欠。由于和爱人李亮同是铁路职工，聚少离多，儿子李子炫从六个月开始就过着四处寄养的生活。

一次，陈美芳下班回家，刚进家门就听到哭闹声，原来是独自在家的孩子发起了高烧。她来不及换下工作服，一把抱起孩子直奔医院。途中，孩子一次次抽搐、拉肚子，陈美芳心如刀绞，泪水在眼中打转。儿子上了三年幼儿园，她因工作原因，没有参加过一次家长会、一次亲子活动。有一天她去幼儿园接儿子回家，儿子见到妈妈，先是一愣，然后一头冲进妈妈怀里哇哇大哭起来。陈美芳忙问儿子是不是受了委屈，儿子摇摇头说：“不是的，妈妈，是我太激动了，好久没见你接我放学了。”

让儿子学会自己照顾自己，陈美芳却给列车上的孩子们构建了一个“小候鸟”的快乐天地。暑假头尾几天里，每趟列车都会迎来 300 多个活泼好动的孩子。为了让孩子安静、安全地乘车，陈美芳和同事给孩子

预留爱心铺，准备玩具、图书，还买来卡通宣传图卡，给孩子宣讲乘车安全知识。

“妈妈虽然读书不多，但内心格局很大，一直都是我的榜样。”陈美芳回忆道，“母亲经常鼓励我做事先做人，吃亏就是得便宜，不要羡慕别的同学赚大钱，把自己这份工作做好也是了不起的事情。”

2014 年，陈美芳的母亲被查出肺癌晚期，车队下令让她休班回家陪母亲过个团圆年。这是她入职 20 多年中唯一一次在家过除夕。母亲的病情持续恶化，然而当她得知自己的女儿获得了全国五一劳动奖章，却不想去北京领奖时，生气地说：“美芳啊，你一定要去领奖，哪怕我躺在门板上，你也一定要去，你们单位培养你不容易！”

2017 年，陈美芳光荣当选为党的十九大代表，参加中国共产党第十九次全国代表大会。从北京回来后，她抽空给儿子写了一封信，信里写道：“请原谅妈妈在你生活中诸多缺席，但妈妈坚信，父母是子女最好的榜样，总有一天你能理解妈妈的爱。”

二十余载春秋，陈美芳在这趟普通的绿皮列车上值乘 1200 多趟，服务旅客超过 120 万人次，往返行程超过 380 万公里。她努力将工作做到最好，荣获全国劳动模范、最美铁路人、浙江省劳动模范、浙江省建功立业女标兵、浙江省职业道德建设十佳标兵、全国铁路创先争优党员服务明星等多项荣誉，并获得全国五一劳动奖章、火车头奖章，这些荣誉正是对她多年付出的肯定。如今，陈美芳已经成长为甬广车队的业务员，业务指导范围由以前的 40 多人扩大到现在的 250 多人。新岗位、新起点，永葆初心的她必将展现出新的“美芳力量”。

列车穿山越岭，迎着盎然春意，一路大美芬芳。

◎孙业国　姜　雯

# 心若有光　花自芬芳

28 年前，17 岁的单杏花走出家乡婺源的大山、第一次坐上火车踏上求学路时，她从未想到自己有朝一日会和铁路结下深厚情缘。

当年，景德镇站里排着长队购票的场景至今仍清晰地印在单杏花的记忆中。她更不会想到，几年之后，她成为破解这一难题的重要参与者，直至成为中国铁路客票发售和预订系统研发的技术带头人。

## 吃苦也是人生的财富

生于 20 世纪 70 年代初的农村人，大都有过艰苦生活的记忆。从小生长在江西省婺源县思口镇外和公村的单杏花认为自己的家庭经济状况尤甚："我的父母都是农民，靠几亩薄田养活家里老人和四个孩子。放牛、砍柴、种菜、插秧……各样农活，我从小都干过。""还记得最苦的活是给水田里的稻秧除草，要卷起裤腿用脚踩。干的时间长了，稻秧的叶子会把小腿划出一道道血口。水田里还会有各种小动物咬人，如泥蜂、蚂蟥，甚至还有蛇。"

因为没钱，哥哥、姐姐相继辍学，只有她和弟弟勉强把书念了下来。

单杏花

1988年，单杏花以优异的成绩考进了婺源二中（现在的婺源天佑中学），村里人都很佩服她。她的姥姥却认为女孩子早晚要嫁人，读那么多书没什么用，反对她继续念书。但是父亲咬咬牙，四处借钱凑齐了99元学费交给她，说："将来能考上大学是你的福气，考不出去，我就当这钱扔到村口的深水潭里了！"单杏花强忍泪水，暗暗下定决心，不管吃多少苦，都不要让爸爸失望。

有点像《平凡的世界》里的主人公孙少平，三年高中生活，单杏花穷得连学校食堂都吃不起。每月她从家里背大米交到食堂，再缴一点柴火费换取粮票，才可以买主食。菜是自己从家带的，一次要带一个月的，只能是炒熟的干菜、咸菜和豆腐乳。就这样，她才能勉强填饱肚子。"我个子矮，可能是小时候营养不良造成的。现在都有点不敢想象，我那时候竟然能吃八两米饭！”单杏花平静地讲述着那些穷苦日子，脸颊挂着浅浅的笑容。她认为，吃过的苦头也是人生的财富，可以帮助她面对一切困难时都保持淡定和从容。

那时，单杏花心中始终藏着一团火，要争气考上大学。从刚入学时班里 40 名开外到高考时排班级第三名，最终她顺利考取了西安工业学院计算机应用专业，并在 1996 年考上华东交通大学研究生，主修交通运输工程与控制专业。也许是机缘巧合，与此同时，单杏花与一项国家重大科研项目结下了不解之缘，就此开启了她的职业生涯。

## 汗水化作成长的记录

1996 年，中国铁路客票发售和预订系统研发项目启动。由于计算机专业人才紧缺，刚刚读研没几天的单杏花就被抽选到项目组，随同她的老师、学长来到中国铁道科学研究院工作，而她的学业只能在业余时间完成。“那时候压力很大。项目中的很多知识都要边学边做，还不能耽误学业。每天就是吃饭、工作、学习、睡觉，没有任何闲暇时间。”但无论有多大的压力，在单杏花看来，不过是人生的考验；无论挥洒多少汗水，不过是成长的记录。

那一年，来自不同高校的 28 个人和铁科院电子计算技术研究所组成的团队启动了第一次具有里程碑意义的远征。中国铁路成功实现了计算机售票。1996 年 12 月，该系统在全国七个铁路局的车站投入使用，单杏花参与的是九江站和南昌站的项目。

她记得：“那时的系统很脆弱，需要针对每个站做优化调整。我第一次参与系统上线和运维，要独立负责后台和前台的很多子系统，很紧张，最怕出现票打不出来或票卖重了。结果还好，系统在九江站顺利通过首日运行。”1997 年 1 月 15 日 6 时，南昌站首次运行计算机售票系统，没想到两个小时后，系统出现几乎瘫痪的状态。已经奋战了一天一夜的单杏花只能先让窗口转人工售票，然后和同事一起查找问题原因，发现是数据库系统库内存配置出现问题，重装数据库、重新配置系统后，又奋战一天一夜，终于在次日 6 时实现稳定的系统售票。

此后，系统从 1.0 版本到 4.0 版本不断升级改造，单杏花全程参与了从人工售票向计算机售票、从车站独立售票向全国联网售票的转变。在这个过程中，单杏花展示了过硬的技术攻关能力，也逐渐从学习协助、独当一面、主持负责到总体设计。

2005 年，单杏花主持了系统 5.0 版本的研究与开发推广工作，在售票组织策略、席位控制等方面取得了一系列重要理论和技术上的创新与突破。随后，在铁路实行车票实名制、电子支付及学生团体、农民工团体售票系统技术研究方面，她发挥关键技术支撑作用，运用大数据分析客流和应用特点，研究、创新售票组织策略、席位控制等技术，极大地缓解了铁路车站购票的组织压力，为铁路客运取得显著的经济和社会效益作出了贡献。

在大数据应用方面，她主持研发的铁路客运营销辅助决策系统，首次将数据仓库理念应用于铁路客运营销，建立起客票营销分析数据仓库；首次运用地理信息系统的手段直观展现了客流数据；首次用计算机手段实现了全路各层次的客流密度图编制；首次带领团队建立了适合中国铁路的客流预测模型，建成了铁路客流预测系统。

## 创新紧贴时代的脚步

2010 年前后，随着中国电子商务向纵深发展，“互联网 +”成为大势所趋，单杏花和她的团队顺应时代潮流，在铁道部的部署下，再一次开始了革命性的尝试。在时间紧、任务重、要求高的情况下，他们开始研发铁路 12306 互联网售票系统。2011 年 6 月 12 日，铁路 12306 网站正式启用，标志着中国铁路进入电子商务时代。然而，好事多磨，他们采用的传统企业级系统技术和架构搭建的平台，在 2012 年春运“井喷式”的访问量中遭受了严峻考验。

忆及那段时光，单杏花印象深刻："那是12306第一次面对春运大考，网站点击量巨大，购票请求汹涌而来，网站访问量远超出我们设计之初的测算。大家都紧紧地盯着屏幕，一分一秒地关注网站运行情况，形象一点儿说，连眼睛都不敢眨一下。那时，全社会都关注12306，铁道部领导、院领导也一直陪伴我们到农历大年三十，给予我们巨大的激励和鼓舞。"最终，他们顶住了日点击14亿次的压力，总售票量由60多万张攀升到120万张。

此后几年，单杏花带领团队不断用创新的理念追赶时代的脚步，持续优化调整12306核心系统架构，研究提出"读写分离、售取分离""异构数据同步""弹性扩展""内存计算""混合云架构""双中心双活"等方法和技术，破解了12306海量高并发访问、恶意抢票等技术难题，使系统达到了国际领先水平。目前，网站售票处理能力已提升到日均1500万张，日常运行平稳。同时，他们还在12306网站上推出了订餐平台、接续转乘、动车组选座以及"铁路畅行"会员等全新功能。网络上"吐槽"的声音渐行渐远，"点赞"的声音则日益密集。

实施互联网售票，使彻夜排队购票成为历史，这是中国铁路客运发展史上的一个历史性事件。据统计，系统注册用户已超4.7亿，高峰日全渠道售票已超1400万张，互联网售票比例已超过80%。单杏花说，今后，他们会进一步适应市场需求和客运发展的新形势，持续深化新技术研究和应用，进一步加大基础前瞻技术研究力度、发挥信息技术产业化辐射作用，并将用新技术实现无票候补、全面电子客票、多级票价等新的客运售票服务功能，同时以"智能京张"为龙头，开展一系列智能服务的创新技术研究与应用，不断提升旅客出行的舒适度和获得感。

## 选择需要无悔的付出

遥想当年，芳华正茂。28个为了理想和事业而奋斗的青年男女聚在一起，又先后各奔前程，唯有单杏花义无反顾地选择了留下。面对诸多诱惑，她始终不为所动。还记得，当最后一名共同奋斗了9年的同事离开时，她抱着即将离开的“战友”，眼圈红了：“铁路的售票系统是路内外专家多年的心血凝聚而成，我得做好传承！”为了这份坚守，单杏花付出了太多。

工作这么多年，熬夜成了家常便饭，加班也是常态。2001年，她被发现患有先天性心脏病，这才给经常加班熬夜时出现的胃痛和胸口痛找到了病根。开胸手术后，医生一再叮嘱她，手术后必须静养一年以上，否则会有生命危险。但当她真的休息了，却感觉生活没了“劲头”。结果，四个月后，她娇小的身影又出现在了工作岗位上。

她的孩子几乎是在办公室里长大的。孩子不满百天，为了工作方便，她“狠心”地把嗷嗷待哺的孩子送回老家。孩子上学后，她雇人每天接送，有时孩子放学只能在单位吃晚饭。出差时，她委托同事把饭送回家。谈及孩子，她愧疚地说：“如果生活可以重来，我一定会把孩子带在身边。”让她欣慰的是，儿子很懂事，也很理解她。

20多年来，单杏花怀揣着梦想与信念，在铁路客票技术创新领域默默奉献、攻坚克难、屡创佳绩，先后获得新中国成立70周年最美奋斗者、最美铁路人、铁路青年科技拔尖人才、第二届中央国家机关青年五四奖章、火车头奖章、全国三八红旗手、詹天佑铁道科学技术青年奖等荣誉。2017年，单杏花光荣当选党的十九大代表。面对成绩与荣誉，单杏花从未有过半点矜夸之心，就连儿子也调侃她是“山窝窝里飞出来的一只小鸟”。

“努力了20多年，有过痛苦，有过快乐，取得的一点点所谓的‘成绩’也不过是生逢其时，要感谢这个时代和铁路的大发展。”单杏花像她的名字一样，在百花争艳的春天里绽放，散发着自己的独特芬芳！

◎杨建光